maria_altamira

Romance

Maria José Silveira

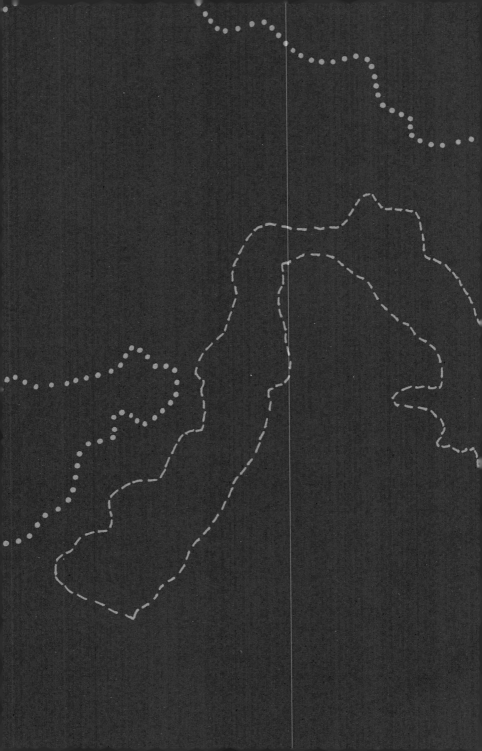

maria_altamira

Romance

Maria José Silveira

69 instante

© 2020 Editora Instante
© 2020 Maria José Silveira

Direção Editorial: **Silvio Testa**

Coordenação Editorial: **Carla Fortino**
Revisão: **Juliana de A. Rodrigues** e **Fabiana Medina**
Capa: **Fabiana Yoshikawa**
Ilustração do mapa – parte externa da capa: **Renato Hofer** (representação da América do Sul)
Ilustração do mapa – parte interna da capa: **Renato Hofer** (representação artística baseada no mapa "Empreendimentos que Impactam a Volta Grande do Xingu", 2018, de autoria do Instituto Socioambiental – ISA)
Diagramação: **Estúdio Dito e Feito**

1ª Edição: 2020 | 2ª Reimpressão: 2022
Dados Internacionais de Catalogação na Publicação (CIP)
(Laura Emília da Silva Siqueira CRB 8/8127)

Silveira, Maria José.
    Maria Altamira / Maria José Silveira. 1ª ed. — São Paulo: Editora Instante: 2020.

    ISBN 978-85-52994-19-0

    1. Literatura brasileira 2. Literatura brasileira: romance
    I. Silveira, Maria José.

CDU 821.134.3(81)   CDD 869.3

Índices para catálogo sistemático:
1. Literatura brasileira
2. Literatura brasileira : romance
    869.3

Texto fixado conforme o Acordo Ortográfico da Língua Portuguesa de 1990, em vigor no Brasil a partir de 2009.

www.editorainstante.com.br
facebook.com/editorainstante
instagram.com/editorainstante

Maria Altamira é uma publicação da Editora Instante.

Este livro foi composto com as fontes Arnhem e Cartograph CF e impresso sobre papel Pólen Natural 80g/m² em Edições Loyola.

Para o povo Yudjá de Volta Grande do Xingu. Para os beiradeiros de Altamira.

Para Galiana, a melhor companheira de viagens que alguém poderia ter.

Para José Gabriel, quem primeiro me falou da Volta Grande do rio Xingu.

Para Felipe, por tudo que ele sempre foi e é.

"No tempo em que não havia fim,
todo começo
era antes,
durante
e depois."

Aldísio Filgueiras

Sumário

Sobre o livro_ 10

Sobre a concepção da capa_ 14

Prólogo_ 15

Primeira parte: A mãe_ 18
  O soterramento_ 19
  A jornada_ 22
    *Bolívia_* 30
    *Chile_* 36
    *Argentina_* 40
    *Paraguai_* 46
    *Brasil_* 49
  O último céu_ 55
  Morte × vida_ 73

Segunda parte: A filha_ 84
  Declaração de guerra_ 85
  A menina no rio_ 88
    *Enquanto isso_* 98
  Rabo zunindo_ 102
  As alegrias_ 105
  Chove e não molha_ 112
    *Enquanto isso_* 118
  Inchaço_ 124
    *Enquanto isso_* 135

Quatro anos passam rápido_ 137

*São Paulo 1_* 137

*Enquanto isso_* 143

Tempo de peixe morto_ 145

*São Paulo 2_* 149

*Enquanto isso_* 154

Tempo de cizânia e fogueiras_ 157

*São Paulo 3_* 161

*Enquanto isso_* 171

Depois do fogo, a água_ 181

*São Paulo 4_* 183

*Enquanto isso_* 187

O regresso_ 190

Força-imã_ 196

Beiradeiros_ 207

O piloto Jurandir_ 215

Cidade de homens_ 220

Nas águas de Manu e Alelí_ 225

*Enquanto isso_* 231

Rei do Mogno_ 233

Um domingo_ 239

O trabalho_ 248

A Terra do Meio_ 253

O nome_ 264

*Enquanto isso_* 269

Mãe e filha_ 271

Agradecimentos_ 277

Sobre a autora_ 279

Sobre o livro

Li *Maria Altamira* de uma vez, em uma viagem feliz, enredado pelas histórias de Alelí e sua filha. O romance mostra as contradições das sociedades latino-americanas, em particular a brasileira, graças a um profundo olhar antropológico de Maria José Silveira. No coração do livro encontramos os povos indígenas, que perdem seus rios e suas terras, que lutam e se defendem, que têm uma capacidade milenar de receber quem chega a suas aldeias com os braços abertos, um sorriso e um prato de comida, e continuam tendo uma extraordinária reserva de dignidade, o que o capitalismo não teve nem terá.

Rodrigo Montoya, Professor Emérito da Universidad Mayor de San Marcos, Lima/Peru

Ligar sentimentos e histórias individuais a um vasto panorama social e econômico é proeza em um romance. Maria José Silveira tem pleno êxito. As duas personagens principais, mãe e filha, a primeira peruana e a segunda nascida em Altamira, percorrem em épocas diferentes regiões marcadas por pobreza e devastação ambiental. Seguimos seu destino sofrendo suas chagas em nosso corpo, sem conseguir desgrudar da leitura. Experimentamos o que é viver como os destituídos, maioria da população. Uma pequena cidade soterrada no Peru, a usina de Belo Monte, a vida de trabalhadora migrante em São Paulo, a morte assassina sustentando uma suposta democracia e a falsa noção nacional de progresso são fulcros surgindo no enredo. Contrapostos ao encanto dos Yudjá (os Juruna) de Volta Grande do Xingu, com seu embate corajoso contra os projetos energético e de mineração que os viram do avesso. Ficção mais que real, documento de quem tem experiência de campo e poder de análise, livro atual contra tempos sombrios.

Betty Mindlin, antropóloga, escritora

Este é um livro a ser percorrido ao som de um lamento, um texto que se contorce sobre si e se desloca, nos convidando a ir junto. São muitos trajetos possíveis, sem que se assinale um destino final: da cidade soterrada no Peru dos anos 1970 às terras alagadas pela usina Belo Monte no Pará dos dias de hoje; da história de uma vida para sempre quebrada aos sonhos de liberdade e justiça que se renovam sem parar; dos vários sotaques do espanhol latino-americano, que se infiltram na escrita, ao português tão diferente dos diferentes interiores do Brasil, sem esquecer ainda as falas indígenas. São espaços e personagens com os quais nós, leitores/as de literatura, não estamos acostumados/as. Por isso, também, a surpresa da bela narrativa, que nos envolve e, de algum modo, nos responsabiliza. Como podemos desconhecer essas vidas e os tantos mecanismos em ação para destruí-las, como ousamos ignorar esse lamento, esse grito de revolta?

Regina Dalcastagnè, Universidade de Brasília (UnB)

Maria José Silveira ocupa um lugar próprio na literatura brasileira contemporânea por meio de um corajoso exercício que evoca o anacronismo deliberado de célebre personagem de Jorge Luis Borges. Isto é, a autora, entre outros, de *A mãe da mãe de sua mãe e suas filhas* (2002) e *Pauliceia de mil dentes* (2012), combina, com agudeza, preocupação social e invenção linguística, olhar atento à história e rigor na construção ficcional. Além disso, e muito ao contrário de tendências que se tornaram dominantes na literatura brasileira, Maria José não abre mão de pensar a formação da cultura nacional. Melhor: em seus romances, investigam-se sobretudo as origens da deformação que previne o país de finalmente tornar-se nação.

Neste novo romance, *Maria Altamira*, o público leitor é conduzido da década de 1970 aos dias de hoje e transita do Peru ao Pará de Belo Monte: nessa busca de um tempo que parece perder-se sempre um pouco mais, a desigualdade e a injustiça social permanecem a paisagem atávica das sociedades latino-americanas. Eis outro traço singular da imaginação ficcional de Maria José Silveira: sua escrita pretende ser um mosaico de todo o continente, com suas múltiplas vozes e tantos dilemas em comum. *Maria Altamira* representa um marco importante na obra de uma autora em pleno voo.

João Cezar de Castro Rocha, Universidade do Estado do Rio de Janeiro (UERJ)

O romance *Maria Altamira* revisita dois grandes acontecimentos traumáticos da história da América do Sul: a catástrofe natural de Yungay, a cidade peruana sepultada pelo terremoto de maio de 1970, e as consequências dramáticas do início da construção da barragem de Belo Monte, em 2011, que desalojou mais de quarenta mil pessoas, inundou quinhentos e dezesseis quilômetros quadrados e atingiu várias terras indígenas do Xingu e da região. Denúncia e revolta atravessam o tecido discursivo, num grito de alerta contra a permanente ameaça de violências e tragédias. A vida, no entanto, persiste pulsando, num eterno combate contra a morte, através de imagens que encenam a delicada beleza da música que emana da voz de Alelí e do charango. A força do instinto de preservação da vida também se manifesta nas referências à capacidade de resistência dos indígenas contra "o monstro de cimento" — a Usina de Belo Monte — e contra todos os monstros, milenares e atuais, que atentam contra sua integridade. Os povos indígenas prosseguem sua caminhada, belos e fortes, severinamente, como sugere o romance: a arte, de mãos dadas com o combate à violência, faz brotar a vida "em nova vida explodida".

Rita Olivieri-Godet, Université Rennes 2/
Institut Univesitaire de France

Maria Altamira relata a história imensa e aterradora de duas mulheres fortes, duas indígenas, mãe e filha, e pelo fio do drama que as une revela os meandros da tragédia amazônica. Costumo dizer que depois que li *Maria Altamira* passei a chorar a perda do rio Xingu para a usina de Belo Monte como um indígena a chora, o romance oferece a percepção da aniquilação e humilhação primordiais da floresta, um sentimento que não é natural à população branca do Sudeste. Amazônia é o grande assunto brasileiro no cenário internacional, e o romance de Maria José revela e explica, expõe e sensibiliza sobre a questão ambiental e indígena como nenhum outro livro.

Luciana Villas-Boas, agente literária

Sobre a concepção da capa

Enquanto acompanhamos a jornada da personagem Alelí, formamos, automaticamente, um mapa mental das paisagens que ela avista, das fronteiras que atravessa e dos terrenos por onde sua história se desenrola. Desde Yungay, no Peru, ela transpõe fome, doença e solidão até chegar a seu destino, no Pará.

Nas ilustrações que compõem a capa, os contornos da América ganharam estampas inspiradas nos grafismos de diversos povos indígenas — guardiões de tudo o que existia nessas terras. Cada estampa representa os biomas encontrados na região. Os rios em traços escuros são as veias que alimentam a paisagem, vida e morte para quem depende diretamente deles.

Maria Altamira, filha de Alelí, é representada no mapa da região do Alto Xingu. Os contornos das terras indígenas demarcadas e o rio, que teve seu curso alterado pelos "brancos", são os cenários e os limites do conflito, que parece não ter fim.

Escolhemos o papel kraft *para ser o substrato da impressão porque a dureza de sua trama simboliza a terra que não precisa de donos, mas que desde o começo das civilizações é disputada e subjugada pelos homens.*

Prólogo

Uma história começa em qualquer lugar e em qualquer momento. Há sempre algo que entrelaça de tal maneira as histórias do mundo e as de cada um de nós que o começo depende apenas do ponto de vista pelo qual você escolhe ver e desembaralhar os nós, as malhas, os vazios.

Nosso começo aqui poderia ser a morte da família de Alelí, seus pais, quatro irmãos, e Illa, sua filha de três anos, soterrados na própria casa como todos os outros habitantes da pequena cidade de Yungay, quando o pico do nevado Huascarán desmoronou depois de um terremoto em Ancash, vale da Cordilheira dos Andes, Peru, no ano de 1970.

Alelí tinha dezesseis anos.

Tragédia que tem suas semelhanças com o que os olhos de Maria Altamira, a outra única filha de Alelí, nascida dez anos depois na cidade da qual leva o nome, veem agora, em 2017, do monomotor em que está: a expansão brutal das águas que afundaram a região onde foi construído o principal reservatório da Usina Hidrelétrica de Belo Monte, nas águas do rio Xingu, no Pará.

Por certo uma visão mais suportável do que a da gigantesca avalanche de terra úmida desabando inclemente sobre a pequena cidade andina e todos os seus habitantes, exceto os pouquíssimos que, como Alelí, naquele exato momento, estavam em algum lugar fora da cidade, acima de suas casas e ruas. A onda negra-cinza-faiscante desmoronando e enterrando pessoas em suas camas, salas, cozinhas, igrejas, escolas, praças e calçadas. Visão monstruosa de um inferno de pedra--terra-poeira-neve-lama-lodo-rugidos-gritos-berros.

Agora, no entanto, o que Maria vê do alto — embora saiba que aquela água cobre ilhas e beiradões onde as casas dos ribeirinhos foram esvaziadas, habitantes e bichos domésticos desalojados —, a extensão de água é como se também tivesse liquidado, mesmo que de maneira mais branda e descontínua, as pessoas que ali viviam e foram empurradas para alguma terceira margem, também elas testemunhas de algo monstruoso, águas se avultando e cobrindo trilhas, vegetação e bichos. Talvez até belo — a água tem uma maneira bela de se apresentar ao mundo —, mas desumano. Os que viviam ali vivem agora um luto do qual não vão se recuperar, como não se recuperaram do soterramento da cidade de Yungay os seus poucos sobreviventes.

Maria Altamira vê a copa de uma árvore submersa, os galhos mais altos ainda abertos como arbusto espantado sobre a solidão das águas, qual o topo das quatro palmeiras da desaparecida terra da sua mãe, as únicas que, ao lado do cimo da torre da igreja, restaram na praça soterrada.

Se sua mãe morreu depois — se é que já morreu, Maria não sabe —, foi de orfandade. Quase a mesma morte por orfandade que espreita o grupo deslocado da terra e do rio que eram seus. Órfãos da água. Órfãos da terra. Terra coberta pela própria terra, ou pelas águas deslocadas do seu leito. Desastre causado pela própria natureza, ou pela mão humana, tanto faz. Para as vítimas, não há diferença. Ou quem sabe a dor, por inaceitável, possa ser até maior quando causada pelas mãos de um semelhante.

— • —

Maria Altamira estava naquela pequena avioneta ao lado de dois técnicos. O piloto Jurandir queria agradar a morena de olhos puxados que conhecera no centro de recreação da vila residencial criada para os empregados de Belo Monte. Conseguiu colocá-la, de maneira semiclandestina, em um voo de inspeção. Acostumado ao trabalho em grandes obras, Jurandir sabia que Maria passaria como técnica recém-chegada, ou de outra área.

No dia em que a conheceu e ela lhe perguntou se seria possível levá-la em um voo para ter uma visão por inteiro do lago-reservatório, Jurandir respondeu que iria tentar. Desejos pequenos ou grandes, de nenhum ele desistia sem antes tentar. Foi por tentar que ele, filho pobre de outro rio, o Tocantins, conseguira seu brevê de piloto de aeronaves pequenas, sonho que sua família achava impossível. Ele, não. Era de sua natureza achar possível o impossível. Gostara daquela moça com nome de cidade e que, como ele, tentara algo tão inesperado como esse pedido para ver as águas do alto.

Durante o voo, não a viu, sentada no banco de trás, fora do alcance de sua visão de piloto. E quando, depois que desceram, ela se aproximou para agradecer, o que ele leu em seus olhos foi algo que não soube decifrar. Não era espanto com a imensidão e, para muitos, beleza daquilo. Era algo mais profundo.

Algo que ele prometeu a si mesmo um dia entender.

primeira_ parte: *a mãe*

O soterramento

A tremenda onda cinza-negra de quarenta metros de altura avançou a trezentos e trinta quilômetros por hora, soltando faíscas coloridas que acompanhavam o choque de pedras gigantescas despencando e se quebrando em cacofonia brutal. Ruído jamais escutado, produzido pela onda rolando acima e pela terra rugindo e ondulando embaixo no terremoto de quarenta e cinco segundos que provocou o desprendimento de neve, lama e pedras do nevado Huascarán, formando a aluvião que desabou sobre Yungay.

E quando a avalanche se acomodou, depois de três minutos, restou a massa de ar repleta de resíduos e fumaça cobrindo a cidade e seus vinte mil habitantes completamente soterrados por cerca de cinco metros de lama e pedras.

Em três minutos.

A cidade sepultada e, sobre ela, a nuvem densa e escura que ali ficou por mais de uma semana, como se agora — por remorso — quisesse esconder o que fizera.

Alelí foi uma entre os cerca de trezentos sobreviventes que estavam um pouco acima da cidade construída no fundo do vale andino.

Em choque, ela passou um bom tempo no acampamento providenciado pelo governo com ajuda da Cruz Vermelha. Agarrada ao pequeno manto vermelho, barra listrada de amarelo-azul-e-verde, típico adereço andino onde carregara a filha desde recém-nascida e, por costume, amarrara no pescoço ao sair de casa, manto que ainda preservava o cheiro doce de Illa e se tornara o único elo concreto ao qual ela se prendia agora, como se dele ainda lhe viesse, com o cheiro capturado, um finíssimo resquício de vida.

Seu estado de choque não cedia.

Perdeu todos os quilos que porventura algum dia teve. Seus dentes amoleceram nas gengivas. Era um fiapo de gente cambaleando pelos cantos no acampamento improvisado. Houve um momento em que os médicos que a tratavam temeram por sua sanidade. Contavam menos com a medicina e mais com a pulsão da sua juventude para vencer a batalha que, de certa forma, Alelí venceu. Se é que podemos chamar de vitória o estado em que, por fim, ela saiu do abrigo, no mês em que o fecharam.

Sem a filha.

Sem Miguelito.

Sem os pais.

Sem parentes.

Sem amigos.

Só.

Deram-lhe documentos, salvo-conduto, algum dinheiro e mudas de roupas, que ela embrulhou no manto vermelho. Não esperou que lhe encontrassem um lugar para onde ir, que a enviassem para outro abrigo. De olhos baixos, sem pensamentos, saiu como puxada por algo que não compreendia nem queria. Saiu andando apenas, sem ver como nem para onde. Entrou no primeiro ônibus que encontrou. Escondeu-se atrás de um banco, até ser descoberta, xingada e escorraçada.

Entrou em outro e seguiu.

A jornada

Alelí descia onde descia. Comia o que lhe davam. Dormia onde dormia, mal saindo das rodoviárias ou das paradas, suas roupas cada vez mais sujas e gastas. Olhos sempre no chão, como se não soubesse mais erguê-los, oferecia-se para limpar os lugares por onde passava, em troca de comida ou de pouso em um canto. Quem via aquela moça quase ossos, exaurida, podia ter pena, desprezo ou raiva, tudo lhe dava igual. Era um objeto movido por uma força alheia, como o banco em que se sentava, o prato de comida que recebia, o manto onde se deitava. Ou o ônibus que parecia chamá-la para tirá-la de onde estivesse.

Ela era esse objeto, essa coisa em torpor — sem desejos, sem forças, sem pensamentos outros que sua dor.

Não reagia a nada. Encolhida no banco do fundo de ônibus velhos, nem sequer sentia os solavancos, muito menos o cheiro de suor, urina, vômito, restos de comida e cigarros entranhado nos estofamentos gastos. Nem reagia aos motoristas que a arrastavam para fora com brutalidade e a deixavam cheia de hematomas arroxeados. Tampouco aos homens, raros, que seguiam seu vulto cadavérico pelas ruas, se aproximavam e a arrastavam para o chão de terra

onde a penetravam e muitas vezes davam-lhe socos, pontapés, sem que Alelí soltasse um gemido, um grito. Um objeto
não tem vida, uma pedra não diz ai. Erguia-se com esforço
quando a dor do corpo diminuía e seguia, empurrada por
algum instinto maior do que ela. Seu mundo tinha a consistência de sombras, névoas, faíscas, e da boquinha da filha
se abrindo, os bracinhos erguidos suplicantes, *"Mamita! Mamita! Llévame al circo, mamita!"*, e Alelí encostava no rosto o
manto vermelho onde imaginava sentir o calor e o cheiro de
algum tipo de vida. Sua vida. Toda a sua vida.

Mil vezes morria, mil vezes se levantava e seguia.

O tempo parado.

Dessa letargia infernal, só começou a sair quando
um, dois, sabe-se lá quantos anos depois, o ônibus em que
estava parou na Bolívia, onde ela foi forçada a descer na
praça de um pequeno *pueblo*. Sentou-se nos degraus da escada da igreja. Perto, um senhor tocava charango. A prin-
cípio, ela ficou ali sentada. Vazia, surda e muda. Só muito lentamente seus ouvidos foram como que se abrindo,
como se despertassem para as vibrações do instrumento
que o senhor tocava. E, à medida que sentia o som, mesmo
sem entender, mesmo sem pensar, do fundo de sua exaus-
tão extrema, foi muito devagar, muito lentamente, muito
de mansinho que Alelí pressentiu umidade nos olhos secos e viu que eles se inundavam deixando lágrimas escor-
rerem, e então compreendeu que chorava e, sem forças, se
entregou, logo mais convulsivamente, de corpo inteiro,
alma inteira, lágrimas em aluviões quentes por seu rosto,
escapando de um lugar que por um tempo imenso havia se
cerrado dentro de si.

Quando terminou de tocar, Don Rodrigo, senhor de cabelos grisalhos, olhar atento e compassivo, contido nos gestos, lhe perguntou como se chamava e se era dali. E pela primeira vez, desde que saiu do abrigo, Alelí pronunciou o nome de Yungay. O que aconteceu lá. Não contou tudo, não seria possível, não suportaria contar tudo, mas, ao contar algo de sua história — ainda que de modo entrecortado e quase indecifrável —, parecia se desprender um pouco da letargia que a acompanhava. Quando terminou de falar, seu pranto voltou ao lugar da dor que o prendia e ali outra vez se fechou. O músico a escutou com atenção e silêncio. Depois, com metódica calma, levantou-se, arrumou suas poucas coisas e lhe estendeu a mão. Alelí a segurou. Ele a ajudou a se erguer e a levou para sua casa.

A mesma compaixão do marido teve Doña Anita, sua esposa, que acolheu a estranha jovem que mal falava e não sorria. As duas filhas, Chabuca e Lunita, quase da mesma idade, se espantaram com sua magreza, o cabelo imundo repartido em duas tranças, o estado das roupas, a incomunicabilidade, os olhos escuros como poças negras voltadas para dentro. Levaram Alelí ao quintal, onde a fizeram se banhar demoradamente com a água friíssima do poço e lhe deram, meio que forçadas pela mãe, uma das suas poucas mudas de roupas.

Passado o espanto, a novidade tornou-se uma diversão para elas, que fizeram seus cálculos: a nova agregada seria mais uma com quem dividir as tarefas, embora o pai e a mãe tivessem avisado que a moça triste não estava ali para trabalhar. Era hóspede. Que a tratassem com a cortesia devida. Não foi culpa delas, no entanto, se desde o primeiro dia, ao sair debaixo das mantas que colocaram para ela em um canto do quarto das duas irmãs, a estranha assumisse, por si mesma, quase todas as tarefas das moças que apenas respondiam "Sí, mamita", quando a mãe as chamava, ou "Ahí voy", mas não iam. Não fazia falta. Alelí rapidamente fazia o que era para ser feito. Só não cozinhava porque a comida ficava por conta de Doña Anita, mas cuidava das cabras e limpava tudo que precisava ser limpo. Sentia-se melhor ocupando as mãos e a cabeça. Limpava tudo, limpava bem, e limpava rápido. As jovens começaram a achá-la não apenas estranha, mas incompreensível. O pai nada lhes contara sobre a recém-chegada, apenas para a mãe; às filhas só dissera que era alguém que precisava de ajuda.

A casa era pequena, adobe sem pintura, como costumam ser as casas pobres dos Andes, a varanda rústica dando as costas para a pequena estrada e se abrindo para a serra. Nessa varanda, Don Rodrigo ensaiava suas músicas, cuidava do seu instrumento, compunha.

Alelí se aproximava e ali ficava o tempo que o tempo tinha.

Notando seu interesse, ele começou a lhe ensinar a tocar charango, se espantando ao ver a rapidez e o talento com que aprendia. Alelí escutava o som, percebia o movimento desse som tanto pelas vibrações dos ouvidos quanto pela movimentação da ponta de seus dedos nas dez cordas do pequeno instrumento feito com a carapaça do tatu. Recebia a música não apenas pelos canais auditivos, também pelo corpo, e, de uma maneira que não julgava possível, sentia algo se alterar dentro dela, alguma espécie de sintonia, e se deixava levar pelos sons como se atravessasse uma ponte que, de alguma forma, começasse a reintegrá-la ao mundo. Quando cantarolou baixinho acompanhando o instrumento, provocou um arrepio no músico e em sua mulher. Um timbre grave e uma extensão vocal que ia de um sussurro gutural ao tom agudo de um pássaro não conhecido.

Com o tempo, quando por fim conseguiu soltar sua voz, a voz possante que voava ao vento andino, até Chabuca e Lunita pararam o que estavam fazendo e se aproximaram para escutar.

A música boliviana dos Andes tem quase a mesma sonoridade que a peruana, quase os mesmos instrumentos, a mesma dor e melancolia das coisas perdidas, terras abandonadas, a mesma saudade de quase tudo, e Alelí se agarrou ao "quase", pois, quando Don Rodrigo começava um som definidamente peruano, ela saía da varanda, ia caminhar pelo campo em volta para não ouvir. Sua alma doía, disse, quando ele lhe perguntou por que se afastava. Contou que seu pai tocava harpa, sua mãe cantava. Miguelito, o pai de sua filha, tocava quena. Seu peito tornava-se pedra pesada ao escutar as músicas que a família morta cantava. O charango era tocado em sua terra, mas não em sua casa. Talvez por isso ousasse tocá-lo. Nunca a harpa, nunca a quena, só o charango. E nunca as músicas que a família tocava.

Com Don Rodrigo, aprendeu a tocar nas praças, armazéns e casas, a cuidar do charanguito novo que ele fez especialmente e lhe dera já amarrado na cinta larga das cores do arco-íris com que o pendurava ao ombro. A música lhe trazia algo que ela era incapaz de definir. Como se experimentasse alguma sensação que não era tão somente dor. Como se ela e seu instrumento se tornassem no som uma coisa só, e ela recomeçasse a não apenas olhar, mas de fato ver seu entorno. A transparência do ar. A luz na varanda. O milho amarelo sobre a mesa. A cor ocre da casca do pão. A ovelha com seu pelo enovelado no pequeno quintal. A terra avermelhada. A brancura do leite. O verde onde verde houvesse. A serra em volta, sem neve e sem picos. Sem ameaças.

— • —

Don Rodrigo era chamado para tocar nas festas e nos funerais da cidadezinha. Os mais ricos lhe pagavam bem, dos mais pobres ele não cobrava; nos armazéns e nas praças, colocava no chão seu chapéu acinzentado e dali tirava sua parte e a parte da nova acompanhante, que, da primeira vez, balançou a cabeça, "Não precisa". "Precisa", ele disse. "É pagamento pelo seu trabalho." "Não é trabalho." "É, *niña*. Foi um dom que Deus lhe deu. É uma maneira de você poder cuidar de si mesma." "Como de sua comida, durmo em sua casa, o que vou fazer com dinheiro?" Ele tomou a mão dela, abriu-a, e na sua palma colocou as moedas. "Guarda. Um dia você vai precisar."

Mal sabia ele que as filhas é que passaram a usufruir das moedas que Alelí deixava na gaveta do velho móvel que passara a ser usado pelas três. No começo, pegaram para ver se, com o sumiço do dinheiro, ela reagiria. Quando, apesar dos risinhos e olhares que as duas trocavam, viram que a esquisitice da moça era tanta que nem percebeu o furto, ou, se percebeu, não se importara, passaram a usar as moedas guardadas como se fossem delas. Uma noite, já deitadas as três, Chabuca, sentindo certo remorso, perguntou:

— Alelí, tu não gosta de comprar nada?

— Comprar?

— Sim.

— Não.

As risadinhas das irmãs explodiram debaixo dos cobertores.

— Por que não junta dinheiro pra comprar uma roupa nova e não ficar andando por aí com nossa roupa velha?

— Não preciso.

— E um chapéu? Vermelho, bonito? Tu não gosta?

— Não preciso.

— Então, dá teu dinheiro pra gente?

— Sim.

Dessa vez, as irmãs não entenderam, tampouco riram. Ficaram meio pensativas. Deixaram de mexer nas coisas de Alelí.

— • —

Não muitos meses depois, Don Rodrigo reuniu a família na varanda e com seu jeito grave explicou: "A estrada nova vai mesmo passar por aqui. O cura cansou de falar com as autoridades, não adianta, eles não querem escutar. Disseram que é para o bem do *pueblo*. Mais gente passando, mais progresso. Vão alargar tudo isso aqui na frente, e nossa linha de casas vai sumir. Mês que vem vão começar a medir e dar as ordens pra sair por bem ou por mal. Vão indenizar, disseram. Mas que indenização vale o lugar onde a pessoa construiu sua casa?".

As mocinhas foram para o quarto chorando e custaram a dormir. Doña Anita ficou muito tempo conversando baixinho com Don Rodrigo na varanda. Alelí, enrolada em seu manto vermelho, ficou olhando o breu.

Tocando na praça na manhã seguinte, um domingo, e vendo passar um ônibus, ela voltou a sentir a antiga força puxando-a para seguir seu rumo. De olhos no chão, agradeceu a Don Rodrigo e se foi. Não voltou à casa; não se despediu das filhas nem de Doña Anita; não tinha nada para levar a não ser o instrumento, as poucas moedas que tinham acabado de recolher na praça e o traço da vontade de viver que a música lhe dera.

Bolívia

Alelí andou por muitas cidadezinhas da Bolívia, todas semelhantes, cópias umas das outras. Uma praça central, a igreja, a escadaria da igreja. O sobrado, maior ou menor, da municipalidade, outro da cadeia. Venda, bar, armazém, espalhados nessa rua, na outra. Casas pobres de adobe, da mesma cor marrom cremosa dos Andes. Casas menos pobres de tijolo, caiadas de branco. Sobrados dos ricos. O campo se espichando ao redor. As parcelas dos camponeses. Tudo igual.

De pouso em pouso, praça em praça, venda em venda, bar em bar, ela toca em troca de comida, um pedaço do chão de terra batida onde estender seu manto. Os homens que escutam sua música, mesmo quando bêbados, não são como os da rua, interessados apenas em sua carne e nos buracos de seu corpo indiferente. Sua figura magérrima de cabelos trançados, olhos baixos e o precipício de tristezas que se via de longe quando ela tocava faziam alguns abrirem o peito e chorar, enquanto outros punham os olhos no copo de bebida, como se dali fossem tirar o sentido de sua vida e suas dores. Raros se aproximavam.

Alelí já não era apenas aquele saco humano de indiferença. Com a música aprendera algumas coisas, inclusive a levar um canivete afiado na cintura, o primeiro objeto que tivera vontade de ter, além do charango. Ao vê-lo nas mãos do velho dono de uma venda onde tocara, perguntou quanto custava. Era um bom canivete, o velho não queria se desfazer dele. Mas, escutando o canto da moça que falava tão pouco, atraía tanta gente para sua venda e nada lhe pedia em troca, resolveu lhe dar o canivete de presente quando percebeu que ela ia partir.

A intenção de Alelí ao desejar o canivete foi obscura. Não era um objeto bonito. O que tinha de característico era ser fácil de abrir. Um gesto imperceptível e sua lâmina afiada se abria, pronta para cortar. Usou-o primeiro em si mesma. Caminhou até o campo, sentou-se em uma pedra e o examinou. Seu pensamento não estava nele. Estava em seu pulso esquerdo e na inesperada necessidade de ali enfiar fundo a lâmina.

Não seria sua primeira tentativa de acabar com a vida inútil e culpada. Tentara no abrigo, e os muitos olhos que se postavam dia e noite sobre ela não a deixaram ir. Agora, ali sozinha, a lâmina pronta, sem ninguém para impedir, tentou outra vez. Enfiou devagar a ponta fina, gélida, dura, sem forçar, uma pontada quase experimental. Sentiu a dor e viu o sangue brotar, preto-avermelhado. Lambeu-o, doce, e apertou o ponto pequenino, até estancá-lo. Deixou-o secar e fez outro corte, um pouco mais fundo e mais alto no braço. A dor foi maior, e não foi tão fácil estancar o sangue. Entendeu que ali, naqueles movimentos, havia um alívio, uma pequena sensação de controle sobre o que sentia. Fez outro corte, e o mesmo procedimento de cortar, lamber, estancar. Não tentou enfiá-lo fundo. Ficou ali até o anoitecer.

Trançou para o canivete uma bainha, que amarrou na cintura.

— • —

Nos *pueblos* por onde passava, era comum ver soldados. Eles se apossavam da praça, entravam nas vendas, perguntavam quem viu quem. Quando iam embora, deixavam murmúrios ressabiados. "Mataram o Che há anos, mas continuam atrás de guerrilheiros." "Já nem sei que general tá mandando em nós, todo dia muda." "O que não muda é esse vaivém dos milicos, o destempero."

Alelí escutava os murmúrios na venda e, ao ouvir a palavra "milicos", o que atravessava sua mente era a foto emoldurada do presidente Velasco, "milico" também, que seu pai pendurava na parede de sua venda em Yungay. Devia ser diferente dos milicos dali porque o que ela via por lá não eram soldados, e sim o rosto forte de Tupac Amaru nos cartazes conclamando: *"Campesino! El patrón ya no comerá de tu pobreza!"*. Nas rádios, sua família escutava discursos contra os "gringos", os estrangeiros que exploravam o povo peruano. O pai dizia que a reforma agrária estava chegando a Uchusquillo, sua terra natal. Quando chegasse, ele iria voltar para lá, levando toda a família. Abriria uma loja em sua comunidade, onde os camponeses, por fim, teriam dinheiro para sustentar um comércio.

E Alelí viu a figura atarracada entrando em uma casa da sua comunidade, na única vez em que seu pai levou a família para o avô conhecer. Alelí ia atrás, pequenina, com os irmãos. A casa escura de adobe, janelas pequenas, pouca luz, casa de um *comunero*. O avô sentado no banco de madeira, a avó de pé na porta da cozinha. Ela sentiu um frio percorrer seu corpo, um gelo, um corte fundo. E a menina pequenina já não era ela, e sim sua Illa, erguendo-lhe os bracinhos, *"Mamita!"*, e ela se vergou, *"Perdoname, hijita, perdoname!"*.

Engasgada com a força dessa lembrança, Alelí saiu da venda. Como quem tem rumo, caminhou para fora do *pueblo*, até encontrar uma pedra onde se encostar. E se cortou. Caminhou pelo campo e se cortou até cair exausta. Quando por fim se ergueu, foi para a estrada e pegou o primeiro ônibus que passou. Sentou-se encolhida no banco dos fundos, olhando pela janela. Viu um casal, um velho, uma menina e um cachorro magro seguindo pela estrada a pé na mesma direção. Pareciam cansados, como quem já percorrera um bom caminho. Da sua pequena janela, ela os observava desaparecerem na poeira. Quem seriam? À procura de que caminhavam? Estariam tão perdidos quanto ela?

— • —

Em outro *pueblo*, ela tocava na praça quando um sujeito de traços fortes, poncho preto, botas de couro e cabelos compridos enfiados no chapéu largo cor do leite queimado com açúcar chegou, carregando pela alça uma grande caixa de madeira escura envernizada. Chegou como um principal, um importante, e ordenou a Alelí: "Cala essa cantilena que agora quem está nesta praça sou eu e minhas cobras. Nós não gostamos de música. O que mostrarei aqui é coisa de assombro, não essa *basura*, esse lixo que você toca e ninguém ouve". Com um empurrão, expulsou Alelí do lugar, chutou suas poucas coisas e começou sua própria arenga.

Era um enfeitiçador de cobras.

Abriu a caixa, de onde tirou duas serpentes grandes. Uma toda negra, a outra com listras cor de laranja e marrons. "Minhas filhas", apresentou-as. "Crescidas em meu próprio ventre e nascidas por um lugar cujo nome não direi porque sou homem respeitador. Uma chama-se Sumaq; outra, Qori. Vem, formosa", e a cobra negra subiu por seu corpo, mergulhou dentro de seu poncho, saiu por trás, enrolou-se em seu pescoço, beijou-lhe a língua, enroscou-se em seus cabelos, deu duas voltas em seu chapéu, a úmida língua bifurcada entrando e saindo da boca rasgada.

Alelí e as pessoas que estavam ali para escutá-la se afastaram, dando lugar a outras que vieram em maior número, atraídas pelo inusitado de um pai de cobras que as mandava pular, rastejar e correr atrás de um ou de outro, até que lhes silvava "Voltem!". A pequena praça se encheu de gritos e exclamações, um e outro correndo aos pinotes, os aplausos subindo.

O assovio variado com que o homem do poncho preto as comandava irritou o ouvido de Alelí, que se dirigiu para o descampado ao redor do *pueblo*, onde se sentou em uma pedra e lá ficou com seu canivete.

À noite, voltou para tocar sob a marquise da Prefeitura, outra vez juntando pessoas a sua volta, e outra vez atraindo o Pai das Cobras, agora bêbado e sem suas filhas. Dessa vez ele não a empurrou, mas segurou-a com força pelo braço, e, aproximando o rosto do dela, os olhos conhecidos da luxúria, disse com o mesmo tom de mando que usara de manhã: "Vem de uma vez, porcaria. Minha cobra de baixo quer um buraco pra se meter".

Alelí, no entanto, perdendo a costumeira indiferença e gélida como a lâmina que carregava, tirou-a da cintura e a enfiou com força na mão animalesca que lhe apertava o braço.

O homem gritou: *"Culebra de los infiernos!"*.

Deu-lhe um tapa na cara com a mão sangrando, mas se viu forçado a se afastar para cuidar do corte fundo.

O que ela sentira ao ferir o homem foi um ódio descontrolado que surgiu aos borbotões de dentro de si mesma, qual lava incandescente de um vulcão. Era ela mesma esse vulcão, a fonte dessa lava avermelhada. Foi demasiado. Seu corpo não suportou. Caiu sob os arcos da marquise.

Quando despertou do desmaio na manhã nevoenta, decidiu que o grito do Pai das Cobras lhe servia. Dali em diante seria Alelí Culebra de los Infiernos. Ou apenas Alelí Culebra. E não deixaria que ninguém se aproximasse dela.

Tinha visto o couro seco de uma cobra morta perto de uma pedra onde se sentara antes. Voltou lá, examinou o couro, viu que o tamanho lhe servia, raspou-o e limpou-o com o canivete, cuja bainha pendurou nesse couro e fez dele um cinto amarrado na cintura, a cabeça da cobra caindo à frente.

Entrou no velho ônibus que saía da cidadezinha.

Chile

No ônibus trôpego, com outros passageiros, Alelí entrou na paisagem inóspita do norte do Chile. Ninguém viu, nem ela, quando atravessaram a fronteira deserta na madrugada. Ao amanhecer, ergueu os olhos pela janela e viu a paisagem de descampados, areias cor de cobre e vulcões. De imediato ela se encolheu em sua couraça de pele e não desceu na primeira parada, como em geral fazia. Se desde pequena seu medo de vulcões era grande, depois de ver o desabamento do pico do Huascarán era algo maior do que pânico. Não suportaria outra vez o descontrole. E ali mesmo, no ônibus, se cortou até se acalmar. Só desceu na última parada, quando o motorista a cutucou, encolhida no banco dos fundos: "Se veio até aqui só pra voltar de novo, vai ter que pagar outra passagem".

Alelí olhou pela janela e já não havia vulcões. Desceu. Pegou outro ônibus. Não ficaria ali.

Quando, dias depois, os ossos doloridos pelos sacolejões dos ônibus, resolveu descer em uma das paradas no meio da estrada, desceu errado. Nenhum ônibus voltou a passar por um longo tempo; ela decidiu seguir a pé. Caminhou um bom trecho sem olhar o entorno e só entendeu que penetrara em um deserto quando sentiu o vento pegá-la por trás, arremetendo com dureza a areia cortante sobre ela.

Não havia saída a não ser continuar a favor do vento, que não tardou a se transformar em uma tempestade de areia que a fazia quase voar. Do fundo de sua alma, desejou que esse vento a destruísse como se destrói um bicho... que a derrubasse como se derruba uma folha seca... que a escavasse como se escava o chão. Com gratidão, pensou que, por fim, chegara sua morte. Não tinha a força suficiente para tirar a própria vida, enfiar fundo seu canivete; que o vento, então, lhe fizesse esse favor.

Só não contara com a força impenitente que a fazia seguir, a força sem tino, sem razão, jamais convidada, que não a deixava parar. Mil e uma vezes maldita, maldita ânsia de resistir, maldito instinto de uma vida inútil. Por que não a deixava ficar naquele chão, se entregar e sumir?

Caindo e levantando, cambaleando, ferida pela fúria dos grãos da areia enlouquecida, chegou a um abrigo entre pedras, um mínimo de proteção e luz. Não morreu. Passada a tempestade de vento, coberta de areia e secura, encontrou a estrada. Esperou. A língua, serra cortante na boca; os lábios, chaga rachada; a pele, carne viva. Outra vez com gratidão, pensou que ali poderia esperar a morte. Nenhum socorro existe em um deserto.

Mas quem passou antes da morte foi uma caminhonete velha e um casal que a recolheu como quem recolhe um bicho semimorto na estrada. Eram moradores da beirada do Atacama. Depois de uma tempestade como a que acabara de acontecer, saíam para ver os estragos e prestar ajuda, se necessária.

Cuidaram de Alelí. O homem perguntou de onde ela vinha, mas a mulher fez-lhe sinal de silêncio. Era dessas cuja sabedoria não necessita de perguntas nem respostas. Olhando para a moça febril, lhe disse: "Fique o quanto precisar".

Ela ficou.

As noites no deserto eram tão assombrosas que mesmo ela, que vinha das noites límpidas dos Andes, sentiu-se em um mundo dessemelhante: onde estaria? Durante o dia, caminhava sem ver o horizonte e se perguntava: *Seria capaz de permanecer ali, naquela terra sem morros, sem desmoronamentos? E em um dia qualquer, de maior decisão, caminhar naquele silêncio até seu impossível fim e ali ficar até se desintegrar e se tornar apenas grãos daquela mesma areia?*

Ajudava na casa e depois se sentava no banco rústico de madeira na beirada da porta. Ali tocava para as duas pessoas que a acolheram e a tratavam como se ela pertencesse ao lugar. O som de sua voz reverberava na distância ocre-amarelada, uma distância sem barreiras, e ela cantava canções de ninar, como se cantasse para o pequeno coração da filha morta. O casal, olhos inesperadamente úmidos sob pálpebras ressecadas, rememoravam, camada por camada, a vida que tiveram antes, muito antes, em outro lugar onde uma vez cultivaram um pomar de toronjas vermelhas. Ele ia vendê-las na feira, ela cuidava dos filhos. Dois morreram pequenos; o que vingou foi embora e se perdeu no mundo.

Seria a infelicidade dela que, por contágio, provocava tantas mágoas a seu redor, ou era assim mesmo o mundo, esse mundo que Alelí quis tanto conhecer e agora parecia amaldiçoar essa vontade, mostrando-lhe sua face mais desapiedada?

Talvez ela pudesse ter ficado ali mais tempo do que ficou.

O silêncio daqueles extensos espaços vazios, o ar que às vezes parecia sugá-la, a quietude da companhia humana a fazer e comunicar apenas o necessário, o tempo imutável em seu entorno, a ausência de vozes a não ser seus acalantos no final da tarde, tudo isso parecia acomodá-la em um vão.

Ela poderia ter ficado, talvez, não fosse, em uma daquelas manhãs na natureza esplendorosa da vastidão deserta, a passagem de um caminhão com vários soldados. A mulher, vendo-os aparecer ao longe, trancou-se no quarto, como se já soubesse quem eram. O homem não arredou pé da janela, em vigília. Viu na carroceria os sacos de lona. Na volta, a carroceria vazia. "Mais mortos de Pinochet", disse à mulher. "Dessa vez, não consegui contar."

Alelí não sabia quem eram esses mortos, muito menos quem era Pinochet. Mas sentiu o chão lhe faltar, o vão se espremer. Como se esses soldados que encontrava por esses lugares de fim de mundo a estivessem perseguindo, fossem a ponta da lança de sua maldição.

No dia em que o casal foi fazer suas compras na cidadezinha próxima, ela foi com eles na caminhonete, desceu, "Obrigada", disse, e não voltou.

Argentina

Ônibus e caronas a levaram para o norte da Argentina. Na fronteira, dessa vez, os documentos para os refugiados de Yungay, recebidos no abrigo, não foram bem entendidos. Levaram-na até o capitão, recém-nomeado chefe do posto: um ponto da fronteira antes negligenciado que se tornara importante. Depois da morte de Allende, subversivos chilenos poderiam tentar escapar por ali, e vice-versa: subversivos argentinos poderiam pensar em fugir da Justiça argentina, pretendendo ir para onde o diabo os levasse. A presidente Isabelita nomeara o general Videla sua mão direita; as fronteiras foram reforçadas.

O capitão era a prova desse reforço, mas coitado dele! Ainda não conseguira detectar nenhum subversivo. Com sua frustração próxima ao paroxismo, na noite anterior decidira empregar métodos especiais nos interrogatórios, conseguindo a duvidosa façanha de prender dois argentinos e um chileno. Era o que acabara de comunicar, com orgulho, a seu superior via telex. Quando lhe trouxeram a estranha mulher, esquelética, feia de dar dó, cinto de pele de cobra e instrumento de carapaça de tatu que ele conhecia, mas não apreciava, pensou que sua fisionomia lhe lembrava alguém, quem? Sua madrinha? *Sí, sí su santa madriña*. Que era assim de magra, assim de feia. Não conseguiria interrogá-la, ficaria constrangido. Mesmo porque a moça parecia meio surda, meio muda, talvez meio louca. Mandou que a deixassem ali. Procuraria pesquisar seu caso antes de tomar qualquer decisão.

O ônibus que passou mais tarde aconteceu de trazer um peruano com o propósito de visitar o neto enfermo. A filha casara-se com um argentino e se mudara para Santa Rosa. Seus documentos estavam perfeitamente em ordem. O capitão perguntou-lhe sobre Yungay. Sim, era verdade. Uma terrível tragédia acontecera na cidade que hoje não existia mais. Sim, os poucos sobreviventes tiveram ajuda internacional. A Cruz Vermelha estava lá. Não, ele nunca vira os documentos, mas com certeza a única solução possível para os infelizes despossuídos de tudo fora lhes providenciar documentos específicos.

Ótima oportunidade para um espertalhão subversivo se aproveitar, pensou o capitão. Não se deixaria enganar tão facilmente. Ordenou que lhe trouxessem outra vez Alelí, já decidido a submetê-la a um dos seus interrogatórios especiais. Mas, ao revê-la, a mesma cara de sua santa madrinha, outra vez hesitou. Não. Essa mulher, sósia escarrada de uma mulher santa, não poderia ser subversiva. Não combinava. Não teria *cojones* para empunhar uma arma. Nem arma tinha, a não ser que se considerasse como arma aquele canivete velho depositado a um canto, ao lado do charango. Quer saber?, melhor esquecer de vez essa história.

Ordenou que a colocasse no próximo ônibus que entrasse na Argentina.

— • —

Alelí seguiu no ônibus até a última parada. Um *pueblo* de ruas com a mesma terra avermelhada e casas de abobe, mas cercado por montes coloridos — ocres, vermelhos, dourados, verdes, lilases, violáceos. Aquilo a desnorteou. Sentiu-se em uma terra diferente de tudo que pensara existir. Decidiu ficar. Conseguiu abrigo em um pequeno restaurante, especializado em *empanaditas de cayote*, servidas ao cair da tarde, junto com chá de coca.

Uma noite, ela tocava com músicos do local, quando um deles disse: "Hora de Atahualpa Yupanqui". Alelí não conhecia a música que começaram a tocar, ia se retirar, mas o que ouviu a fez parar. Era a imensa voz da terra, do vento, da solidão. Sentou-se no degrau da porta e, pela segunda vez desde que saíra do abrigo no Peru, sentindo a beleza daquela música, Alelí chorou.

Em pouco tempo, aprendeu a tocar e cantar as músicas do compositor tão estimado ali. Os músicos que passavam pelo restaurante começaram a levá-la para tocar nas feiras de povoados maiores. Tocavam entre as bancas coloridas de artesanato e frutos da terra, e ali conheceu Zimbo e Nego, guitarra e bombo, músicos viajantes.

Juntou-se a eles. Hora de seguir caminho.

— • —

O que Alelí vinha aos poucos descobrindo, passo a passo com o aperfeiçoamento do manejo de seu instrumento, era como as cordas haviam se transformado em extensões de seus dedos. Os sons que saíam da junção desses dedos-cordas se espalhavam, deixando rastros invisíveis que a levavam junto, sensores tateantes à procura de alguma paz. Ela se assombrava com a intensidade da música. Fechava os olhos, às vezes, para sentir uma intimidade ainda maior com o som saindo desse seu inesperado corpo-instrumento.

Nesses momentos, calavam-se os que a ouviam, e Zimbo e Nego sentiam-se elevados a um novo patamar de harmonia. Os dois músicos tinham vindo do sul da Argentina com a intenção de chegar ao Paraguai. Respeitavam a mudez e a estranheza de Alelí tanto quanto ela respeitava o jeito deles. Era na música que se entendiam, no repertório quase exclusivo de canções de Atahualpa.

Entre os três, quem gostava de conversar era Zimbo, que buscava prosa com quem passasse perto e se informava sobre os locais. Quando depois de uma bebedeira Zimbo e Nego caíam, cada um para seu lado, era Alelí e seu canivete que defendiam o grupo das sombras da estrada. Ela dormia pouco; quando sonhava, ainda eram sonhos terríveis, perturbadores. Os braços de sua filhinha erguidos para implorar, *"Mamita! Llévame al circo!"*.

A maior parte da noite, seus olhos ficavam abertos. Percebiam as sombras dos movimentos, e ela esperava. Sem ansiedade, quase sem interesse. Se as sombras se aproximavam em busca de seus instrumentos — a única riqueza que possuíam —, Alelí reagia. Feria fundo, mas não de morte. Não porque não quisesse, ou deixasse de querer. Feria em pontos que imobilizavam: mãos, pernas, pés. Era suficiente.

Assim andaram pelo pampa e por regiões de colinas verdes e pedras. Sua vida quase em nada mudou na companhia dos dois músicos. Exceto por uma diferença: a mulher magricela, com sua voz de arrancar tripas, começou a ter uma pequena fama. O nome de Alelí Culebra de los Infiernos espalhava-se pelos *pueblitos* do norte da Argentina.

Era uma estranha fama, levada de boca em boca, pelos que a ouviam nos caminhos e por Zimbo, que a reforçava, exagerando os dons de seu canivete e o efeito arranca-tripas de sua voz.

Aumentava o público, aumentava a féria, e o trio seguia. As notícias que escutavam, no entanto, minavam o ânimo do grupo. Zimbo era o portador do que as pessoas contavam. Ele e Nego fugiam da repressão em seu país e tinham muito medo. Sobretudo Nego. Zimbo contava: "Tá dando na rádio que descobriram quinze corpos em uma vala comum em Tucumán. Torturados, esquartejados, queimados". "Vamos apressar pra sair logo daqui, gente!", pedia Nego. E era certo que nessa noite os dois cairiam de bêbados e Alelí abriria os ouvidos para as sombras.

— • —

Sem ter intenção, acabaram entrando em uma cidade maior. Viram na praça um grupo grande de mulheres em torno de uma senhora que chorava. Aproximaram-se para entender o que se passava. Uma delas subiu em um caixote e falou por todas. "Nossos filhos estavam em casa dormindo quando a polícia os levou, e agora estão desaparecidos. Por que os levaram? O que fizeram? Onde estão?" Era só o que queriam saber. Sairiam buscando seus filhos desaparecidos até encontrá-los. Iriam em marcha até a capital se preciso fosse. Perguntariam aos policiais, perguntariam ao Exército, perguntariam à Isabelita. Não sossegariam enquanto não tivessem respostas.

Alelí mal entendia o que escutava. Filhos desaparecidos? Quem os tinha levado? Como é possível? Viu sua Illita erguendo os bracinhos, catarro escorrendo aos montes do narizinho, gritando *"Mamita, mamita!"*. Que tipo de diabo levou os filhos dessas mulheres? Sem achar o alvo de sua fúria, apertou seu canivete, felizmente fechado, e se emborcou no chão. Zimbo e Nego nunca a tinham visto assim, olhos de louca pulando fora da cara, e a arrastaram rápido dali, antes que a polícia chegasse.

Saíram imediatamente da cidade. Nego se maldizia por ter entrado em uma cidade grande. Cidades onde os sofrimentos se acumulavam de tal maneira que era impossível suportá-los. Cidades sem paisagens, sem campos, sem alma. E agora sem filhos. Cidades feias, empilhando seus dramas terríveis, suas pulsões de ódio. Não tinham sido feitos para elas. Músicos sem eira nem beira como eles davam-se melhor em pequenas paragens cujas almas entendiam.

Paraguai

Quando chegaram ao Paraguai, Zimbo e Nego se alegraram tanto que, descendo do ônibus, improvisaram uma dança festiva. Alelí ficou olhando. Não queria tocar. Como se tivesse um pressentimento. A sensação de que não teria pouso ali.

E já na primeira noite encontrou o pressentido inimigo: a harpa. É peculiar o som da harpa paraguaia e o modo de tocá-la, bem diferente da maneira como se toca a harpa andina, a harpa que seu pai tocava, no ritmo que seu pai tocava, a música que se cantava e a dança que se dançava em Yungay. Mesmo assim, mesmo dessemelhante, era a mesma qualidade de instrumento, cujos acordes penetraram fundo em seus ouvidos, atingindo cada partícula de seu triste corpo. Imagens de sua casa. O pai tocando a harpa. Ela cantando, acompanhando a mãe. Illita em seu colo.

Seu corpo transformava-se em chaga aberta, e ela se cortava, se cortava e se cortava. Era-lhe impossível permanecer no local onde houvesse o som de uma harpa. Sem explicações nem despedidas, pegou uma carona na carroceria de uma caminhonete e deixou os dois companheiros músicos.

— • —

E outra vez encontrou soldados pelos caminhos. Outra vez vozes baixas falando de coisas ruins acontecendo, desaparecimentos, insanidades. Que lugares eram esses tão sombrios que pareciam acompanhar seus passos? O que estava acontecendo com tanta gente, por todo canto? Seria ela a culpada, parte de sua maldição?

Para onde seguir?

Só parou e decidiu ficar ao passar por campos onde a paraguaiada tocava já não a harpa, mas violão, rebeca e bandolim. Percorreu estradas boiadeiras, poeirão levantado pelas patas do gado, fazendas no meio do descampado, onde ela ficava com os peões. Ouvia o toque do berrante, som que jamais ouvira antes e que a levava como em um voo, como se junto das vacas. Deu-se conta de como podia ser bonita a visão da vacaiada junta, vindo pela estrada e enchendo-a de mus e resfôlegos, ao som do berrante e o cheiro forte de bosta, mijo, peidos e suor sujo de homens e animais.

Tocava nos bares da beira da estrada e nas fazendas. Por onde passava, ninguém esquecia o canto de Alelí Culebra.

— • —

Saindo uma tarde pelo pasto, procurando uma pedra para se sentar com seu canivete, ela encontrou uma mulher parindo quase no meio do capinzal e do gado. Tranquila, sem pedir ajuda, como se fosse algo natural que não carecia espanto. Tinha tido outros filhos, sabia como fazer, disse. Alelí teve o impulso de ir embora, mas não foi. Agachou-se junto à mulher e sem querer, sem saber, sem poder, acolheu a criança e a enrolou em seu manto.

A vontade de estreitar o bebê contra seu coração, apertá-lo de tal modo em seu peito que jamais pudesse largá-lo, foi tão forte que a prostrou. O bebê em seus braços, o sangue, o berro da vida foi demasiada emoção para ela. Sua reação foi o desejo imediato de continuar a fuga, nunca mais voltar ali.

— • —

Incorporou-se à primeira comitiva que passou pela fazenda, na garupa de um peão apenado ao ver sua estranha figura na beira da trilha, sem saber ao certo se era velha, menina ou mulher. No estradão em que seguiram, no calor do entardecer, antes de chegar ao pouso do gado, ela outra vez passou pelo casal, o velho, a menina e o cachorro que vira na Bolívia. Ou seriam outros, mas iguais. Agora iam à frente de um grupo maior, com várias crianças. Um bebê nos braços de um dos homens. Cachorros. Dois idosos de bengala e uma idosa desdentada. Um sujeito alto, cabelo nos ombros, puxando um carrinho de madeira em que ia sentado um menino de pernas exageradamente finas.

Passando por eles bem devagar, o peão perguntou para onde iam. "Pra onde tiver lugar pra nós", um dos velhos respondeu. Os meninos cutucavam os bois com os galhos caídos na beira da estrada e riam. Pareciam se deliciar com a boiada. E Alelí se perguntou, como em transe: *Meu destino não é como o deles? Não será entre eles meu lugar?*

Mas não pediu para o peão parar. Seguiu em sua garupa até a cidadezinha mais próxima e de lá continuou.

Brasil

Quantos anos Alelí passou nessa errância? Pelas estradas, havia tempos já não via serras altas de picos amaldiçoados. Passava por planaltos, vegetação torta e ressecada, cidades isoladas, e quase dava para ver onde o horizonte se entortava. Foi bater no Mato Grosso, com uma família que fazia comércio pelas estradinhas esburacadas e poeirentas de uma fronteira inexistente e a levava para cantar nos barzinhos e casas de luz vermelha, calorentas, infestadas de mosquitos. Tocava para homens com cheiro espesso de suor, a boca cheia de dentes de ouro, e que zombavam dela em uma língua que não entendia bem. Não pareciam gostar do som do seu charango, mas se aproximavam para ver de perto o instrumento, achavam graça. E, quando ela cantava, reconheciam como sua a tristeza daquela voz. Aquietavam-se, mas não tardavam a pedir a música que era a deles, o som da viola e do violão. Alelí gostou do som da viola, do sentimento, da leveza de sua música. Aprendeu. Talvez tenha até ficado um pouco mais leve também. Capaz de fazer um som que, embora contagiado por sua dor inalterada, conseguia acompanhar o povo dançando.

Não foi uma época ruim. A paisagem diferente, a nova língua, as trivialidades do dia a dia aos poucos foram se incorporando à sua música, sua porta para a vida. Sem que precisasse nomear o que sentia, a música era sua forma de se colocar no mundo e de saber quem era.

Não muito depois, acabou tocando em um puteiro, local fácil de abrigar errantes como ela. Deuslinda, a dona, lhe ofereceu cama, comida e o que ganhasse dos homens com sua música, deixando a parte que cabia à casa, mas olha lá! Nada de atrapalhar as meninas. Não quero ouvir reclamação. Se um ou outro louco, bêbado ou arrotando coragem insistisse para ver se tinha mesmo cobra em sua vagina, Deuslinda aumentaria o preço e autorizaria. O que acontecia tão raramente que nem Alelí nem a dona do puteiro lembravam se de fato acontecera alguma vez ou se era só uma graça que o povo contava.

Uma tarde ia chegar novo carregamento de putas. Quando chegou, não eram putas feitas. Eram meninas. De dez, onze anos, com menos peito e bunda que Alelí. Tinham vindo de longe, esfarrapadas, olhos inchados, na caminhonete do traficante, homem bronco e troncudo, em nada diferente dos fregueses que costumavam aparecer, exceto pela empáfia e pela crueldade escondida no risco dos olhos. Ao ver o charango de Alelí, disse que queria ouvir que diabo de som tinha aquele tatu. Sem se dignar a sequer olhar para ele, ela se retirou da sala. O traficante juntou as sobrancelhas grossas:

— Que classe de puta é essa que cê tem agora neste bordel, Deuslinda?

— Essa é Alelí Culebra de los Infiernos, e não é rameira. É cantora e tocadora de charango, melhor manter distância.

Como se traficante de mulheres fosse homem de deixar alguma lhe virar a cara, por mais insignificante que fosse, como aquela magrela, feia que nem galinha depenada pronta para o fogão. Foi atrás e a agarrou pelo pescoço.

"Num quer tocar pra mim, é?"

Alelí sentiu-se sufocar, não pela brutalidade da mão cascuda, mas pela fúria conhecida que a invadiu quase em júbilo por ter outra vez motivo para extravasar. Fincou o canivete na virilha do homem às suas costas.

Seu espanto impediu-o de gritar, foram as mulheres que irromperam aos berros.

Com perfeita calma, Alelí lavou o sangue das mãos. Lavou o canivete. Trocou a roupa que se sujara também com o mijo solto da bexiga do ferido encostado nela. Ajeitou o charango no ombro, ajeitou seu manto e pegou a primeira carona que encontrou naquela terra de pouco tráfego.

— • —

Entrou pelo norte de Goiás. Passou por cidades fantasmas, adivinhando medo e miséria na cabeça baixa dos camponeses. E outra vez tropas. "É a guerrilha", diziam na venda. Mais de dez mil militares atrás de um punhado de guerrilheiros que muita gente nunca nem tinha visto. Muita rapaziada morta pelos matos. Cabeças cortadas. "Melhor calar essa boca, senão cortam a sua também."

Alelí atravessou a região como se atravessasse o campo de uma batalha fantasma. Não tocou, não cantou, não parou. Para um ou outro que insistia, ela dedilhava o som do charango, mas sem voz e sem ânimo, tudo tão inútil para espantar as maldades do mundo.

O que acontecia com as pessoas? Por que eram tão ruins, tão desprezíveis, tão desmerecedoras?

Até quando?

Até que seu destino, esse destino que a perseguia como cão danado, fez outra curva e a deixou na poeira de São Félix do Xingu, no Pará.

No bar onde passou a cantar, conheceu a risada de Manuel Juruna.

Ele a chamava para sua mesa, oferecia-lhe cerveja, que ela não tomava. Contava coisas diferentes, engraçadas, e Alelí, meio sem perceber, começou a rir de suas histórias de bicho, plantas, mata, peixes. Um riso de boca quase fechada, mais parecendo uma tosse.

Manuel Juruna contava, por exemplo, que no tempo de muito antes os órgãos genitais não viviam nas pessoas. Viviam separados. Uma vez, um pênis estava chorando num canto da casa, e toda gente ficou com pena. Acharam que era de fome, deram todo tipo de alimento para ele, e nada. Aí perceberam que ele ficava só olhando para uma vagina toda tristinha, no outro canto da sala. Perceberam que o pênis não sabia como ir até ela. Então, foram lá, pegaram a vagina e colocaram perto dele. O pênis de imediato parou de chorar, pulou e entrou na vagina, e ficaram os dois se remexendo de contentes. Foi então que Senã'ã, o xamã criador de tudo, decidiu pegar o pênis e colocar nos homens, e pegar a vagina e colocar nas mulheres.

Ouvindo essas coisas, Alelí parecia quase esquecer de si mesma.

Manuel lhe dizia: "Quero brincar com tu. Vem comigo pra minha rede. Vou fazer tu rir até dizer 'Num guento mais'. Tu vai gostar, Magrelinha". Ela achava graça desse jeito dele de convidar, de chamar, e não de querer forçar. Achava graça naquela corte tão desconhecida. Dizia não. "Quero não", dizia. "Nem sei mais." Manuel insistia, toda noite vinha ali e insistia: "Tu vai gostar da minha rede", dizia, "Vem, Magrela, vem rir comigo". E tanta graça fez, tanto insistiu, que foi o primeiro homem — depois de Miguelito — com quem Alelí Culebra de los Infiernos deitou por vontade própria, na rede do quarto do barraco onde ele dormia.

Para ela, apesar de deixar sair seu riso de tossezinha, não foi muita coisa — nada para ela era muita coisa —, mas para ele, sabe-se lá por quê, foi. E toda noite Manuel aparecia no bar, tomava uma ou duas pingas escutando Alelí tocar e cantar com aquela voz de sussurros e agudos que era a dela. Uma noite lhe disse que estava enfeitiçado. Queria levá-la para sua terra.

— Que terra é essa? — ela perguntou.

— A terra do Paquiçamba. A terra do meu povo Yudjá.

— Que povo é esse? Vou não.

— Os brancos chamam de Juruna. É um povo bom. Vem que lá as mulheres vão te engordar. A comida é boa. É perto do rio mais bonito que tu já viu. Vem comigo.

— Vou nada.

— Tem música. Tem dança. Tem o caxiri que alegra a gente. Tu vai rir o dia inteiro.

— Vou não.

— Sabe que é melhor a gente ir? O amor à distância faz mal pro homem e pra mulher; a alma sai à procura da companhia de quem ela ama. A minha vai sair amalucada procurando a tua. Não vai deixar tua alma em paz.

— A minha vai ficar bem quieta comigo. Já te falei que meu coração é de pedra.

— Bestagem. — Manuel mostrou os músculos. — Tá vendo esta força? Dou muito conta de arredar qualquer tipo de pedra.

— Deixa de teima, homem. Sei nada de amor. Pra mim, é palavra que só existe no canto.

— Eita! Que amar dá pra aprender, Magrela. Tu tá falando com um professor.

Com essa lábia, fala mansa e histórias engraçadas, Manuel convenceu a moça sem terra, sem pátria e sem paradeiro a ir com ele. Já estava mesmo na hora de Alelí partir para algum lugar. Que fosse para uma aldeia indígena, que diferença faria?

O último céu

Alelí talvez tenha encontrado um pouco de paz na aldeia do Paquiçamba, na Volta Grande do Xingu, à margem esquerda do poderoso rio que nasce no Mato Grosso, corre para o Pará e desemboca no Amazonas. O barco que a levou, ao lado de Manuel, atracou na prainha de gorgulho e areia alaranjada, e ela desceu e subiu com ele o barranco coberto do verde da mata até a aldeia Juruna, as malocas empinadas de tábua e palha seca.

Sem estranheza, o povo da aldeia a aceitou como a mulher do Manu. Ele havia lhe dito que seria assim, seu povo era de paz, e muitos se casavam com pessoas da cidade ou de outras etnias ou ribeirinhas. As mulheres lhe faziam festa ou a deixavam quieta quando era isso que ela queria. Gostaram das cicatrizes miúdas que lhe enchiam os braços, as pernas, o colo e a volta do pescoço. Acharam bonito seu canivete, o trançado andino do estojo e do manto vermelho, e seu cinto de pele de cobra. Riram da casca do tatu que virava instrumento e cujo som lhes agradou.

Alelí aprendeu a trabalhar com as mulheres. Limpava os peixes e lavava as panelas, sentada na água rasa da beira do rio, acompanhando as gaivotas. As garças que apareciam.

As aves que se misturavam ao céu e à mata. Usava seu canivete para tirar as escamas que faiscavam ao sol. Era um jeito de esquecer quem era.

Uma das mulheres, sob o sol do meio-dia, lavou bem lavada uma bacia de alumínio e a encheu de água enquanto Alelí estava entretida com um peixe. Então perguntou: "Alelí, aquela bacia tá vazia ou tá cheia?". Ela olhou, respondeu: "Tá vazia". "Ah, então passa ela pra mim." Quando Alelí fez o gesto de pegá-la e puxar foi que viu que a bacia estava cheia até a borda. As mulheres caíram na risada, e ela também, admirada, riu sua tossezinha.

Com as mulheres, ia à roça. Fazia a farinha de mandioca. Comia peixe assado, fosse qual fosse — matrinxã, pacu, filhote, piranha, o acari cascudo quando cresce. Aprendeu a comer tracajá. Zanzava pela mata, que parecia também suar na umidade de um calor que jamais sentira antes. Manu lhe ensinava o nome das árvores que ela nunca vira — seringueiras e castanheiras, coqueiro babaçu, cipó-escada, amarelão, cacau-do-mato, cedro, ipê, jaborandi, tamboril, ingá, jatobá, camarim, camu-camu, serrapilheiras das folhas secas no chão. Tantas. E a fazia jurar que, se ela se perdesse, saberia encontrar um mututi e bater no seu tronco com o facão; ele ouviria o barulho e iria buscá-la.

Dizia: "Nunca estamos sozinho dentro da mata, Magrela. Bicho e árvore o tempo todo tão observando a gente. E não pense que eles são bobo. Falam entre si. Quando um madeireiro derruba uma árvore grande, uma castanheira, por dizer assim, ela tem raízes entranhada terra abaixo, não morre sozinha. Leva junto as árvore do entorno, sua queda puxa as outra. A terra treme e ruge, e a árvore maior cai esperneando com as menor. A natureza solta um berro. É um alerta, um aviso: cês levaram essa, mas cuidado se quiserem levar mais. Posso tardar em vingar a morte dos meus, mas um dia vingo".

Aquele mundo desconhecido ia entrando no corpo e na alma de Alelí, até ocupando alguns pedaços, fazendo-a reviver. Ficava um bom tempo na beira do rio, olhando as águas. Manuel estava certo quando dizia que aquele pedaço de rio era o mais bonito que ela veria. As crianças pulavam das pedras aos gritos e risos, gritos e risos também das mulheres, que a chamavam com sinais para que ela fosse se banhar no rio, sentir a água transparente e cálida na pele, se refrescar — logo ela, filha da serra andina, que jamais vira tanta enormidade de água. Ah!, se soubesse se portar como aqueles meninos, peixes de duas pernas e dois braços, cabelos escorrendo água, boca aberta, se soubesse nadar assim, quem sabe poderia se embrenhar e sumir na imensidão, virar peixe, afundar soltando borbulhas que logo desapareceriam, e não restaria nenhum rastro seu naquela imensa face líquida cujo final ninguém via.

Por um bom tempo, não se cortou mais. Não lhe veio a ânsia, a necessidade. Fechava os olhos à noite na rede, e o rio parecia estar dentro dela.

— • —

Logo nos primeiros dias, Manu pegou sua canoa preferida, feita da madeira do amarelão, e a levou para conhecer os lugares mais amados do rio, seu orgulho. As prainhas de areia alaranjada, as grandes pedras negras qual esculturas gigantes cercadas pelo verde das matas nas beiradas. As correntezas, a água escura que ela colhia e ficava transparente na mão. "É por essa água que eu jamais sairia daqui", ele dizia, "é por ela que eu não seria capaz de morar em nenhum outro lugar. Aqui, em nosso rio, a gente tem a alegria que nasceu pra ter. Viajo nas incumbência do meu povo porque há muita ameaça à nossa volta. Se tu num tivesse vindo comigo, e eu tivesse ficado mais tempo lá pra te convencer a vir, sozinho como eu tava, era capaz deu ter morrido, viu? Fui marcado de morte, ainda nem te contei."

"Dizer Yudjá é dizer dono do rio", continuou. "Mesma coisa que dizer que o rio é dono de todo o nosso povo. Todo mundo aqui navega, pesca, mergulha sem nenhum medo, nenhuma aflição. Todo mundo nasce canoeiro e pescador. Conhecem tanto esse rio que é como se tivessem nascido dentro dele, ou como se ele fosse tal como o ar, outra parte da natureza que cerca o corpo Yudjá. Vê ali, aquela prainha? Vamo lá que a gente pode fazer uma coisa."

Desceram na pequena clareira.

— Vem, Magrelinha — Manu chama. — Tá vendo que beleza é isso aqui?

Ela foi, mesmo dizendo:

— Sei não.

E ele, desfazendo a trança que ela sempre fazia nos cabelos:

— Como num sabe? Vem que vou comer sua rãzinha. Vou chupar essas duas frutinha que tu tem.

Ela riu seu risinho de tosse.

— Mas antes vou só esmagar e esmagar, assim, bem devagarinho, desse jeito. Eita rãzinha saliente!

E lá foi ela por aquele outro rio profundo que fluía em seu corpo e o eletrizava, e a fazia sentir que, se não parasse ali, naquele segundo, morreria, e não seria ruim, ah!, não seria.

— • —

— Tu disse que tá marcado pra morrer — ela perguntou quando voltaram para a canoa. — Num tá todo mundo?

— É que, se num tomar cuidado, eu posso morrer mais cedo do que minha hora. Quando tava em São Félix, tive notícia de um fazendeiro que anda dizendo meu nome. Madeireiro. Um deles. Sei quem é. Tive um enfrentamento com os capanga desse sujeito querendo entrar nas terra de uns parente rio abaixo. Os guerreiro nosso, como eu, se reuniram, e a gente foi atrás. Eles escafederam. Mas vão voltar. Sempre voltam. Parece praga. Parece não, é.

— • —

As mulheres iam se banhar no rio. Mas Alelí não tinha a coragem de entregar seu corpo a ele, sentir na pele aquele tanto medonho de água. Ficava só na beira, sentindo os pés fincados na terra. Não aprendeu a nadar. Não se entregou a esse prazer. Ficava ali na beira, às vezes até se agachando e rodeada de crianças e mulheres que a salpicavam de água, gotas que pareciam ter vida própria, reverberando à luz do sol, vencendo a quentura do dia.

Na aldeia havia música e havia noites de caxiri, o cauim. Ao amanhecer, havia o som da flauta de Manu. Alelí estranhou o som dessas músicas. Mas era música que combinava com a bebida de mandioca e batata fermentada que ela provou e quis beber mais. E então dançou, bateu os pés, cantou no ritmo da música que, de repente, sabia. Não era mais ela, era outra. Era como se sentisse um esquecimento de si mesma e, benza os céus!, uma espécie de alegria.

Era português que se falava na aldeia, o português que ela já aprendera. As mulheres vinham pintá-la com a tinta preta do jenipapo e a vermelha do urucum, estilizando as ondas do rio em seu corpo e no rosto, nas partes sem cicatrizes. Exceto uma, Nuria, que se mantinha arredia, emburrada, quando Alelí se juntava à roda ou, para ser mais precisa, a roda se juntava a Alelí. As mulheres riam. "Ciúme", diziam. "Inveja." "De mim?", Alelí se assustava. "Sim, de tu." "Da cantoria, do jeito que Manu cuida de tu. Diz que foi feitiço que tu fez pra ele."

E não paravam de rir.

Quando a viu outra vez, Alelí tentou dizer à emburrada que não era dona de Manuel. Que Nuria não se importasse. Ela não era de ficar, mas de partir. Qualquer hora dessas iria embora dali. Sem ele.

— • —

Talvez a Juruna emburrada não tenha entendido, ou não tenha acreditado no que Alelí tentara lhe dizer, essa verdade que tinha o estranho poder de mantê-la viva. Jamais permaneceria em um lugar. Jamais se apegaria. Não suportaria. Não queria. Ficaria ali mais um pouco e seguiria seu rumo, fosse qual fosse. Seu destino era simples, e era o único que poderia ter.

Para Manuel, no entanto, a história era outra. Quando ele entrou naquele boteco em São Félix do Xingu e ficou escutando a mulher fina que nem bambu, rosto encovado e feioso, voz de afundar a pessoa no rio da tristeza, algo foi dando em seu peito, um aperto, algo parecido com dó, mas que não era dó, era vontade de tirá-la dali, cuidar dela. Colocar um riso na sua cara e na sua vida. Com ele.

— • —

Manuel tinha passado um tempo com seus parentes do Mato Grosso, os que mais sabiam das histórias do seu povo, e aprendera várias. Era um bom contador de histórias e Alelí, boa ouvinte.

"Os Yudjá foram um dia a tribo mais importante do Xingu", contava. "Mas aconteceu com eles o mesmo que tem acontecido com todo povo nativo desta terra, desde que o branco chegou e foi expulsando um por um terra adentro, empurrando todo indígena que visse pela frente. Há mais de quinhentos ano é assim, e continua sendo. Chega o seringueiro, chega o fazendeiro, chega o minerador, chega o desmatador, chega a barragem, chega o governo, todos querendo expulsar os povos indígena de suas terra, justo os indígena que são os dono tradicional de suas terra, como nós, Yudjá, pode dizer Juruna, não importa, Yudjá ou Juruna somos os dono daqui dessa Volta Grande do Xingu. É terra muito rica. Tem peixe, animal, ouro. Muito ouro ali perto. Os Yudjá já foram muito, mas foram minguando. Uma parte foi pro Mato Grosso. Uma parte ficou. Sofreram com a borracha, o garimpo, a construção da Transamazônica, quando tinha uns estrondo e explosão que assustavam todo mundo e afugentavam peixe e bicho. E agora, como se fosse pouco, inventaram de querer barrar o Xingu lá em cima, estão falando em construir uma usina hidrelétrica aqui nessa grande curva que nosso rio faz. Mas isso a gente não vai deixar. É mais fácil a gente morrer do que deixar."

E ele contou como esses homens começaram a chegar sem falar nada, boca fechada.

"As 'voadeira' passando pelo rio de vez em quando paravam em algum lugar, os homem desciam e ficavam lá pelas pedra ou subiam pelos barranco, sumiam nos mato e não falavam nada. Geólogo, agrimensor, engenheiro com suas trena. A gente perguntava: 'Por que cês tão medindo nosso território? Nosso rio? Quem mandou?'. E nada de resposta. Ou mentiam: 'É só pra saber, num tem problema não, é pra estudo do governo'. Muito tempo depois foi que eles começaram a falar que era pra construir a hidrelétrica. Vieram com a conversa de que seria bom pra todo mundo, como se fosse fácil enganar a gente. E também teve uma vez que fomo expulsar os madeireiro que tiveram ousadia de chegar mais perto daqui, e, antes de sair, um gritou: 'Ignorantes! Tudo isso vai ser alagado. Essas mata vão afundar. Melhor cortar logo'. Daí também gritaram: 'Índio é tudo burro! Só mesmo matando um por um'."

Alelí escutava e se sentia muito próxima daquela vida de expulsão, de mortes, de povo minguando e tristezas infinitas. Nas noites de música e caxiri, ela conseguia articular esses pensamentos e parecia entender tudo. Todo o sofrimento, todas as tragédias, os desmoronamentos, as avalanches, as cidades soterradas, os povos afundados, todas as mortes, as loucuras, a insensatez do mundo. E por isso batia os pés, e por isso dançava, e por isso cantava. A vida é como é. É isso aqui. É agora.

— • —

Os homens saíam para a pesca noturna de caniço. Ou saíam para as caçadas e voltavam com paca, anta, catitu, veado-mateiro, veado-cuboca. A aldeia se alegrava. Saíam também para mergulhar e pegar o acari, peixinho ornamental, uma de suas fontes de renda. O Xingu naquela parte era casa pródiga desses peixinhos de aquário, de cores e formas variadas que se escondiam nas profundezas, entre as pedras. Não era fácil pegá-los vivos. Tinha os especialistas, os acarizeiros. E cada um se especializava em um dos tipos dos peixinhos. Manu era especialista no "zebrinha", acari branco de listras pretas, que só existia no Xingu. Seu irmão pescava o "bola amarela", preto com bolinhas amarelas espalhadas pelo corpo. E tinha o "bola azul", o acari-tigre, o acari do poço, o amarelinho, o picota ouro, o tubarão. Aleli admirava-os soltos na bacia de água e, para sua surpresa, ela, que não tinha lágrimas, às vezes sentia seus olhos se inundarem por algo que não sabia o que era. Manu se assustava: "Que isso, Magrelinha, chorando por causa do acari?". Ela respondia: "É que eles são tão pequeninos, Manu. Tão fraquinhos. É bom olhar pra eles". Manu a abraçava, "Vou fazer um aquário pra tu". "Precisa não, Manu. Seu rio é o aquário mais lindo."

— • —

Alelí jamais conhecera uma vida assim, onde tudo parecia simples, tão possível e como deveria ser. Pesca, caça, rio correndo, mata verde, rede, gaivotas e garças na água morninha. Tudo ao alcance da mão. A beleza do rio. A beleza das árvores.

A beleza das pinturas caprichadas no corpo. A beleza do dia e da noite. A beleza da vida possível. Em que lugar de sua alma ela colocaria tudo isso?

— • —

Em sua canoa amarela, Manu a levou a locais mais distantes. Penetraram na parte sagrada do rio, onde ficava a ilha-cemitério dos antepassados. Passaram em silêncio, em respeito, e chegaram à Cachoeira do Jericoá, a fumaça subindo das águas batendo nas pedras, os redemoinhos se formando pela força da queda.

"Meu peito fica maior quando venho aqui, Magrelinha, ver esse poder e essa beleza de nosso rio. Fico mais forte. Fico melhor."

Remando de volta, pararam em uma praia, um barranco de areia dourada e pedras que subiam se juntando à mata verde-clara, verde-escura, verde-verde acima de onde se via outra cachoeira, essa menor, que de certa forma, para Alelí, pareceu ainda mais bonita. Quando seus corpos se encontraram ali na areia e eles se amaram, ela sentiu um estremecimento ainda mais profundo que de costume e uma pontada, como se uma junção tivesse acontecido em seu ventre. Logo dormiu um sono calmo nos braços abertos do seu homem.

De volta à aldeia, e sem se dar conta, Alelí deixou que uma música peruana saísse de seu coração. Era um *huyano* dos Andes que ela mal imaginara que sabia. Seu canto em quéchua percorreu a noite indígena, fluindo como fonte de intangível beleza. Ela, sua voz e seu instrumento tornando-se uma coisa só, envolvendo qual surpreendente aragem a aldeia que dormia.

Para seu espanto, no dia seguinte, ela disse a Manuel que se lembrara de uma história que o pai contava. O pai que tinha saído de sua comunidade porque um fazendeiro invadiu grande parte das terras comuns de pasto, e a pobreza era demasiada. Não sabia se ia contar direito, mas era assim:

"Um fazendeiro tinha um *pongo*, um homenzinho encurvado que trabalhava pra ele o dia todo. À noite, o patrão se refestelava satisfeito, seu grande corpo sentado na varanda da casa, e dizia pro *pongo*: 'Faça-me rir'. E o *pongo* todo cansado, todo cabisbaixo, todo triste, se fazia de coelho, ou de *llamita*, ou de *cuy*, até seu patrão abrir a bocona e gargalhar. Uma noite o patrão disse que tinha tido um sonho e queria contar. Nesse sonho ele tinha morrido e se apresentado ao Senhor Nosso Deus, que mandou um grande anjo de asas brancas e enorme beleza vir limpá-lo com muito carinho e por todo o seu corpo espalhar o mel da mais pura doçura. Depois chamou o *pongo* que também tinha morrido e o mandou lamber o corpo do seu senhor. O patrão riu muito e perguntou ao seu *pongo*: 'O que tu achas disso?'. Encolhido do outro lado da varanda, esperando as ordens do patrão, o *pongo* disse: 'Muito bem merecido, patrãozinho. Assim mesmo é que tinha que ser'. Todo contente, o patrão voltou a perguntar: 'E tu, *pongo*, com o que sonhou ontem? Tu sabes sonhar?'. O *pongo* respondeu: 'Sim, patrãozinho. Eu também sei sonhar. Ontem à noite também sonhei que tinha morrido e fui me apresentar ao Senhor Nosso Deus, assim todo cabisbaixo, todo cansado e fraquinho como o patrãozinho me vê, e o Senhor Nosso Deus chamou o mais humilde dos seus anjos, também assim todo fraquinho e murchinho como eu, e lhe disse: 'Cubra o corpo dele todinho de bosta'. E o anjo assim fez, com muita rispidez, muita brutalidade. O patrão riu muito e disse: 'Assim também tinha que ser'. Mas o *pongo* continuou. 'Quando me viu todo coberto de bosta, o Senhor Nosso Deus falou pro anjo de tanta enorme boniteza perto do patrão: 'Agora, traga esse aí e faça-o lamber todo o corpo do servo que ele tanto humilhou em vida'."

Manuel explodiu numa risada tão gostosa que espantou as gaivotas da beira do rio. "Que história boa essa sua, Magrelinha!" E a ergueu e a sacudiu, enquanto ela dava sua tossezinha e lhe dizia: "Me larga, me larga!".

— • —

Às vezes, Manu passava dias fora com o cacique, o vice-cacique e outros guerreiros. Quando voltavam, a aldeia se reunia para escutar as notícias da grande articulação que estava começando a ser feita para lutar contra a construção da usina hidrelétrica em suas águas.

Às vezes voltavam furiosos, preocupados, e falavam tão rápido entre si que Alelí perdia algumas palavras. Era a grande ameaça que havia vários anos os perseguia, os homens do governo andando pela região, não com armas, e sim aparelhos de medição, dizendo que o Xingu era muito importante para o país e que ali, na curva da Volta Grande, havia como que um salto ideal no leito do rio para fazer uma barragem. Eles estavam examinando tudo com muito cuidado, "mas não deem ouvido aos rumores e boatos", diziam, "não se preocupem", diziam, "nada vai ser feito sem o conhecimento e consentimento de vocês. Nada". Falavam com voz de compreensão e amizade, prometiam muitas coisas, várias vezes. Só que os estudos que eles diziam que estavam fazendo continuavam, os boatos aumentavam, e ninguém nunca vinha saber se os Yudjá queriam ou não que mexessem em seu rio e seu território.

Outras vezes, voltavam mais animados, os povos indígenas da região estavam se unindo, começando a pensar na preparação de um grande encontro para mostrar sua força e seu descontentamento com o que o governo estava pensando fazer. Os Yudjá, os Arara, os Xavante, os Xicrin, os Kayapó, os Xipaya, os Kuruaya, os Asurini, os Parakanã, os Arara, os Araweté, os Munduruku, todos iriam mostrar que não aceitariam essa história de barragem no Xingu. Estavam cansados do abuso dos brancos. Seria uma luta grande, demorada. Teriam que mostrar sua força. Guerrear, se preciso. Fazer correr sangue. O que fosse preciso para defender seu território, seu rio e seu modo de vida.

— • —

Uma noite de lua clara, Manuel começou a contar a Alelí que o mundo dos Yudjá tem quatro andares: a terra e três céus. Desses céus, dois já caíram. Periga cair o último. Eles foram derrubados por Senã'ã em represália ao extermínio dos povos indígenas. Foi no tempo que os Yudjá estavam à beira da extinção. Quando Senã'ã tentou avistar o rio, não havia mais rio. Ele ficou furioso e derrubou o céu, queria exterminar os brancos. O rio Xingu desapareceu. O sol apagou, tudo ficou escuro. Todo mundo ficou apreensivo.

Os poucos sobreviventes, os que se abrigaram ao pé de um grande rochedo, somente eles se salvaram. Os brancos todos morreram, os índios morreram, os Yudjá morreram. Os que tinham sobrevivido escavaram o céu espesso com um pedaço de pau. Esses foram os que começaram a crescer outra vez. E Senã'ã disse a um deles: "É assim que hei de fazer: quando os índios desaparecerem, quando os Yudjá desaparecerem, eu desmoronarei o último céu".

Perto do fogo, aos pés da rede onde estava Alelí, Manuel não viu como ela se contorceu escutando, como tremia, e só se deu conta de que algo lhe acontecia quando ela se ergueu de um salto e saiu como se catapultada por um bicho. Assustado, ele foi atrás, luz só da lua, ela correndo pela trilha até a beira de uma pedreira que dava direto para a parte funda do rio, onde estacou ofegante, estátua prestes a dar um passo. Manu a agarrou por trás: "O que foi, Magrelinha?". Mas Alelí agora era Alelí Culebra. Esperneou, cobriu-o de socos, pontapés, avançou e pulou pedreira abaixo. Manuel pulou atrás e a agarrou pelos cabelos, puxou-a na água ainda esperneando, ainda o mordendo, e conseguiu trazê-la à margem, onde Alelí, ainda que engasgada, ainda que sem ar, outra vez o unhou, esperneou e saiu, mas dessa vez cambaleando de volta à rede, onde se deitou molhada e ferida pelas pedras, os olhos tão abertos que pareciam independentes de sua cara.

Passou dias na rede, incendiada por dentro, sendo cuidada pelas mulheres. E assim descobriram uma gravidez ignorada por todos. Quando se recuperou, nem ela nem Manu falaram do que havia acontecido. Tampouco da gravidez. Era como se Alelí não soubesse. Mesmo as mulheres, que se alegraram no começo, não comentaram mais o assunto. Deixaram Alelí em paz, compreendendo que ali havia uma história que ela não contara a ninguém. Se um dia quisesse, contaria.

O amor de Manuel por aquela mulher ensimesmada, de uma magreza que não cedia, continuou como se fosse uma graça concedida aos dois. A Manuel, que a doava, e a Alelí, que a recebia. Ele jamais soube por que o mito Yudjá do céu desmoronando lhe causara tanto desespero. Mas passou a escolher com cuidado as histórias que lhe contava: só as engraçadas, só as que faziam sua risadinha de tosse acontecer.

Contou-lhe a lenda de Senã'ã, que é filho de dois jaguares pretos, e também tem uma esposa. Ele e ela têm quatro peles, de quatro idades. A pele de cima é velhíssima e obriga os dois a andar de bastão; as duas peles intermediárias são da maturidade; a de baixo é da juventude. Quando eles tiram as três peles de cima ficam jovens. Senã'ã fica belo, exibindo uma pena da cauda da arara-vermelha nas orelhas. Sua esposa, mais bela ainda, fica com os seios pequenos e duros, e os brincos de pena da arara-azul escondidos, antes ocultados sob as peles velhas. O casal fica pelado para se banhar num poço de águas geladas, limpinhas e profundas. Senã'ã não pode se banhar no rio porque o calor de seu corpo secaria as águas.

— Filho de dois jaguares pretos? Quatro peles? Que invenção! — ria Alelí com sua tossezinha. E pedia: — Conta outra.

— Ah, dessa tu vai gostar bastante. É do poder da mulher. Como os Yudjá aprenderam a tocar a flauta. Os homem foram caçar e pescar e deixaram a mulherada na aldeia. Quando foi, apareceram quatro índio, como se fossem Juruna: todos bonito, cabelo grande, faixa na cabeça. Chegaram e começaram a tocar as flauta... os Yudjá têm doze tipo de flauta. Mulher era proibida de tocar, mas foi pra elas que eles ensinaram. Quando os homens voltaram, elas que ensinaram pra eles, tá vendo?

Alelí soltou sua tossezinha.

— • —

Uma tarde, a índia mais velha chegou junto à rede de Alelí, pegou sua barriga com as duas mãos como quem pega um fruto amadurecendo e disse: "É uma femeazinha que tu tem aí. Forte. Guerreira. Bem filha de Manu Juruna". Ele, que atiçava o fogo ao lado, encheu o peito de orgulho e sorriu. Alelí ainda não lhe dissera sequer uma palavra sobre a gravidez e, se ele esperou que finalmente ela lhe dissesse alguma coisa, não esperou em vão. Ela se virou na rede:

— Vou deixar essa filha com tu e teu povo.

— Ei, Magrelinha, que que tu tá falando? É tu que vai criar ela comigo. Tu ensina tuas música, eu ensino ela a ser do rio. Tu ensina a...

— Se ficar comigo, ela morre — interrompeu Alelí, que se levantou da rede, saiu da maloca e se embrenhou na mata. Sentou-se em uma pedra escura e se cortou, pela primeira vez desde que chegara.

— • —

Enquanto a barriga de Alelí crescia, cresciam também os rumores de pistoleiros e desmatadores avançando sobre as terras indígenas, não as do Paquiçamba, mas as de um grupo de parentes ameaçados rio abaixo. Parecia mais boato do que verdadeira ameaça. Que outra vez estavam falando que tudo aquilo ia virar água, melhor desmatar logo.

Dois guerreiros da aldeia pegaram a canoa para visitar esses parentes e averiguar o que se passava. Um deles era Manuel.

Três dias passaram rápido. Alelí, na calma rotina que criara para si mesma, acordou mais cedo que os outros, dedos formigando em volta do charango. Na madrugadinha friorenta, amarrou seu manto nas costas, saiu da maloca com seu tatu pendurado nos ombros, o canivete amarrado na parte baixa da barriga, como era seu costume. Foi quando a gritaria explodiu como vento mau, a tribo despertando assustada, passando por ela como se não a vissem, descendo aos pulos o barranco, correndo para o lugar onde atracavam as canoas. Mas não era uma canoa que estava ali, como que atracada na areia e rodeada pelas pedras. Era o corpo de Manuel. O corpo morto de Manuel Juruna. Um buraco de bala no peito.

Fria, como se estivesse sentindo o ar gelado do mais gelado vento andino, Alelí se aproximou a passos lentos. Abriram-lhe espaço. Ela se abaixou e, por um longo tempo, uma vida inteira, passou a mão devagarinho pelo rosto já esbranquiçado de seu homem, pela boca roxa, os braços e mãos gelados, as pernas, por todo o corpo endurecido, a eternidade concentrada ali em suas mãos acariciando o corpo dele, até que se levantou e, a voz quase inaudível, pediu um parente em uma das canoas encostadas que a levasse para a cidade.

Não se despediu, não disse nada a nenhum deles, nada explicou nem aos mais velhos da tribo nem aos pais de Manuel que estavam chegando, nem às mulheres que choravam o canto do luto, nem à emburrada Nuria, que a empurrou para também chegar ao corpo. Em seus ombros, o charango que pensara tocar naquela manhãzinha.

Morte × vida

Alelí chegou em Altamira tremendo como em ataque de malária. Não havia chorado sobre o corpo de Manuel Juruna. A violência contra ele a tocara de um modo tão visceral que lhe confirmou a certeza: havia sobre ela uma maldição, a maldição que o contaminara. Mas não tombaria por ele. Não ficaria na aldeia. Não era Juruna; jamais seria. Era apenas um corpo jogado à beira da vida. Não era pelos Juruna que tremia. Era pelo bebê em sua barriga. Havia planejado deixá-lo com o pai, que agora não mais vivia.

Continuou tremendo ao se sentar em um banco no largo perto do cais. Tomaria um ônibus para algum lugar. A barriga pesava, melhor sentar-se um pouco sob a sombra de uma mangueira. Seu corpo pensava por ela. A barriga dava sinais de que logo expulsaria a criatura que crescia como se não soubesse fazer outra coisa que crescer. Pobre criança sem pai! O que a esperaria? Por que não a deixara na aldeia? As crianças ali eram felizes, o povo era feliz com seu rio. O que a fizera pensar que poderia colocar no mundo outra criança? Que trégua era essa que imaginara? Se ali não havia picos nevados soterrando cidades, havia a violência do próprio homem. O que fazer com essa pobre criatura em sua barriga que nem pai teria?

Braços, pernas, barriga, uma geleia fria de membros tremendo disformes, Alelí não sentiu a mão quente da mulher em seu ombro. Não a vira sentar-se, nem reparou nos dois meninos brincando ao lado. Mal escutou a pergunta, "Tá precisando de ajuda?".

Ao recobrar a consciência, viu o rosto desconhecido à sua frente, olhinhos indagadores de meninos atrás. Não caíra do banco, a mão da mulher a amparou. Já não tremia. De alguma maneira, aquele rosto solícito lhe despertara a mesma confiança que sentira com as mulheres Juruna. Ouviu a voz:

— Tá melhor? Tu desmaiou. Deve ser pressão. Sou do hospital aqui perto. Vamos lá ver se tá tudo bem.

A mulher tirou o charango de seus ombros, a cinta do canivete na altura da virilha, mas, ao tentar lhe tirar o manto, uma excrescência naquele calor, Alelí o puxou, "Não".

Mediram sua pressão. Examinaram sua barriga. O feto estava bem. Teria um bom parto, disseram. Liberaram-na. A desconhecida a seu lado, já sem os meninos.

— Te acompanho até tua casa. Vamos.

— Vou pra rodoviária.

— Tu vai viajar?

— Vou pegar um ônibus.

— Nesse estado? Pra onde?

— Pra onde for.

— Me explica isso direito.

E o que aconteceu naqueles poucos momentos entre essas duas mulheres foi o mistério da amizade e de uma linguagem que, sem avisos, torna-se comum a duas pessoas até então desconhecidas, estabelecendo o vínculo do afeto.

Sentaram-se no banco do largo perto do hospital, e Alelí, a que nada contava a ninguém, lhe contou que estava fugindo da morte na aldeia Juruna, da morte do pai daquela barriga. Chica, que ouvira o rumor de uma morte no Paquiçamba, decidiu na hora:

— Vamos pra minha casa. É casa de pobre, mas, até ter essa criança e se recuperar, tu fica comigo. É logo ali, vem.

— • —

Na casa pintada de um branco já encardido, porta e janelas marrons da cor da madeira com que foram feitas, varandinha estreita, trepadeira mirrada tentando avançar pelo portão, Chica morava com seus dois filhos, os meninos que Alelí vira de relance ao se recobrar do desmaio. O marido, contagiado pela febre do ouro, havia tempos sumira no mundo, "e agora, nem se voltasse, ela o receberia", contou a dona da casa expansiva e sorridente enquanto arrumava o sofá de plástico cinza da sala que lhe serviria de cama.

Pessoas boas às vezes aparecem, Alelí sabia. Assim. Do vaivém das coisas do mundo. Mesmo em ambientes pouco propícios, aparecem. Mesmo quando tudo desmorona em volta, aparecem. Foi assim que Chica, moreninha baixa de olhos atentos, tendendo à obesidade, apareceu na vida de Alelí. Seus dois filhos, Avenor, de oito anos, e Avelino, ou simplesmente Lino, de quatro, pode-se dizer também que apareceram, já que herdaram dela a capacidade de gostar dos outros e acolhê-los. Os dois a cercaram, olhos fixos nas pequenas cicatrizes de seus braços e pernas que formavam na pele um tipo de desenho feio e sem cor, em nada parecido com os dos índios, mas que mesmo assim fizeram com que eles dessem como certo que ela era índia. Queriam escutar o som daquela casca de tatu e pegar na boca da cobra de seu cinto.

No entanto, nem naquele dia nem nos seguintes Alelí tocou. Para desgosto dos meninos e da própria Chica, ela passou um tempo afundada em si mesma, só muito pouco a pouco saindo de seu mutismo. Limpava a casa, varria o exíguo quintal com imensa concentração, e depois caminhava até a orla da cidade para ver o rio. Ficava ali até o anoitecer. Os meninos, que logo já não a viam como novidade, a deixavam quieta.

Até que uma tarde a música outra vez a invadiu. Por um nada, talvez; ou um tico de beleza que viu; ou uma beleza inteira como os raios do sol a pique pirilampeando nas ondas do banzeiro. Algo foi capaz de atravessar a fresta que a prendia à pulsão de vida e a fez voltar da orla, pegar seu charango, afiná-lo e tocar para os meninos.

Chica parou o que estava fazendo. Os meninos bateram palmas e pediram: "Canta outra vez, canta". Ela cantou.

— • —

Durante os dois meses que passou com Chica, Alelí, com pausas prolongadas, lhe contou sua vida em movimento, puxada por uma força que não a deixava se aquietar nem morrer. Como se fosse sua sina seguir o último desejo que teve enquanto ainda era capaz de desejar alguma coisa, antes, muito antes de sua maldição começar: o desejo de entrar em um daqueles velhos ônibus que enfrentavam a serra andina, ir conhecer Lima, cidade tão famosa, tão linda como diziam que era. Essa obsessão de agora, de pegar um ônibus, ir para outro lugar, só podia vir daquele desejo morto da jovem cheia de expectativas que ela uma vez fora. Nunca mais soube o que era um desejo assim. Nunca mais pensou em cidades grandes. Nenhuma cidade como Lima. Jamais conheceria esse tipo de cidade. Essa vontade ficara soterrada debaixo da terra em Yungay.

No Paquiçamba, chegou a pensar que talvez pudesse ficar na aldeia. Por ser tão diferente, por ter caxiri, por ter a mata e um rio como jamais vira antes, por ter Manuel, pensou que talvez pudesse ficar um pouco mais, talvez até morrer naquelas águas um dia, uma morte sem ruído, um acari--amarelo na mão. Até que Manu lhe contou que o céu poderia cair, como em sua terra caíra o pico do Huascarán, e o pânico quase esquecido a fez entender que não poderia ficar. Esperaria o parto para deixar a criança com o pai.

Nem isso foi possível.

Só não lhe contou o que era ainda mais profundo que tudo aquilo. A chaga viva, o miolo da pedra que levava em seu coração. O que de fato a tornara essa andarilha sem pouso nem paz. Isso ela só contou mais tarde.

E Chica, em um tom bem diferente, também falou de sua vida. Era de Altamira, mãe lavadeira, pai pedreiro que a morte levou, com o coração inchado pela doença de Chagas, no mês em que ela nasceu. A mãe viúva criou os dois filhos, e o que lhe deu de herança foi obrigá-la a estudar. Com o mais velho, não conseguiu; esse mal aprendeu a ler e escrever, ainda adolescente, sumiu no mundo. Disse que ia para Belém e nunca mais tiveram notícia dele, como se não fosse nem filho nem irmão.

Chica ficou com a mãe até sua morte. Deu-lhe o gosto de ver a filha começar a trabalhar como funcionária do pequeno hospital da cidade. Como era frequente faltar enfermeira e médico no posto, ela ajudava nos partos. Fazia curativo. Aprendeu muita coisa na prática, e muita gente a procurava como se ela fosse de fato enfermeira.

Antes disso, em uma curva da vida, conheceu Durvalino Pereira. Melhor dizendo, na curva de um bar de esquina, onde ele trabalhava, um cara bom, bonitão, pelo menos ela achava o marido bonitão, "Avenor é o filho mais parecido com o pai, diga se não é bonito! A vida às vezes até que é boa. Tá vendo aquela foto ali, toda colorida? Eu e Durvalino no dia do nosso casamento. A gente num tá sorrindo feliz? E tava mesmo. Tudo deu certo no começo, os meninos nasceram, compramos essa casinha. Até que chegou o dia da sorte virar, que o destino da sorte é virar. Fui a uma cartomante que me disse: 'Foi a má companhia'. Foi nada! Durvalino já tinha isso dentro dele. Vontade de enricar. Tem gente que não se conforma com a pobreza, Durvalino Pereira era um desses. As más companhias só fizeram adubar a semente que já estava naquela alma. Desarvorados que trouxeram o contágio da fofoca do ouro que transforma homem em cão cego. Eu disse que se ele fosse, não voltasse. Que se atravessasse aquela porta rumo ao garimpo, estava morto pra mim. Por que falei isso? Todo mundo sabe que homem contagiado pela ambição do ouro tá condenado. É febre que não tem cura. Vi casos demais. Num ia suportar passar o resto da vida cuidando de marido que volta cheio de moléstias pra depois de curado começar tudo de novo. Queria isso pra minha vida, não. Melhor cortar o laço de vez. E pra te contar uma verdade que num conto nem pra mim mesma, o amor já tinha acabado. Desde que ele passou uns tempos enrabichado por uma dessas lacraias da noite, prometi a mim mesma nunca mais chorar por esse homem. Não foi difícil, o amor tinha morrido. Só faltava enterrar, enterrei. Hoje, já nem lembro direito do tempo com ele. Só quando reparo no Avenor, cada vez mais escarrado o pai, e quando olho praquela foto do dia do casamento, nem sei por que deixo ela ali, é que me lembro que ele existiu, talvez até exista ainda. Com a graça de Deus, nunca mais tive notícias, pra mim ele tá é morto e enterrado, e que São Pedro lhe tenha aberto a porta que deve existir no céu, se bem que tenho pra mim que, se ele passou por alguma porta, foi a dos perdidos do garimpo, a que dá pro inferno".

Quando Chica terminou sua história, Alelí começou a dedilhar seu charango e cantou um *huyano* triste, falando da morte do amor. Depois, outra, várias, sobre a beleza, a solidão, a terra de onde se é, os caminhos. As duas estavam na varanda, e sua voz cresceu envolvendo a rua estreita e as pequenas casas vizinhas com as dores da vida, aquelas a que só a música é capaz de dar algum sentido.

Quando parou de cantar, Alelí, por fim, contou sua maldição, a pesada pedra pontiaguda que carregava dentro de seu pequeno corpo magrelo.

"Foi num domingo de maio. Céu sem nuvens. Aquele jeito do céu quando quer enganar todo mundo. Um circo itinerante tinha chegado a Yungay uns dias antes. Circo Verolina, o nome lateja em minha cabeça. Foi montado em um lugarzinho no alto, assim perto, mas não dentro da cidade. Illa queria ir. Tinha só três anos. Louca pra ir. Balançava as tranças, *mi huahua* tão pequenina, chorando e me pedindo, '*Llévame al circo mamita! Llévame!*'.

"Eu não levei.

"Queria encontrar Miguelito, o pai dela. Tinha marcado com ele no cemitério. Era o lugar mais alto da cidade, meio que fora também. Era lá que a gente se via, desde que meu pai proibiu nosso namoro. 'Se não é pra casar, que esse desmiolado desapareça de nossa vista.' Eu tinha doze anos quando engravidei. Desmiolada mesmo. Meu pai tinha razão. Mas eu precisava encontrar Miguelito. Combinar como pegar o ônibus pra fugir pra Lima.

"Deixei minha filhinha chorando na porta da nossa casa. E como ela chorava! Batia os pezinhos no chão, engolindo o catarro. Queria muito ver o palhaço. Mas eu só pensava em Lima. Peguei o caminho do cemitério. Minha morenita com seus soluços ficou na porta da nossa casa, com minha mãe.

"Eu fui. Precisava resolver como a gente faria para pegar o ônibus. Se Miguelito não fosse, eu iria só, com minha filha. Se ele não tivesse coragem, eu tinha. Queria tomar logo um ônibus e sair dali, ver o mundo, viver outra vida. Eu tinha essa vontade tola de conhecer outros lugares e a vida na cidade grande que era Lima. Não escutar mais a voz dura do meu pai, 'Uma cabeça de vento que se deixou engravidar de outro cabeça de vento não merece nada'.

"Cheguei antes dele. Esperei atrás do muro de pedra onde a gente se encontrava. Meio afastado. Meio escondido. Tinha mais gente que de costume. Quando ouvi o assovio de Miguelito chegando, pensei, *vamos ter que ir pra outro lugar*. Mas o que chegou não foi ele. Foram gritos e um barulho que jamais se ouvira. O que era aquela onda de escuridão baixando do nevado Huascarán? Aquela onda tão gigante desabando rumo a nosso *pueblo?* Não reagi. Ninguém reagiu. Quando entendi, quando gritei, *hijita*, já não conseguia ver mais nada. A nuvem preta de pó, a morte caindo sobre minha rua, minha casa, minha Illita. Soterrou minha mãe, meu pai, meus irmãos, Miguelito. O meu mundo todo ficou ali, debaixo do chão.

"Disseram que passamos três dias dentro da nuvem cinza, os sobreviventes, pisando nos escombros, nas ruínas, nos soterrados, a cidade toda soterrada. Não me lembro o que comemos, o que bebemos, onde dormimos. Não sei nada. Um helicóptero chegou. Eu não queria ir, disseram. Não queria entrar. Gritava Iiiilla! Gritava minha família, os nomes de todos, gritava minha casa, gritava Miguelito, e gritava, e gritava Iiilla, o tempo todo, Illita. E até hoje grito, e sempre vou gritar, e escutar toda hora, todo dia, toda noite, minha menininha com suas tranças chorando na porta de casa, catarro escorrendo do narizinho, suplicando *'Llévame al circo, mamita!'*.

"Quem estava no circo, todas as crianças que estavam no circo sobreviveram, entende? Foi isso que me contaram depois.

"Entende agora? Minha filha morreu por minha culpa. Morreu porque a deixei na porta da nossa casa chorando e não a levei ao circo. Entende por que não posso ter essa outra filha?

"Eu sou maldita, Chica.

"Entende por que o pai dessa barriga morreu?

"Se essa filha ficar comigo, vai morrer também."

— • —

Naquela noite, Alelí deu à luz.

O parto foi no sofá. Ela praticamente não fez ruído, mas Chica, ouvidos treinados para perceber as mudanças no ar da casa, foi até a sala. Quando viu o estado em que Alelí estava, temeu pela vida da mulher e da criança. Sacudiu Avenor e mandou que ele fosse urgente chamar o médico de plantão no hospital. Se não tivesse ninguém lá, que corresse até a casa da dona Jurandir, a parteira da cidade, e Avenor saiu e voltou correndo. O médico não estava, dona Jurandir estava atendendo outro parto. Chica mandou que ele fosse para a cozinha ajudar o irmão pondo água pra ferver.

Mas Alelí não soltava a criança.

O suor escorria em bicas por seu rosto, a dor no auge, e ela não dava um pio. Cerrava os dentes, contorcia as mãos, prendia os músculos sem soltar um gemido. Baixinho, dava ordem à barriga, "Não nasça, minha filha. Não saia daí. Não nasça".

Chica limpava seu suor, fazia massagens fortes nas ondas de sua barriga, empurrando, alertava:

— Relaxa, Alelí. Deixa a criança sair.

— Não.

— Empurra essa criança, mulher, ou vocês duas vão morrer juntas!

— Vá embora, Chica. Me deixa morrer com ela.

— Calma, Alelí. Se você ajudar, ninguém vai morrer aqui.

A barriga enrijecida parecia campo de uma batalha.

— Não nasça, filha! Não nasça.

— Para de puxar, Alelí! Empurra.

— Não nasça, filhinha! Pra que nascer se tu vai morrer!

— Basta, Alelí. Não contraia os músculos.

— Vá embora, Chica.

A barriga era uma urna dura, decidida a não deixar seu conteúdo escapar.

— Tou mandando, Alelí. Faz força pra fora. Empurra. Não segura, mulher! Empurra! Agoraaa, empurra!

— Não, Chica.

A barriga ondulava em contrações de puro conflito, a dureza da mãe contra a força da filha.

— A criança quer sair, Alelí — Chica se desesperava. — Ajuda um pouquinho que ela nasce.

— Se ela nascer, vai morrer.

— Todo mundo vai morrer quando chegar a hora, mulher de Deus. Mas antes vai viver.

— A vida é morte, Chica.

— A vida também é vida, criatura! Reaja! Corra, Avelino, vai ver se acha alguém!

— Não, não, Avelino! Não chama ninguém.

O sangue cobria o lençol da cama.

— Solta, Alelí, ou vou bater na sua cara!

— Bata.

— Solta, ou vou te abrir inteira com minha faca!

Uma contração ainda mais forte sacudiu a barriga e, entre as pernas de Alelí, furiosa com a teimosia dela, Chica viu a penugem negra envolvida em sangue.

— Deus seja louvado, ela está saindo! Empurra, Alelí! Empurra.

Um ai baixinho de uma Alelí rendida, e a criança deu seu vagido vitorioso no instante de assombro em que nasce uma vida.

Chica ergueu o pequenino pedaço de vida triunfante até o peito da mãe vencida enquanto se preparava para cortar o cordão. Alelí sucumbiu aos primeiros gestos da filha, que lhe agarrou o dedo e não mais o soltou enquanto dava seus berros de recém-nascida.

No dia seguinte, sem se despedir, Alelí deixou a nenê embrulhada no sofá da sala e desapareceu.

segunda_parte: a filha

Declaração de guerra

Ter sido embalada no berço com o nome de Belo Monte, era essa a impressão de Maria Altamira, "Belo Monte, meu horrível Belo Monte", cantava como se fosse o verso de uma canção de ninar. Quando a filha fazia isso, Chica ria alto:

— Deixa de bestagem, menina. Quando tu era nenê, o nome da usina que nem existia era Kararaô, grito de guerra dos Kayapó. Tu num lembra, era pequena, mas teve a Tuíra, uma indiazona forte que avançou contra um homem do governo, aqui mesmo em Altamira, encostou a lâmina na cara dele, gritando: "Kararaô é nosso grito de guerra. Não vai ser usado para afogar nossos filhos!". O homem segurou as calças pra num dar vexame e rapidinho trocou o nome. Que desculpassem, se era uma agressão cultural aos índios, nunca mais poriam nomes indígenas nas usinas hidrelétricas, ele prometeu. Quando o nome virou Belo Monte, tu já era crescidinha.

— Claro que lembro, Mãe Chica, eu tinha nove anos. Vi Tuíra e os Kayapó de perto. Só não conversei com eles porque tive um medinho. — O riso de Maria era de pura delícia quando conversava sobre essas histórias de vitórias dos seus parentes, por menores que fossem. A menina morena, que franzia o pequeno nariz quando ria, tinha de fato a sensação de que ela e a barragem cresceram juntas, como se sua vida fosse puxada por um caminhão de cimento em direção ao rio.

O ano em que nasceu, 1980, foi o ano em que os povos ameaçados pelo projeto da construção da barragem na Bacia do rio Xingu se reuniram pela primeira vez na cidade. Todas as etnias, além de pescadores e ribeirinhos.

A questão era clara como a água do Xingu quando alguém a toma nas mãos. O projeto inicial previa a inundação de doze terras indígenas, além de grupos isolados e glebas ribeirinhas. Seriam construídas sete barragens para gerar metade da capacidade instalada no país. Projeto de tal magnitude, sem nenhuma consulta à população da região, era uma declaração de guerra, e como tal foi recebido.

Justo no fulcro dessa guerra local, prolongada e intermitente, nasceu Maria Altamira, ao vencer sua batalha no ventre de Alelí.

— • —

Mais tarde, quando houve o encontro dos Povos Indígenas do Xingu, em que as mulheres Kayapó, guerreiras como são, indignadas com os discursos vazios, se ergueram, e Tuíra encostou a lâmina do seu facão no rosto do homem do governo, num gesto de advertência, Maria e seus amigos estavam lá, rondando o tempo todo por entre jornalistas, pessoas de fora e gente famosa reunidos na cidade. O que os meninos mais queriam era ver os indígenas multicoloridos, suas flechas, cocares, colares e pinturas corporais. Ganharam pulseiras e chocalhos para amarrar nos tornozelos com cordões vermelhos e marcar o ritmo nas danças, e lá foram eles, batendo os pés no ritmo das músicas, *chloc, chloc, chloc*. Perderam a cena do facão.

Ao ver o rebuliço, gente correndo, também eles correram para ver as Kayapó que enfrentaram a autoridade, e arregalaram os olhos de admiração com a coragem, ao vê-las saindo do local do enfrentamento. Maria teve imensa vontade de se aproximar de Tuíra e contar que também era parente, mas se retraiu porque as mulheres afogueadas não estavam para brincadeira naquele momento. Jamais esqueceu aquela primeira vez que viu tanto indígena, tanta indignação, tanta vontade de se defender do perigo que se aproximava.

Logo depois, as manifestações contra Belo Monte foram aumentando pelo país e no exterior; o governo não conseguiu o financiamento externo que pleiteava.

Foi a primeira vitória deles.

A menina no rio

Chica jamais escondeu da filha que não era sua mãe verdadeira. Quando Maria pedia, ela recontava o pouco que sabia da mãe e do seu pai Juruna. Contava da cidade soterrada em outro país distante; contava como Alelí havia chegado prestes a dar à luz, depois que o corpo do seu pai bateu na prainha da aldeia. Afogado, disseram. Mas havia rumores. O que o Juruna tinha era uma bala encravada no peito. Chica não sabia se era verdade ou não. Nem sequer sabia o nome dele. "Tua mãe não me disse." Só sabia que ele era da aldeia Yudjá, que a gente chama de Juruna, no Paquiçamba. Foi de lá que Alelí veio, e era de lá o homem que havia morrido. Afogado ou de bala. Ou as duas coisas juntas.

Enquanto Maria ainda era criança, a conversa parava aí.

Quando ela via um indígena nas ruas da cidade — no começo, sobretudo homens facilmente identificados pela pintura do rosto; com o tempo, mulheres, uma ou outra, depois mais, iam também aparecendo —, Maria sentia enorme vontade de chegar perto e perguntar se conheciam seu pai, mas como fazer a pergunta se não sabia seu nome? O nome do guerreiro forte de cocar na cabeça e o poder do rosto pintado que, nos sonhos das noites de sorte, a erguia nos braços e dizia "Filha!".

Com a mãe, ela não sonhava assim. Sobre Alelí, seus pensamentos eram confusos e a faziam chorar. "Por que ela foi embora?" "Tu vai entender quando crescer", Mãe Chica dizia, "Num tem nada a ver com falta de amor", insistia. Quando crescer não servia de consolo, Maria queria entender agora. Chorava. Um sentimento ruim, ruim, gosto aflitivo de abandono que se transformava em raiva. Raiva de criança, mesmo assim cruel, impulso amargo que a fazia bater os pequenos punhos no travesseiro. Em geral era também nessas noites, depois de tudo, que ela sonhava um sonho sem imagens, só de som. Um som que não sabia de onde vinha, mas a acalmava e a fazia acordar como se tivesse ganhado um presente. Não comentava esse sonho com Mãe Chica. Guardava-o como algo seu.

Muitas vezes, Maria Altamira fazia Mãe Chica prometer que a levaria à aldeia Juruna para saber mais sobre o pai. Chica prometia, mas adiava esse dia. O medo de perder a menina. E se os parentes a reivindicassem? Alelí lhe entregara a recém-nascida, isso ela poderia provar, mas a registrara como filha sua e pai desconhecido, o que lhe disseram depois que era crime de falsidade. Como poderia ser crime, se a nenê foi deixada pela própria mãe? E, se não fosse Chica, quem iria cuidar dela? Os avós Juruna? Sim, os avós Juruna a criariam, se não eles, talvez outro parente. Por isso mesmo, se quisessem tomá-la, como explicar que não a daria? Não conhecia os índios; sabia quase nada deles. No hospital, aonde vinham muito, a conversa era precária. Eram olhados com desconfiança, muita gente não gostava de ver índios por ali. Era como se não fossem daquela terra tanto quanto qualquer um; melhor dizendo, até mais, nativos dali muito antes dos brancos e negros da cidade. A nova supervisora que chegara de Belém vivia repetindo não entender tanta fragilidade naquele povo, exigindo cuidados por uma ninharia, uma simples gripe, coisica à toa, "Por que não aprendiam a se cuidar?". Era mulher ríspida, cara fechada, olho descontrolado quando ficava brava. Não escondia o desprezo por um "povo ignorante, selvagem, que só atrapalhava", dizia. "Dão muito trabalho e não ajudam em nada. Parece que gostam de adoecer, pretexto bom pra vagabundagem." Chica achava que a supervisora errava ao dizer isso, mas não se metia; quem era ela para se meter? A mulher azeda era a supervisora, conhecia as coisas, merecia respeito. Não respeitava os índios, era maldosa, injusta mesmo, ainda assim merecia respeito; Chica era reles funcionária. Melhor ficar calada, carapanã não entra em boca fechada.

Quando Maria Altamira ainda era pequena, Chica tentara saber mais sobre seu pai. Mas se era difícil conversar com as mulheres indígenas, com os homens era pior. Os que chegavam ali, quase sempre adoentados, assim que melhoravam voltavam rápido para a aldeia. Que a menina crescesse tranquila, então, longe desses problemas. Maiorzinha, teria juízo suficiente para não querer ficar por lá.

Se Maria perguntava quando iriam ao Paquiçamba conhecer os parentes do pai, Chica prometia "Já, já!". Era só o rio baixar, as chuvas minguarem, o trabalho no hospital diminuir. A menina, crescendo, passava longos períodos sem perguntar por eles, como se tivesse deixado de lado a vontade de conhecê-los. Nesses momentos, Mãe Chica e os dois irmãos pareciam lhe bastar.

Por volta dos nove anos, no entanto, talvez motivada pela beleza que via nos encontros promovidos pelos indígenas, veio a determinação de saber mais do pai. Chica cedeu:

a essas alturas já tinha ficado claro que Maria, quando queria uma coisa, era aranhazinha grudenta e a encurralava de tudo quanto era jeito até conseguir. Um domingo, de manhã, pediu a um barqueiro amigo que as levasse até o Território Indígena.

Embora tivesse morado em Altamira a vida inteira, Chica não conhecia a Volta Grande. O barqueiro atracou o barco a motor na praia da aldeia do Paquiçamba e mostrou a trilha que subia, cercada pelo verde da mata. Mão da menina na sua, Chica foi mais devagar do que poderia, nó no peito, secura na garganta, "Sua mão tá suada, mãe, tá me apertando". Chica afrouxou a mão; na cabeça a imagem da menina lhe prometendo mil vezes que, mesmo se encontrasse seus avós, mesmo se gostasse muito deles, não iria morar na aldeia. "De jeito nenhum que vou querer ficar sem a senhora e meus irmãos! Só quero saber quem foi meu pai e se tenho avós, Mãe Chica."

Logo foram cercadas por um grupo de crianças em redemoinho, gritando perguntas, rindo, pegando em suas roupas, em seus cabelos, puxando a menina à frente. Maria, encantada, deixava-se levar.

Foram recebidas com alegre curiosidade. Sentaram-se na pequena roda de homens e mulheres. Chica disse a que veio. Queria encontrar parentes de um homem daquela aldeia, cujo nome ela não sabia. Dele, diziam que morrera afogado em 1980...

— Afogado??? — a interromperam, rindo. — Então não é daqui. Yudjá não morre afogado. Nosso povo é dono do rio. Nosso rio num mata Yudjá.

— Desculpa, foi o que disseram na época. Mas teve também o boato de que na verdade ele foi baleado e o corpo veio dar na praia.

Uma das mulheres falou:

— Então foi Manuel. Morreu depois de chegar na prainha. Não afogado. Assassinado. De bala. Morreu sangrando. Tava marcado pra morrer. Chegou nadando ninguém sabe de onde.

— Foi, sim — disse outra. — Ninguém viu quando ele chegou. Tava de noite. O povo todo dormindo. Ele não conseguiu se arrastar. Subir até as maloca.

— Quando o dia amanheceu, tava lá na praia. Morto — disse um velho.

— É esse mesmo. Manuel é o nome dele?

— É. Manuel Juruna. Manu.

— E a família dele tá aqui?

— Nós somos a família dele.

— O senhor é o pai dele?

— Pai dele morreu. Mãe também. Do pulmão. Os irmãos foram pra cidade grande. As irmãs casaram e foram com os marido.

Maria Altamira apertou os olhos, o sol na cara:

— Sou filha dele.

As mulheres se admiraram e a cercaram:

— Filha de Alelí Culebra?

Abraçaram-na, examinando seus cabelos, rosto, braços, pernas. Uma delas disse:

— Parece o pai.

— Não parece a mãe — disse outra.

— Como é seu nome? — perguntaram.

— Maria Altamira.

— E Altamira é nome de mulher? Não é da cidade?

Riram, riram.

— Maria Altamira! Maria Altamira! — repetiram, continuando a rir.

E lhe contaram as histórias. Da coragem de Manuel Juruna. De como saiu no mundo para aprender as coisas do branco para ajudar a aldeia e como voltou trazendo Alelí Culebra. De como era um guerreiro de seu povo e como morreu de emboscada armada pelo madeireiro do mogno que estava ameaçando uns parentes lá para baixo. "Ele foi mais outro ver o que era. Daí mandaram recado pra ele ir conversar. Pra ir sozinho. Pra se encontrarem numa beira rio acima. Balearam Manu ainda no barco, antes de chegar lá. Por que ele, que nem era daquela outra aldeia? Porque um deles tinha jurado Manuel de morte, a mando do Rei do Mogno. Manuel sabia. Todo mundo sabia. Foi jurado de morte porque era guerreiro, tinha a alma grande. Estava lutando pelos parentes de lá."

E mais uma vez choraram a morte de Manu Juruna, louvando tudo o que ele fora em sua curta vida.

Depois contaram de Alelí. Magrela que nem cipó. Triste demais, calada. Voz bonita que tinha. Tocava na casca do tatu. Toda cheia de cicatrizes pequeninas. Gostava de cantar na noite de caxiri. O que foi uma espécie de senha para que rissem, maliciosos. Gostava era muito de caxiri. Riram mais. Era tão magrela que parecia um espeto com um pedaço de carne na frente. Riram e riram. Parecia uma cobra que engoliu um boi. O boi era Maria Altamira! Rá-rá-rá. Altamira!

Chica e Maria riram também, Maria mais do que todos, franzindo o nariz.

No barco de volta, ela perguntou a Mãe Chica se seu nome fora dado pela mãe. "De certa forma, sim", Chica respondeu.

"Alelí disse uma vez que gostava do som do nome da nossa cidade. Daí pus o Maria na frente e pensei que ela ia achar bonito." A menina estreitou os olhos, não disse nada. Às vezes gostava do seu nome, outras, não. Tinha a esperança boba de que tivesse sido escolhido pelo pai. Mas, já que foi pela mãe, gostaria menos.

Seus pensamentos se voltaram todos para o pai e o que ouvira na aldeia. Olhava as enormes rochas escuras, quase negras, umas sobre as outras, formando barreiras ferozes, vigilantes, nas beiradas do rio.

— Mãe Chica — ela disse, depois de um longo tempo. Disse sem rebuscamento, a boca um risco entreaberto, os olhos fixos como se da promessa que estava pronunciando ali, entre as pedras do rio, dependesse seu destino: — Quando crescer vou vingar meu pai.

Chica não respondeu. Coisa de criança abalada com o que escutou. Bom remédio para isso é o tempo. Senão, que Nossa Senhora de Todos os Arranjos proteja muito essa menina, porque ela vai precisar.

Depois disso, talvez confortada com a solidez do que lhe contaram sobre o pai que agora tinha nome, Maria sossegou em relação à aldeia. Talvez também desiludida por não ter nem avô nem avó, o que deixava Chica um tico com remorso. Se tivesse ido antes, seus avós ainda estariam vivos. "Por minha causa, Maria não conheceu os avós", falava consigo mesma. "Meus filhos também não conheceram nem avó, nem avô. Nem eu. É difícil conhecer vô e vó. Tem problema, não. Já, já ela nem vai pensar mais nisso."

Maria parecia mesmo ter se conformado, brincando na rua com Lino, Saião, Biu, Nice, Curau, todos da mesma escola. Saíam juntos e corriam até a orla, de onde o primeiro que se separava era Biu.

Sabiam que se encontrariam à tarde, mas antes Biu teria que ajudar a mãe a limpar o peixe, o pai já devia ter chegado da pescaria. No fogão da casa de palafitas, o almoço de peixe frito com farinha o esperava no prato de lata que ele comia sentado no canto da porta, pernas para o ar, o rio raso e sujo embaixo. Era uma parte feia das águas, um beiradão enlameado, meio enfiado na mata. Na família de pouca fala, era o único filho, tinha obrigação de ajudar mãe e pai. Era sempre o último a chegar para as brincadeiras da tarde.

Saião entrava por uma ruazinha que dava para o mercadinho onde, se desse sorte, encontraria o que comer para o almoço que levaria para a mãe. Se ela estivesse em casa, estaria dormindo o sono da droga no barraco de taipa onde moravam de favor, no fundo de uma venda, perto da estrada. Quando tinha certeza que a mãe tão cedo não estaria de volta ao barracão, ele seguia com Lino e Maria. Na mesa da casa de Mãe Chica sempre havia prato para ele.

Curau pegava um atalho para chegar em casa, almoçar correndo, pegar a marmita e levar para o pai pedreiro, seja lá qual fosse a distância da obra em que estivesse trabalhando. Até que o pai podia levar a marmita quando saía de madrugadinha — o que de fato fazia quando a obra era muito longe —, mas seu melhor momento do dia era ver o menino chegar com a comida, não porque estaria mais quente ou pelo menos morna, e sim porque poderia se sentar com o filho e o ver crescer, aprendendo o que ele, o pai, nunca havia aprendido. Os dois sabiam rir juntos, e quando o pai lhe perguntava o que havia aprendido na escola naquele dia, se não tivesse aprendido nada, Curau inventava.

Nice ia para sua casa de palafitas ajudar a limpar peixe e cuidar dos irmãos, e lá ficava esperando os amigos chegarem à tarde, porque ali era o melhor lugar para pular das tábuas que cercavam a casa em arremedo de varanda e mergulhar no rio, que nessa parte era limpo e fundo, a brincadeira favorita de meninos criados na beira do Xingu. Aprendiam a conhecer seu rio e a pescar. Desde que Maria, miudinha, pingando água, veio com os irmãos contar que já sabia nadar, Chica deixou de se preocupar quando eles sumiam. Sabia que estariam na casa de dona Imaculada, mãe de Nice.

Dessa turminha inseparável, só Biu e Maria não precisavam de ameaças para fazer as lições de casa. Maria era também a mais desbocada e atrevida, e era essa a maior preocupação que Chica tinha com a filha, que alguém viesse lhe dar parte de malcriação da menina. E vinham mesmo.

— Seu Damião anda dizendo que Maria tá ajudando Saião a roubar na feira. (Eu sei, a mãe de Saião tá passando fome, a menina tem coração de banha derretida, deixa ela!)

— Tu devia era lavar a boca de Maria Altamira com sabão, Chica. Quando seu Baltazar disse pra ela que já tinha dado o troco, a capeta falou, arretada, "Quer que eu tire a roupa pro senhor ver que não me deu troco nenhum?". (Tava era certa. Aquele velho safado vive roubando os fregueses.)

— Que moleca da peste essa minina! Vai te dar trabalho, Chica. (E eu lá me importo com trabalho que filho dá?!)

Felizmente havia também os que gostavam da menina.

96 | MARIA JOSÉ SILVEIRA

— Tua filha tá levando tapioca pros minino lá da ponte. É gente que chegou sem moradia. Tão passando fome. Dê graças a Deus por essa minina, comadre! (Ah, se dou!)

— Que tanto que Maria chorou ontem por conta do vira-lata que aquele caminhão matou! (O cachorro era da amiga dela. Maria é muito apeguenta mesmo. Vai chorar a semana inteira.)

— Dois moleque tavam jogando pedra no perneta da ponta da orla, e Maria foi lá brigar com eles. Graças a Deus que Lino e Biu tavam perto e vieram pro lado dela, senão tua filha ia apanhar e era muito, Chica! (Que Nossa Senhora d'Abadia a proteja!)

O orgulho que Chica sentia dessa filha era algo que não confessava nem a si mesma, nem deixava a menina perceber, temendo estar infringindo algum mandamento. Não era muito de ir à igreja, ainda que acreditasse em castigo pelos pecados e também em um Deus que amava os pobres e gostaria que eles reagissem mais do que reagiam.

Nessa época, Maria quase não falava do pai. Menos ainda da mãe. Como se os tivesse esquecido. Muito grudada nos irmãos, era ao lado deles, sobretudo de Lino, mais da sua idade, que ela crescia como se a vida pudesse ser sempre assim.

Havia noites, no entanto, em que uma imagem vinha incomodá-la. A imagem da mãe que formara em sua cabeça pelas descrições de Chica. Já não chorava. Transformara seus sentimentos obscuros em algo difuso, menos perturbador, quase indiferença. A mãe não a quisera. Ela também não iria querer a mãe. Quando alguém lhe perguntava quem eram seus pais, não hesitava: Manuel Juruna e Francisca Pereira.

Enquanto isso

Na manhãzinha em que saiu da casa de Chica, Alelí entrou na primeira carona que parou na estrada. Tão dilacerada estava que, dessa vez, sua intuição falhou. Sem olhar para a cara do motorista, muito menos escutar o que ele disse para quem estava no banco de passageiro ao seu lado: "Essa daí será que serve pralguma coisa?". Tampouco escutou a resposta do outro: "Do jeito que os home tão, si tiver um buraco no mei das perna, serve". Riram debochados, mostrando os dentes de ouro que deixavam na boca um brilho metalizado, realçado pelas correntes grossas também de puro ouro dependuradas nos pescoços largos e pulsos peludos. Alelí não prestou atenção a nada disso. Olhando para o chão, subiu na carroceria enferrujada onde já estavam dois outros homens e um quase menino.

Lá ficou.

A viagem foi longa. A maior parte em chão que era mais trilha aberta no meio do mato, cheia de buracos e solavancos, galhos de árvores batendo no rosto, cabeça, tronco e braços de quem estava na carroceria. No meio do dia, o quase menino, rosto vergastado pelos ramos duros, lhe ofereceu um pouco de seu bornal de farinha e da água que trazia. Alelí aceitou um gole d'água.

Chegaram ao destino no meio da noite. Um amontoado de barracos de madeira em uma clareira. Fizeram os da carroceria descer. Enfiaram todos em um barraco à parte, chão úmido de terra onde já estavam outros homens encolhidos, passaram a tranca. Alelí não reparou em nada e ninguém. Seu pensamento ainda estava todo na trouxinha que deixara no sofá da sala de Chica.

No romper do dia, quando a puxaram para ajudar no café, ela notou a tranca. A mulher gorda e agitada que mexia na cozinha olhou-a de alto a baixo; gritou para os dois que a trouxeram na carga da caminhonete e estavam no outro cômodo esperando a comida: "Que miolo bichado foi esse de trazer uma bruxa pra cá? Óia só o corpo dela todo marcado? Esse estrupício num vai ter braço pra pegá no pesado. Que São Benidito proteja esse fuxico".

Alelí viu o quase menino e os outros saírem empurrados pelos dois homens da caminhonete com espingardas nas mãos e só então se deu conta de que tomara o rumo errado ao entrar naquela carroceria velha.

A mulher da cozinha, amedrontada ou não com a bruxa, fez Alelí trabalhar o dia todo, mas permaneceu longe dela. No começo até tentou tirar o manto e aquela casca de tatu pendurada em seu ombro, mas a postura de enfrentamento de Alelí Culebra a assustou. Não viu o canivete, a bainha escondida contra a pele de sua dona. Mesmo assim, teve medo. Essa aí era bruxa, tinha certeza. Era só reparar bem nela. O manto estropiado, o cinto de cobra, o tatu dependurado. "Num quero essa veia perto de mim, de jeito nenhum, eu não, que tô longe de ser besta."

Os homens chegaram com o baixar do sol, imediatamente trancados outra vez no barraco. Alelí recebeu a ordem de lhes levar a janta: arroz grudado, pão duro, feijão aguado. A carne, que a mulher cozinhou para si mesma e os dois sujeitos da caminhonete, foi comida entre eles fazendo troça dela, a bruxa dos fundos dos infernos que eles trouxeram até ali. Mesmo sendo só palavrório, Alelí Culebra sentiu as lavas do seu vulcão começando a se alvoroçar. Não podia deixar que extravasassem, não assim, não ali. Ordenaram que ela fosse levar os restos para a cachorrada, e lá ela pegou seu canivete para se acalmar. Os cachorros se aproximaram, sentindo cheiro de sangue, com bichos ela sabia lidar. Pensou que poderia passar a noite ali entre eles, mas os gritos da mulher a fizeram se erguer para lavar panelas, pratos e talheres. Trabalhar também a acalmava. Obedeceu até quando, isso feito, a mulher a trancou no barraco dos homens, gargalhando: "Aí vai a sobremesa!".

Exaustos, os que estavam nessa mineração havia mais tempo já dormiam como podiam. A um canto, os dois que vieram com ela na caminhonete tentavam achar um jeito de descansar o corpo dolorido. O menino chorava sentado perto da porta. Todos tinham as mãos imundas, unhas quebradas, braços picados pelos insetos. Na ponta dos dedos do menino o sangue novo formara crostas escuras que mais pareciam bichos comendo suas unhas.

A cachorrada latia lá fora.

Alelí não entendia que inferno poderia ser aquele. Teria que sair de lá fosse como fosse. O lugar era medonho demais até para se deixar morrer ali. Aos poucos, os cachorros se acomodaram, as árvores não se mexiam, o vento parado, os insetos se refestelando nas carnes dos homens entorpecidos. O que dava para escutar eram os gritos da mulher da cozinha sendo brutalmente levada para o quarto pelo motorista e o passageiro da caminhonete. Depois, só sua voz, "Vô logo avisando: si aquela *bruxa continuá aqui, vai trazer disgraça. Tão escutando como tá quieto o barraco? Cês precisavam ver como ela olhô pra mim hoje. Nem os disgraçado querem graça com ela. Num quero doida perto de mim. Si ela continuá aqui, quem num vai continuá aturando cês dois sô eu".*

Sem pregar os olhos, temendo que o dia nascesse e ainda no prenúncio da madrugada, Alelí viu a porta se abrir e a cara do motorista da caminhonete aparecer. Fez sinal para ela vir e a empurrou para a carroceria enferrujada. Não foi muito longe. Parou e a fez descer.

— Que o diabo a carregue, bruxa veia! E si abrir a boca pra falar um ai da gente, ti procuro e ti acho nem que for pra ir até o fundo da terra onde cê mora! Pisca já daqui!

Rabo zunindo

Na adolescência, Maria Altamira voltou à aldeia do Paquiçamba várias vezes. Já não com Mãe Chica, mas com Lino, Nice, Saião, Curau e Biu, que pegava a "voadeira" do pai pescador. Fizeram amizade com os Juruna jovens como eles. E ela se apegou a Madá, a menina que pegara sua mão e a puxara naquele primeiro dia que visitou a aldeia.

Piadistas e alegres como eram os Yudjá, as conversas iam longe. Mas às vezes traziam coisas ruins. Preocupações. Presságios. Os mais velhos falavam do que aconteceria se o governo dos brancos colocasse em prática aquele projeto de barrar o Xingu.

— Não vai ter água suficiente pra ter peixe. Sem peixe nem água, vamos ter praga de carapanã nas água empoçada. Vamos ter doença. Vamos morrer.

Os jovens se exaltavam:

— Mas vamos lutar antes.

— O Xingu vai virar um rio de sangue.

A inquietação invadia os amigos da cidade, mas não durava. Logo iam todos se banhar no rio, certos de que esse futuro ainda demoraria tanto que talvez mudasse no meio do caminho. Ou pensavam, os de miolo fraco, que talvez fosse até bom a água do Xingu diminuir. Pois não é no verão que as águas baixam naturalmente e revelam as praias de areia alaranjada e dourada que fazem a vida ainda melhor? Não poderia acontecer? Transformar a vida das águas do rio em verão sem fim?

— Deixem de bestagem! — gritavam Maria e Madá para Curau e Lino, os que se deliciavam falando essas tolices.

E os olhos de Maria se estreitavam sob o sol, deixando apenas uma fresta de luz castanha acompanhar os tons do rio. Biu dizia: "Tu parece uma gata do mato". "Uma jaguatirica brava", gritava Saião, aproximando-se e batendo a mão forte na água, que se abria como leque brilhante, cobrindo-lhe o rosto aberto em risos e o nariz franzido.

— • —

Crescer com o rabo de um monstro zunindo constante em sua cara era assustador, mas também movimentado. Era comum a cidade se encher de jornalistas, gente do governo, grupos de ambientalistas, dos movimentos sociais e dos povos indígenas que apareciam paramentados com suas roupas, pinturas, cocares, facões, arcos e flechas, lanças, bordunas. Vinham para marcar sua posição. Prós e contras eram discutidos nas casas, nas vendas, nos bares. Palavras e expressões novas entravam na boca de todos: "etnocídio indígena", "inconstitucional", "direitos humanos", "impactos ambientais", "genocídio", "condicionantes", "remoção compulsória", "indicadores". Maria Altamira e seus amigos acompanhavam tudo, seguiam os indígenas, aplaudiam, gritavam junto com eles, se indignavam.

Na cidade havia os que abriam a boca para dizer: "Vai ser o maior projeto de infraestrutura do país desde várias décadas e a terceira maior usina do mundo", "A cidade vai entrar no mapa do Brasil", "O progresso vai chegar na região". E havia os que falavam, indignados: "Vão matar nosso rio", "Vão matar nosso povo", "Esculhambar nossa cidade", "Alagar nossas praias", "Roubar o que é nosso".

Quando por fim veio a notícia de que o novo projeto apresentado reduziria o espaço do reservatório da usina para evitar a inundação dos Territórios Indígenas, Maria tinha catorze anos e foi comemorar na orla, onde até Mãe Chica se juntou à alegria dos jovens. Era uma vitória, sem dúvida. Ainda que os indígenas tivessem consciência do quanto era precária. Ainda que tivessem a esperança de continuar a luta e sumir com o projeto inteiro dali.

As alegrias

Maria Altamira moça chamava atenção. Traços mais Juruna do que os da ascendência quéchua da mãe. Olhos puxados de gata brava. Cor morena. O temperamento também era o do pai: sorriso aberto por qualquer ninharia e uma determinação que, se estufava de orgulho o peito de Chica, também a enchia de preocupação. Conhecia bem a rebeldia da filha.

Era sempre a mais informada em seu grupo e a que provocava discussões.

— A moça na televisão disse que o presidente falou que nós somos birrentos — contou aos amigos, estreitando os olhos como fazia quando se indignava ou precisava de um momento para se encontrar.

— Que presidente? — perguntou Curau, distraído.

— Égua! O presidente do país, ô cabeça de acari!

— Acho o nome dele tão bonito! — disse Joesleide, ribeirinha como Nice. — Vai ser o nome do meu primeiro filho.

— Acorda, abestada! Esse nome é de rico, e muito do intragável — rebateu Maria.

— E quem é que é birrento? — perguntou Saião.

— A gente. O povo da cidade.

— Eu??

— A birra dos indígenas e ambientalistas atrapalha o país, foi o que ele disse. Estamos prejudicando as obras que trarão mais emprego.

— Ele é o presidente, deve ter razão. Sabe muito mais do que a gente — disse Lino, que começava a demonstrar uma controlada ambivalência em relação à obra.

— Como vai saber mais do que a gente se nunca veio aqui? — questionou Maria. — Olha seu miolo escorrendo da cabeça, Lino.

— Mas ele é o presidente do país, Maria! — disse Nice.

— E daí? Presidente é Deus?

Nice era uma que gostava de ver a cidade agitada e não queria voltar à vidinha pacata de antes. Gostava do movimento, dos homens na rua. Gostava, não ia negar. Não via tanto perigo assim. Vem o progresso, dizia, como se o progresso fosse um tipo de homem que chegaria e lhe daria uma vida melhor e a levaria para longe de sua casa de palafitas. Quando menina, ela até gostava de morar na casa de madeira sobre o rio, de onde todos eles mergulhavam na água e aprendiam a pescar. Mas agora entendia a feiura daquela miséria. Faria qualquer coisa para sair dali. Até ir à escola, embora soubesse que dificilmente conseguiria se formar. Ajudava o pai, limpando os peixes que ele pescava e depois venderia, e já começara a trabalhar na faxina da casa dos outros ou vendendo na rua os bolinhos de peixe que a mãe fazia.

Avenor e Avelino também haviam começado a trabalhar mal terminaram o ensino fundamental, um como ajudante na padaria, outro como faxineiro da prefeitura. Com esse dinheirinho extra, Chica pretendia deixar Maria sem trabalhar até se formar no ensino médio, onde não foi difícil para os professores perceberem seu interesse e brilho. Virou o xodó da professora de português, que lhe emprestava livros e lhe dava conselhos: "Custe o que custar, vá em frente, Maria Altamira. Se não der para fazer um curso superior, faça uma especialização. Estude para ter uma profissão. Você precisa disso. Com sua inteligência, é uma obrigação que você tem".

Maria comentava com Mãe Chica o que escutara da professora, mas completava: "Só vou estudar mais quando conseguir pagar meu curso. Lá em São Paulo. Depois que Avenor for pra lá, ele disse que me ajuda a ir".

Essa parte, Mãe Chica fingia que não ouvia.

Nos fins de semana, o grupo de jovens remava para as prainhas douradas da beira do Xingu, água tépida para se banhar, sol forte, e a vida era boa assim.

Morar perto da orla era o que mais alegrava o coração de Maria Altamira.

A orla compensava a feiura das ruas sem graça, a cidade à mercê dos ciclos malditos que os jovens mal aprendiam na escola quais eram: o da borracha, trazendo os seringueiros; o da Transamazônica, abrindo a estrada para terras que diziam estar vazias, como se indígenas e ribeirinhos não vivessem ali desde sempre; o da chegada dos madeireiros, roubando madeira dos índios e acabando com a mata. Foram esses que mataram seu pai, Maria sabia, e que um dia jurara que entregaria à Justiça. E depois ainda — valha-nos Deus, que terra desgraçada! — os grileiros na região, expulsando famílias que buscavam as ilhas e beiradões para erguer suas casas de palafitas.

De tardezinha, Maria puxava Mãe Chica para perto do rio. Dizia: "Meu sangue Yudjá deve ser forte mesmo. Não saberia viver sem esse rio de pedras, essa água morna e essas prainhas! Ele não é mesmo nossa maravilha, mãe?". Chica concordava. Já se esquecera do antigo medo de perder a filha para os Juruna. Pelo contrário. Sabia que a metade Yudjá de Maria o que lhe dera foi uma grande família. Sua filha jamais estaria só.

Em momentos assim, coração desafogado, Mãe Chica aproveitava para saber dos seus namoros, e Maria explicava por que não deixava nenhum durar.

— A senhora não diz que sou apeguenta demais, mãe? Então. Não quero me apegar tão cedo. Só vou me casar depois de conhecer São Paulo.

— Se tu acha que manda no teu coração, tá enganada, filha. Espera só o dia que teu homem aparecer. Quero ver tu dizer que num vai se apegar.

O coração de Maria Altamira ria com a felicidade simples dessas conversas em que o futuro, fosse qual fosse, estava à sua frente. E, nas noites de sorte, continuava sonhando com o pai Juruna, rosto pintado, corpo imponente. Mais raramente, vinha também o sonho de puro som. O som que a embalava e a fazia acordar mais alegre do que nunca, agora já pensando que talvez, será?, fosse o som da voz de Alelí. Ela já entendia melhor a mãe. Entendia que Alelí conhecera sofrimentos que ela prometia a si mesma jamais conhecer (a potência da juventude ama esse tipo de promessa). Não seria maldade sua culpar a mãe por algo que, de alguma maneira, ela se sentira obrigada a fazer?

E havia as festas. Lambada, forró, música pop americana, Maria dançando esfuziante e leve. Lino e Biu preferiam ficar tomando cerveja. Nice tinha começado um namorico, Curau não costumava aparecer, mas, se aparecia, dançava sem parar. Saião, namorando Joesleide, ficava de olho em Maria, olho de irmão, não de paixão. Ele se gabava de conhecer os marginais da cidade. Quando um deles se aproximava da amiga, bastava um sinal para que o sujeito se afastasse. Se não conhecia o jovem, lá ia ele puxar Maria para dançar. "Lá vem você de novo!", ela reclamava. "Como é que eu vou namorar se tu fica enciumado assim?" "Num é ciúme, é defesa, Altamirita, tu sabe. É que num vou te deixar engraçar com quem num te merece." Maria ria. Não se chateava porque, juntos, ela e Saião formavam o melhor par de dança daquelas bandas. No fundo, achava até bom. Sentia-se protegida. E depois que se informava sobre o sujeito, Saião não se intrometia mais. Foi assim com Inacinho, filho de fazendeiro, com quem Maria namorou mais tempo. Dele, Saião não teve informação ruim, só não achava graça na amiga namorando filho de ricaço. Alertou que o fulaninho morava longe, estudava em Belém, e com certeza ia voltar para lá. Tudo o que ela já sabia, como sabia também que o rapaz, em seu coração, não era mais que um namorado das férias, de boa conversa, cabeça mais cheia de novidades que os rapazes dali, e só.

Naquelas férias, depois que Inacinho voltou para Belém, os dois trocaram cartas. Maria Altamira fazia vários rascunhos das suas, temendo cometer o mais leve erro de português. Se não tivesse vergonha, seria até capaz de mostrar para sua professora um ou outro parágrafo mais duvidoso. Mas a verdade é que ela já se sentia confiante com seu jeito de escrever. Quando recebeu a primeira carta do namorado foi que sentiu dúvidas. Estranhou. Era tão bonita! Mas parecia o quê?, exagerada? Não podia ser verdadeira. Parecia com outras cartas que ela já tinha visto antes... onde?

— Que lindo! — disse Nice quando ela a mostrou para a amiga. — Ele deve te amar muito. Por que tu tá desconfiando? De quê?

— Num sei direito. Mas é que ele nunca me dizia nada parecido quando a gente tava junto. Nem quando a gente tava... tu sabe. — Como grande parte das amigas, as duas não eram virgens. Tampouco desprevenidas. Pescando informações daqui e dali, aprenderam a não engravidar, uma das coisas mais fáceis de acontecer por ali.

E então Maria teve a intuição: sabia onde vira frases parecidas com as da carta. Voltou para casa e procurou debaixo do colchão de Avenor. Lá estava o livreto, *Como escrever as mais lindas cartas de amor*. Inacinho copiara toda a primeira carta para ela.

"Ah, ele vai ver só!"

Copiou para ele a segunda carta do livreto e pôs no correio. Contou rindo para Nice. Daria tudo para ver a cara dele. E não mais respondeu quando ele escreveu. Esse tipo de amor fingido era uma coisa que ela não precisava nem queria.

Uma decisão ficava cada vez mais clara em sua cabeça: não se apaixonaria por ninguém. Muito menos se casaria. Na vida das mulheres casadas que conhecia, o que mais via era sofrimento. Os abusos do marido, as surras, o abandono. Mulher como principal objeto da casa, feita para servir e receber tabefes. Tão raros os casos de vida boa. Das amigas de Mãe Chica, algumas nem sabiam se o marido estava vivo ou morto. De suas próprias amigas que casavam jovenzinhas, apaixonadas, muitas não tardavam a aparecer com cara de quem tinha se arrependido, se queixando do marido, prontas a lhe botar meia dúzia de chifres com qualquer um que aparecesse. Deixavam os estudos, deixavam o emprego (se tivessem e o marido achasse que o trabalho da mulher era em casa), deixavam o que fosse para poder se casar porque mulher solteira parece que não era mulher inteira. "E quando seu marido começar a te bater?", Maria Altamira perguntava. "Isso não vai acontecer, Miguel não é desses." "Mas se acontecer?" "Taco meus tapas nas fuças dele também." Era só passar o tempo do bem-bom, no entanto, que as marcas das surras começavam a aparecer, nunca nos maridos. Era então que as amigas de antes preferiam a distância, cheias de desculpas de mulher casada: "Cuidar da casa num dá tempo pra nada, tu vai ver quando casar". "Quando Vico chega, o jantar tem que tá pronto, num posso ficar nesse trelelê." Sem falar nas notícias de mulher matada que não eram novidade ali: mulheres sofridas de uma cidade sofrida.

E Maria cultivava sua certeza: não se casaria com homem dali. E, se todos os homens fossem mesmo assim, não se casaria com homem de lugar nenhum.

Chove e não molha

Tão logo ficou claro que a principal barragem do projeto de Belo Monte, por mais reduzida que fosse, traria impactos imediatos e diretos para os indígenas da Volta Grande, houve outra grande manifestação indígena. E, mais uma vez, Maria, Saião, Biu, Curau estavam lá, agora já não rondando em brincadeiras, mas acompanhando as discussões. Ainda viviam a esperança de que o projeto pudesse ser sustado.

As opiniões dos jovens mudavam de tom. Nice, ressabiada, defendia: "Nem tudo vai ser ruim. Vamos ter mais empregos. Muita coisa pode melhorar". "Então vai lá ficar do lado deles, traíra", Curau escorraçava. Maria dizia: "Ei, para de discutir vocês dois! Não tem graça brigar entre a gente".

Lino era outro que dizia ver o lado bom da barragem. Se houvesse mesmo uma guerra, iria lutar com os indígenas, mas era preciso reconhecer que a obra traria mais emprego, dizia, e se não fosse ele a trabalhar na usina, seria outro. Nice tá certa, dizia. Uma coisa é ser contra a desgraceira que eles querem fazer; outra coisa, se não tiver mesmo jeito, é deixar de ficar negando tudo, ver o lado bom do que for e ganhar dinheiro pra sobreviver. Uma coisa não impede a outra.

Curau retrucava que morreria de fome, mas para o pessoal da usina jamais trabalharia. Saião dava de ombros: dizia que não tinha nada com lado nenhum. A discussão se arrastava e os prendia como um lodaçal. Era a vida deles em jogo, e todos sabiam disso.

Por essa época, Avenor decidiu fazer o que sonhava fazer: tentar a vida fora dali. Não seria capaz, como Lino, de aceitar o trabalho na construção da usina que começava a se configurar como inescapável. Mandou-se para Belém e, de lá, tomou o rumo de São Paulo, onde logo deu sorte e conseguiu emprego como garçom. Escrevia com regularidade dando notícias da cidade gigante e da alagoana que começara a namorar. Sempre terminava dizendo que Lino e Maria deveriam ir pra lá, o que deixava Mãe Chica chorando de soluçar. De saudades, disfarçava. Só saudades. Se quiserem ir, podem ir. Bestagem de mãe.

Terminado o curso médio, Maria conseguiu emprego em uma loja de roupas e calçados. Queria fazer uma faculdade, mas não podia continuar só dando despesas. E se fosse logo para São Paulo, com Avenor? Não. Por enquanto, não. Não queria deixar Mãe Chica sozinha, não queria deixar a cidade, não queria deixar a luta dos parentes Juruna. Mas que luta era a sua? O que ela fazia por eles além de torcer? Estar do lado deles nas manifestações bastava?

Matutava essas dúvidas com os amigos.

Saião encolhia os ombros, "Se tu num sabe, Altamirinha, quem dirá eu!".

Nice resmungava: "Tu tem minhoca demais na cabeça. Ainda não entendeu que ninguém vai conseguir mudar o que eles decidirem?".

Curau repetia, "É só começar uma guerra que eu vou ser um a mais lá junto".

Lino azedava, "É tempo pra burro vivendo nesse chove e não molha. Nesse vai num vai. Vou acabar é trabalhando mesmo nessa maldita dessa usina. E lá de dentro, vou sabotar tudo".

— • —

E eis que outra vez a cidade se animou com o encontro Xingu Vivo para Sempre. Outra vez o mundo de gente em torno das vinte e quatro etnias. Pareciam cada vez mais bonitos; os indígenas mais confiantes e orgulhosos. Pois, se era verdade que os impactos imediatos e diretos dessa primeira barragem atingiriam sobretudo Volta Grande, também era verdade que acabariam atingindo o rio todo. Eram todos os indígenas da beira do Xingu que se sentiam ameaçados.

Maria pediu para Madá pintá-la de jenipapo: queria pelo menos ali ser também indígena, ainda que fosse só para ficar entre o público e aplaudir seu povo entrando solenemente no recinto, mulheres, homens, crianças, todos pintados, erguendo lanças, bordunas, facões, marcando o ritmo com os chocalhos coloridos nos tornozelos para dançar suas danças e cantar suas músicas milenares, os tons fortes dos homens, a voz aguda das mulheres. A beleza estava com eles, e Maria sentia a pulsação de sua parte Juruna. Quase chorou quando um cacique disse, "Estamos cansados de ouvir e não ser ouvidos. Não estamos defendendo só o Xingu. A luta dos povos indígenas é muito mais ampla do que aqui, agora, porque todos precisam da Amazônia e quem preserva a floresta somos nós. Se um dia tirarem essas terras indígenas, o mundo vai se acabar de quentura".

E, como em uma repetição da história, outro confronto com os representantes da hidrelétrica aconteceu, e, no meio da confusão, um deles ficou ferido, um corte de facão no braço. Entusiasmadíssimos com esse filete de sangue, Curau, Biu e até Lino pediram aos amigos do Paquiçamba que os pintassem com urucum, que, se guerra houvesse, estariam prontos. Vamos aprender logo a flechar, disseram, e os amigos Juruna riram, esclarecendo que "flecha é só pra manifestação, a gente agora usa é espingarda".

Em casa, ainda vibrando com o encontro, Lino e Maria falaram para Mãe Chica, que também acompanhara a manifestação de longe:

— Fica avisada, mãe, que vamos juntar dinheiro pra comprar espingarda pra quando a guerra vier.

Chica, sem nem olhar para a cara deles, deu a única resposta que poderia dar:

— Deixem de falar de coisa que nem sabem o que é. Se tiver guerra, vou enfiar os dois num saco e arrastar pra longe daqui. Se aquietem.

Mas quem conseguia aquietar as mudanças que chegavam cada vez mais rápido?

Nessa noite, um arranhar baixinho como o de um gato na porta da casa de Chica acordou Lino, que acabara dormindo no sofá da sala. Era Saião agachado na varandinha.

— Dá pra ficar aí? Tão atrás de mim.

— Entra, entra.

Cochicharam no escuro, Lino foi para o quarto, Saião ficou no sofá.

De manhã cedo, as batidas da polícia acordaram Chica. Acordaram primeiro Saião, que correu para o quarto de Maria, agora também acordada, e se enfiou debaixo da cama da amiga.

Eram dois policiais.

— Que foi isso? Acordando a gente fora de hora? — atendeu uma Chica preocupada e furiosa.

— Desculpa, dona. Tem um foragido que disseram que pode ter entrado aqui.

— Mais respeito que aqui é casa de família. A zoeira de ontem na cidade destrambelhou o juízo de vocês? Com tanto crime acontecendo e cês vêm perder tempo em minha casa?

— Alguém entrou aqui?

— Como é que vai entrar aqui, com todo mundo dormindo? Pra entrar, tinha que arrombar, e não tem nada arrombado, tem?

Maria chegou embrulhada na colcha, cara de sonâmbula.

— Que foi, mãe?

— Nada, filha. É só a polícia procurando o que ninguém perdeu por aqui. Se alguém perdeu alguma coisa foi nessa varandinha onde cês tão. Tem algo aí? Não. Vão procurar em outro lugar.

Os dois policiais conheciam Chica do hospital. Olharam um para a cara do outro, deram bom-dia e se mandaram.

Quando Saião apareceu na cozinha, Chica levou um susto. A autoridade de sua voz com a polícia tinha vindo de sua absoluta inocência da presença dele na casa, embora todos ali tivessem certeza de que sua voz soaria ainda mais contundente se soubesse. Ô menino injustiçado pelo mundo! Nem quis saber por que estavam atrás dele. Só disse que ele podia ficar ali o quanto precisasse, serviu o café e foi para o hospital. Maria ainda ficou um tempinho para saber o motivo da confusão.

— Eles chegaram quando eu tava tentando levar uma caminhonete, dessas de fazendeiro que ficam se exibindo por aí. Se o dono quiser, pode comprar mais dez daquelas sem sentir nem cosquinha no bolso. Ninguém viu meu rosto, mas alguém deve ter me visto entrando nessa rua. Sorte que Lino me ouviu. Obrigado, amigão.

Maria lhe deu um beijo estalado na testa. Sabia que teria que se resignar com o destino que Saião começava a confirmar.

Enquanto isso

Em cada criança que encontrava, desde que saíra de Altamira naquela distante manhã do parto, Alelí via o bebê que deixara no sofá da casa de Chica. Os traços que trouxe gravados em sua memória aprenderam a amadurecer com os anos. De tempos em tempos, ela lhes dava novo ajuste, adequando-os à idade da filha que crescia. Não estando perto da maldição que a mãe trazia consigo, era certo que essa filha viva a cada dia crescia um pouco. Já devia ser uma menina correndo pela areia dourada da orla e se banhando no rio.

Não era fácil criar um rosto na imaginação, mas era a isso que Alelí se dedicava sempre que aquietava seus pensamentos.

Sua incurável tristeza, a profunda tristeza provocada pelas mãozinhas levantadas de Illa implorando "Mamita!", tinha agora o leve contrapeso do rosto imaginado da segunda filha. Era contrapeso incapaz de se opor a bracinhos estendidos, mas forte o suficiente para se juntar a eles. Era a filha sem nome — Alelí não sabia que nome Chica lhe dera, não sabia nada sobre ela a não ser a fundamental certeza de que estava salva. E como estava salva era possível imaginá-la crescendo. Mesmo com o coração perturbado pelo amor e a vontade de vê-la, era a filha que Alelí podia imaginar viva e senti-la como um respiro à dor da filha morta. Era sua miúda alegria, a única.

Havia tempos Alelí morava na casinha de sapê de dona Cutute, a velha que o povo dos arredores chamava de curandeira. Chegou à casa aonde dava a trilha que seguira na mata, e a velha, mesmo sem nada lhe perguntar, disse que poderia ficar, se quisesse. Estava subnutrida; em seu corpo parecia não haver lugar onde acomodar outros cortes.

Cutute não era de conversa, só de aguda percepção. Arrumou um catre em um canto da cozinha para Alelí dormir, ela foi ficando, e as duas se acomodaram uma à outra.

O amanhecer pegava a velha e a mulher mais jovem entrando na mata à procura das ervas ainda orvalhadas que iam enchendo os pequenos cestos de palha que carregavam. Alelí respirava o perfume intenso da mata úmida que fazia bem a seu corpo e sua alma. Dona Cutute, baixinha, atarracada, olhos úmidos de fruta madura, sorriso permanente no rosto moreno de sardas escuras, estendia os dedinhos gordos das mãos quase anãs e, concentrada, colhia as ervas que ia colocando nos cestos. Unha-de-boi, cipó-de-gato, macelinha, soprão — eram inúmeras as variedades que a nova aprendiz ia assimilando, inclusive as muito raras que só a velha conhecia. Era Cutute quem ia cozinhá-las — as que deviam ser cozidas — ou lavar e preparar as que deviam manter o viço natural, ou secá-las a céu aberto. Alelí atiçava o fogo de lenha e varria o quintal com a vassoura de piaçaba que aprendera a fazer. Toda manhã deixava a terra alaranjada da exata maneira como a encontrara quando chegou: seca, dura e limpa, como a terra socada do interior da casa.

Os que procuravam os remédios da curandeira costumavam chegar cedo, sentavam-se nos bancos de toco de árvore e esperavam para serem atendidos. A casa era pequena para acomodá-los.

Alguns vinham de longe, outros dali mesmo. Depositavam os sofrimentos da alma ou do corpo nas mãos da velha, que os atendia um a um. Mais atrás, havia um rancho de palha onde os que vinham de longe podiam pernoitar. Mais atrás ainda, a criação de galinhas soltas no quintal e o chiqueiro com o porco, a porca e cinco porquinhos crescendo.

Os que chegavam traziam os sofrimentos da pobreza. Desnutrição, febres, erisipela, lombrigas, frieiras, dores da coluna, doenças do peito, pequenas loucuras, tristezas profundas. A velha os examinava com atenção. Mesmo quando nada podia fazer, podia fazer algo. Ensinava a reconhecer as ervas do mato que lhes relaxariam o corpo e tranquilizariam a cabeça até que pudessem ir à cidade mais próxima tratar melhor do mal que os afligia.

Quem chegava trazia sua comida e, se possível, dividia: essa era a única paga de Cutute. Ela e Alelí comiam o que houvesse. Nos raros dias em que não aparecia ninguém, colhiam as plantas comestíveis à disposição na mata e se sentiam bem servidas. Ou cozinhavam ovos e, se fosse a época, espigas de milho-verde tão tenras que soltavam sua massinha adocicada e úmida no estalar dos dentes. Ou faziam mingau, quando o milho ficava amarelo e duro.

Para os enfermos desnutridos, elas matavam uma galinha. Alelí aprendeu a escolher a mais gordinha, pegá-la do jeito certo sem que se assustasse, encostar seu corpo ao dela e distraí-la um pouco para que nada sofresse no momento de, com uma única torção, quebrar-lhe o pescoço. A cabeça mole tombava sobre o peito. Quando Cutute queria aproveitar o sangue, Alelí usava a faca afiada da cozinha. "Galinha e porco devem alimentar os que necessitam, fia.

A missão desses animais é alimentar o homem", a velha dizia ao reparar seu olhar de novata nessas lides. *"Agora é mergulhar a bichinha na água quente pra ficar fácil de depenar. Depois é só cortar as partes e fazer uma canja grossa. Vem que eu lhe mostro."*

Quando precisavam matar um porco, havia mais drama. Seus cóins finais nos estertores da morte eram bem mais portentosos que os cocoricós da galinha distraída. Era um acontecimento importante, ocupação para o dia inteiro: o vizinho e sua mulher vinham ajudar. Traziam as facas amoladas de véspera e mais lenha para o fogão, que arderia sem parar. Inconformado até o final, o porco sacrificado para a saúde dos homens berrava e batia no ar as perninhas curtas. Morto, eles abriam o bicho pela barriga, destrinchavam as partes, separavam as vísceras, as gorduras, a carne, o mocotó; faziam linguiças, fritavam pedaços de carne que iam direto para as latas já com a banha do sacrificado liquefeita durante horas; separavam isso daquilo, davam uma parte das carnes para a família do vizinho, e dona Cutute podia contar com uma boa provisão para alimentar os subnutridos que batessem à sua porta.

Sol já se afastando, as duas se sentavam no degrau da porta da cozinha. Cutute enrolava seu cigarrinho de palha com as ervas que deixava secando em uma pedra do quintal e depois macerava. Puxava a brasinha e oferecia a Alelí, que, por sua vez, fazia o começo do fogo tremeluzir. A hora plena do descanso do dia. Tudo certo ali frente à mata. As cores se aproximavam como em alto-relevo, tão nítidas, e a velha sorria frente a tanta beleza. As aves faziam sua algaravia do começar da noite, nenhum pio fora do tom; o levíssimo correr do córrego perto, a brisa; e Illa com sua irmãzinha sem nome vinham brincar aos pés de Alelí. Era tão perfeita a cena que o mínimo gesto poderia corrompê-la. Depois de muito, muito tempo, Alelí voltava a dar sua tossezinha.

A grande novidade da sua presença na casa de Cutute era a música. Quem pernoitava ouvia a força da voz da mulher que estava morando com a velha. O que ela cantava ali eram acalantos, fora as noites em que apenas soltava a voz sem instrumento. Um canto sem letras, nem alegre, nem triste; nem ode, nem lamento: apenas som. Vindo do fundo do lugar no corpo humano onde nasce a música. Quem a escutava podia imaginar a vida que teve, as alegrias e infortúnios incorporados à voz, fazendo dela sua forma de se colocar no mundo, de poder ter certeza de quem era. O dom que, plena de intuição, ela aprendeu a preservar.

Os que dormiam no rancho, na solidão da noite, muitas vezes pensavam que era um som cuja beleza também curava e que não haviam acordado em vão.

Começaram a espalhar que sua música ajudava a curar. Quando soube disso, Alelí não achou certo. O que curava eram as ervas preparadas por Cutute.

— O povo precisa acreditar em alguma coisa, fia — disse a velha. — Pra preencher o tamanho do desemparo deles. Pode ser verdade ou não. Mas sabe que também ando pensando que a beleza de um som pode ajudar na cura? Tudo que é bom e bonito no final ajuda. Mas sei como cê se sente. No começo num deram de me chamar de santinha? Quiseram muito de mim, mas eu disse que não, era exagero. O remédio são as ervas. Quem quiser aprender, eu ensino. Só que poucos querem. A maioria prefere acreditar que a força está em alguém em quem pode se apoiar. Num é culpa deles.

Às vezes, chegavam mensageiros para dona Cutute. A qualquer hora do dia ou da noite. Falavam baixinho em seu ouvido. Cutute arrumava suas coisinhas, escolhia as ervas e poções que ia levar. Pedia que Alelí cuidasse da casa e de quem aparecesse. Avisava que não podia dizer com certeza em que dia voltaria, era raro passar de dois ou três, tempo bastante para exercer seu ofício sigiloso de "morredeira", aliviando as dores ou apressando a morte, se assim lhe pedissem. "Já ameaçaram um dia me prender, pois que prendam! Como vou deixar um sofredor sem ajuda só porque a lei dos homem resolveu dizer que num é certo? Teriam que quebrar minha mão. Deus me colocou no mundo pra atender aos que sofrem. Quem manda em mim é só Ele lá em cima e eu aqui embaixo."

Inchaço

A cidade crescia e se enchia. Cidade-ímã para aventureiros de todos os naipes e de todo o país. Não era só Nice que dava a impressão de que o progresso era o noivo que esperava. A cidade, fêmea, também se alvoroçava.

Os comerciantes rejubilavam-se com as perspectivas de levas de consumidores chegando à região. O patrão de Maria, sorrisão de contentamento grudado no rosto, espichou o horário de trabalho. Ela passou a ser dispensada depois das 19 horas.

Saía apressada para pegar um lugar na salinha de xerox, plastificação, três computadores e Wi-Fi. Ia direto, sem jantar, na ânsia de praticar o uso do computador, enviar e-mails para Avenor, explorar o Google. E, quase inconscientemente, quase sem querer, em um daqueles começos de noite, ela abriu o Google e digitou Iungai. Digitou errado, mas o Google corrigiu: Yungay

Havia muito esse nome rondava sua cabeça, junto com a história da mãe, que voltara a atormentá-la. No entanto, jamais vira uma montanha, a não ser em livros da escola. Jamais vira, nem sequer nesses livros, a imensidão da Cordilheira dos Andes e muito menos seus vales povoados. Era-lhe impossível ter uma imagem de como teria sido a cidadezinha de Alelí. O que sua imaginação ousava lhe trazer como imagem era tão nebuloso e assustador que imediatamente ela abandonava qualquer pretensão de saber mais sobre o que havia acontecido com seus avós e Illa, sua pequena irmã. Assim, quando percebeu que talvez o Google pudesse por fim lhe mostrar como tinha sido a terra da mãe, faltou-lhe coragem. Tentou afastar a ideia. Não pensar no assunto. Até aquele final de tarde em que, sem que se desse conta, seus dedos digitaram Iungai.

Quando apareceu, primeiro, a foto da praça de Armas em frente à igreja, com suas plantas e palmeiras, ao fundo o gigantesco nevado alarmantemente branco, e logo em outra foto dessa mesma praça apenas os topos de quatro palmeiras brotando da terra desnivelada e cinza em que se transformara a cidade quando o pico branquíssimo soterrou as casas, as ruas, os habitantes, Maria ficou sem ar. Grudada ali, viu outras fotos, leu os detalhes da história que mal sabia, ouviu entrevistas, e foi como se a gigantesca onda de terra-pedras-fumaça-faíscas, tantos anos depois, também a estivesse soterrando, enquanto o chão lhe faltava.

Só saiu quando a salinha fechou, muito depois de sua hora habitual. Saiu sem ver por onde ia, concentrada nas imagens da cidade assombrada da mãe. Esqueceu-se de Mãe Chica. Esqueceu-se do perigo crescente das ruas de Altamira. Não reparou na rua escura, sem iluminação. Ocupando todo seu corpo e sua cabeça, o inimaginável sofrimento de quem fora sua família.

Em seu transe, viu-se envolvida tarde demais pelo cheiro forte do suor e a podridão quente do hálito de um macho no cio. A mão dura e cascuda cravada em seu braço. Esse deslocamento absurdo, da horrenda visão da cidade soterrada para a horrenda sordidez da ameaça iminente, deixou-a sem reação. Justo ela, que sempre reagia a qualquer tipo de ameaça, não conseguiu força suficiente para enfiar o pé no saco da fera que grunhia e a soterrava com seu peso, seu fedor, sua boca podre. Pensou na morte. Pensou que poderia, sim, morrer; como a mãe vendo a avalanche cair sobre Yungay, como o pai esvaindo-se em sangue, Altamira tornando-se uma terra fértil para todo tipo de ambição e bandidagem, que importava morrer? Mas, quando o animal a rasgou, como se seu pênis fosse facão, ela mordeu a mão dele com tal força que lhe tirou metade de um dedo. E o berro quem deu foi o homem, que depois em fúria a surrou, disposto a matá-la de pancadas.

Foi descoberta no matagal por Avelino, que saiu à sua procura quando, passando dez, dez e meia, onze horas, Chica disse: "Chega de espera. Vai atrás dela, filho. Se não encontrar, chamo a polícia", ainda que a polícia fosse a última coisa que uma pessoa como Chica chamaria.

Avelino a levou para casa, a roupa rasgada, ensanguentada, hematomas pelo corpo, e Mãe Chica a limpou, tratando-a com todos os cuidados que sabia. De madrugadinha, foram as primeiras na fila do pronto-socorro do hospital, engessar o braço direito quebrado pela força do animal. Fizeram um exame mais completo do que o feito por Chica e lhe deram os remédios possíveis. Mais cuidados não achariam ali.

— Agora vamos à delegacia, mãe — veio a voz de Maria.

— Pra quê, filha? — Chica tentou dissuadi-la, sem explicitar o que mais temia, que a humilhassem mais na delegacia, que a filha ficasse falada, que a chamassem de puta vadia. Maria, no entanto, fazia questão de registrar a queixa,

126 | MARIA JOSÉ SILVEIRA

alertar que prendessem o homem sem a metade de um dedo antes que ele estuprasse outras.

Esperaram mais de três horas sentadas. O delegado, o escrivão e policiais passavam conversando bobagem, tomando café, e um deles, novato na cidade, fazia piadinhas com moças de saias curtas mostrando a bunda, decotes abaixo dos peitos, saindo por aí atrás de homem. O interrogatório só não foi pior porque a estuprada estava com a mãe ao lado, e os policiais mais antigos a conheciam do hospital.

Braço quebrado, olho roxo, rosto com hematomas, o patrão foi claro: "Gosto de você, Maria, mas andar por aí sozinha à noite, o que pensava? Não tenho como esperar esse braço melhorar. E o rosto desse jeito? Devia ter tomado mais cuidado, tu já num é criança". E, ressaltando o coração mole que tinha, lhe deu o salário dos dias trabalhados no mês, uma pequena gorjeta, e tchau e bença.

Se Maria chorou, foi sozinha no banheiro ou na orla, em frente ao rio. Queria mostrar-se forte. Estupro era algo que agora fazia parte da sua cidade. Sabia de muitos outros casos; não iria deixar que arruinasse sua vida. E, mesmo no dia em que reconheceu o estuprador na rua, a mão ainda enfaixada, só mencionou o fato à mãe, pedindo que não contasse a Lino, que ela mesma contaria. Tampouco para a polícia; eles iam rir na cara delas, como bem avisara Mãe Chica, e Maria aprendera no dia em que registrou a queixa engavetada. Que as coisas ficassem como estavam, que já eram ruins o suficiente.

Na varandinha estreita da casa, ela perguntou ao irmão:

— Quando a gente era criança, Lino, era eu que sempre batia e ganhava quando a gente brigava, não era? Eu tinha muita força, não tinha?

— Égua! Sei disso, não.

— Sabe, sim. Tu saía chorando das brigas. Mas hoje, se a gente brigar, eu é que vou sair chorando. Tu ficou mais forte. Olha só o músculo no teu braço. — Apertou o braço do irmão, que deu um puxão, soltando-se facilmente. — Tá vendo? Hoje não consigo nem te dar um beliscão direito.

— Tu é mulher, Maria. É mais fraca mesmo.

Maria estreitou os olhos. Não suportava isso. Ser considerada mais fraca que os homens.

Da segunda vez que Maria viu o estuprador, foi atrás. Ele ia com pressa, por ruas que ela não conhecia, parte nova da cidade, sem sombra de árvores, casas sem pintura, ela mantendo a distância. Não era perto a casa onde o viu entrar como se fosse sua. E o que foi pensando, ao retornar marcando bem por onde passava, era o que se podia chamar de embrião de um plano que, ao chegar em casa, contou para Avelino.

— Tu me ajuda?

— É pra isso que existe irmão. Vou chamar Curau.

— Chama Saião também.

— Não precisa. Saião agora tem lá as coisas dele.

— Pra garantir. Também, se não for chamado, ele vai ficar bravo. Depois, o diabo é grande, e, com vocês três segurando os braços e pernas, corto o troço dele com facilidade. Três dá pra garantir.

— Aí vai ser covardia, Maria.

— Estuprador não é o pai dos covardes, Lino?

O mais difícil do plano foi acertar a hora de o sujeito voltar para casa. Esperaram três noites, agachados atrás do muro de uma construção. Maria, vestida com as roupas do irmão e boné na cabeça, ficava no escuro, encostada na parede de uma casa no começo da rua para avisar quando ele aparecesse. Não pensava; por sua cabeça só a preocupação de não deixar passar o vulto. Os rapazes, cansados de esperar tanto ali agachados, começavam a querer um plano melhor na noite em que, por fim, Maria viu o homem se aproximar. Deixou-o passar e soltou o assovio fino e breve. O homem parou. Olhou para trás, para os lados, a rua sem iluminação clareada pela lua minguando sem forças no alto.

Continuou com andar trôpego. Tinha bebido.

Ótimo.

Os quatro caíram como um paredão em cima dele, Saião enfiando o capuz preto em sua cabeça, os outros tentando segurá-lo. Não foi fácil, mesmo para três rapazes fortes não foi fácil, o homem era um touro, bem que Maria havia avisado, mas conseguiram, e ali estava ele, estendido no chão, aberto como um animal pronto para matança, Maria ajoelhada em cima dele, afrouxando o cinto, baixando a calça, o bosta nem tinha cueca, os rapazes gritando: "Vai, acaba com isso! Corta logo!", e o pedaço de carne mole ali, encolhido de medo, ela teria que puxá-lo, enfiar a mão por entre os pelos todos e puxá-lo, e foi então que, inesperadamente, sentiu-se esvaziar como um balão. O ódio cultivado a frio naqueles dias em que passara afiando a faca que Curau lhe emprestara se esvaiu como em passe de mágica. O encolhimento do "facão" imaginado por sua dor a fez se encolher também. Não poderia. Deixou a faca cair de sua mão, misturando-se com a poeira baixa levantada pelos movimentos dos quatro homens.

Os rapazes a olharam, atônitos, e Lino, "Porra, que merda é essa?".

Maria se levantou olhando a cena como se por fora dela, e foi Lino que com rapidez pegou a faca e capou com ódio o estuprador, os urros abafados pela sacola na cabeça. E, como se pensasse melhor, e ainda ofegante e com a respiração suspensa, ele se debruçou uma última vez e cortou também o saco. Logo sua mão grudenta de sangue pegou a mão da irmã e a puxou, correndo com os outros rua acima.

— Tu nunca mais me peça nada — lhe disse Lino, espumando de raiva, depois que se separaram dos amigos e chegaram em casa.

Maria se encolheu ainda mais. Merecia a zanga do irmão. Sua covardia não se explicava. Muito menos o ódio consumido nele mesmo, deixando-a murcha. Na manhã seguinte, parecia outra pessoa. Chica reparou na indiferença da filha, na falta de vontade, no esmorecimento; devia ser começo de gripe, tantas noites chegando tão tarde. Ela e Lino, que também amanhecera com uma zanga que era melhor fingir que não percebia. Dava pra ver que os dois tinham brigado. Nem mesmo quando chegou à noite, animada para lhes contar que um homem dera entrada no hospital, castrado como um bicho, todo mundo dizendo que era estuprador conhecido, nenhum dos filhos deu seguimento ao assunto. Nem mesmo Maria. Pensou que a notícia traria algum alívio para a filha, quem sabe não era ele o homem que a machucara tanto?, mas Maria não mexeu os olhos nem a cara, como se não fosse com ela. Tampouco o filho disse um "a", ele que ameaçara matar o estuprador da irmã. Deixaram a mãe falando sozinha na mesa do jantar.

A violência de todo o acontecido fez Maria começar a pensar seriamente em ir embora, arranjar emprego em São

Paulo, fazer um curso profissionalizante, sumir dali. Seu coração, no entanto, não acompanhava a cabeça: pensava em Mãe Chica, pensava na luta dos parentes contra Belo Monte e adiava. Já não era mocinha. Não tinha profissão. Temia ter ficado estacionada na vida. O que lhe diria sua professora se a visse assim, parada?

Nunca se sentira tão enfraquecida. Não ter conseguido executar ela mesma o seu plano e sentir na mão o sangue do estuprador a fazia se revirar na cama à noite de vergonha. Covarde. Jamais imaginara que pudesse ser tão molenga. Chorava de vergonha e pesar por Lino não falar mais com ela.

Conversava com Saião, que agora aparecia menos, atento à polícia. Começara a ser procurado por roubos maiores do que simples mercadorias da feira. Nunca nem tentara conseguir emprego. Com ou sem razão, seu rosto quadrado, encarnando à perfeição a cara de mau dos heróis dos quadrinhos, e seu passado de moleque de feira assustavam as pessoas.

— Tu me ensina autodefesa, Saião?

— E tu precisa, Altamirita? Ainda num cansou de bater nesse bando de moleirões que andam por aí?

— Num brinca com isso. É sério.

— Tô vendo sua cara. Mas num sou professor. Sei de um. Te levo lá.

No dia do aniversário do Biu, quando comemoravam juntos à noite, na orla, menos Saião, que ninguém sabia por onde andava, chegou a notícia de que a licença para a construção de Belo Monte fora concedida. Foi uma castanheira bruta caindo sobre o grupo de jovens com seus copos de cerveja. Choraram. Até mesmo Nice, que acreditava no progresso e nas promessas feitas, até mesmo ela sentiu uma coisa ruim:

como podia ter certeza de que a mudança seria para melhor? Chorou abraçada à Maria. Lino mordeu os lábios e deu um prolongado gole em sua cerveja. Reconheceram que tinham sido muito ingênuos; em vários momentos, acreditaram mesmo que o monstro não chegaria. Agora, ali estava ele. A luta de mais de trinta anos, se fosse contar desde o comecinho do maldito projeto, conseguira adiar sua chegada, cortar as pernas e mãos do monstro, mas não a cabeça. Quem garantia que essa cabeça não faria todo o corpo crescer outra vez?

— • —

A brutalidade da transformação começou a ser sentida quase imediatamente. A todo momento, uma novidade: o leilão para a construção da hidrelétrica vencido pelo Consórcio Norte Energia; o principal barramento sendo construído a poucos quilômetros; filas e filas de caminhões se arrastando pelas ruas.

Maria não queria ver essa obra.

A cidade era um tumor purulento, alastrando seu exército de trabalhadores, barrageiros e todo tipo de gente, canteiros de obras se espalhando por vários pontos do Xingu. Homens — basicamente homens. A população começou a dar o salto que em poucos meses a faria passar de menos de 100 mil para mais de 150 mil habitantes. Incrédulos, os altamirenses olhavam a invasão, o desassossego. Os moradores dos igarapés e área de várzea começaram a ser realocados; moradias novas foram prometidas.

A família de Nice seria uma das primeiras a ser realocada. Deixariam as casas de palafita e ganhariam casas de tijolo. Receberiam uma indenização.

— Pai disse que vai ser um dinheiro bom — nem para Maria Nice disfarçava agora o entusiasmo que passara a sentir.

— Vão pra longe do rio? E teu pai não vai pescar mais?

— Maria estreitou os olhos.

— São só dois quilômetros de distância. E vão dar emprego pro pai.

— Não vai sentir falta do rio?

— Tô enjoada de peixe. Vou arrumar emprego na usina. Tu num quer vir também? Tem mulher trabalhando lá.

Maria sentiu uma quentura trevosa lhe subir pelo peito. Jamais havia sequer aventado essa possibilidade. Jamais trabalharia para quem estava destruindo tudo o que ela acreditava ser um pouco seu. Não totalmente seu, mas de alguma maneira seu.

— • —

O que a prendia ali, afinal? Belo Monte seria construída; para que continuar na cidade agora? O rio que ela tanto amava ia ser virado do avesso. E Mãe Chica? Mãe Chica sofreria, mas vida de mãe é sofrer; uma das razões pelas quais não queria ter filho. Também, se não quisesse mais voltar, assim que tivesse um canto, levaria a mãe para viver com ela. E Lino? Lino jamais perdoaria sua fraqueza. Ela também não. Quem sabe a dureza da cidade grande não fortaleceria sua cabeça? Uma das primeiras lições que aprendeu com o professor de autodefesa: a cabeça governa os músculos e a força. É por dentro que ela precisa ser forte. Mais um motivo para ir. Sentiria saudades de Nice, Madá, Saião, Curau, Biu.

Saudade servia para isso. Para ser sentida.

Avenor lhe enviou a passagem aérea Belém-São Paulo, comprada à prestação. Maria pegou o ônibus até Belém, coração estremecido. Mãe Chica ficou rezando com suas santas no oratório do quarto: "Proteja minha filha, Mãe Santíssima, guie seus passos, um por um, e, se não for pedir muito, não deixe nunca, nunca que ela decida sumir no mundo como Alelí. Por todos os santos de minha devoção, atenda meu pedido, Virgem Maria Protetora dos Que Sofrem. Amém".

— • —

Maria cochilava no ônibus quando o barulho dos passageiros se amontoando na janela a despertou.

Bicho morto na beira da estrada. Bicho-preguiça. Grande, aberto e esparramado, sendo destripado por outros animais. Carapanãs, uma nuvem excitada logo acima das vísceras. No alto das árvores, urubus esperando. Uma estranha angústia tomou seu corpo. Maria precipitou-se para a frente do ônibus:

— Para, seu motorista!

— Parar por quê, moça?!

— O bicho-preguiça. Tá sendo comido na estrada!

— Ah, filha! Se eu fosse parar por isso, a gente nunca chegaria. Volta pro teu lugar e se aquieta. Parar por causa de um bicho morto! É cada uma!

Maria voltou, mas seu coração não se aquietou. Tinha visto algo difícil de esquecer. Quando entrou no avião para São Paulo, foi toda cheia de apreensões, chorando.

Voltar logo era sua única saída. Fortalecida e melhor.

Enquanto isso

Uma tarde, chegou a sobrinha de dona Cutute. Muito branca e alta, aquilina. Devia ser parente distante, porque não tinha nenhuma parecença com a velha. Nem no corpo nem na alma. Nem mesmo no porte, que parecia o de quem pretendia ter nascido para ser dona de alguma coisa.

Chegou com uma boa mala e disse que tinha vindo aprender o segredo das ervas.

— Tem segredo, não, fia. Só coração, trabalho e um cadim de conhecimento.

A sobrinha procurou disfarçar a descrença na fala da tia. Tinha vindo preparada para ter paciência. O que pretendia com seu semissorriso de lábios finos era que os segredos da ervas ficassem na família. Sabe que a tia não concordaria. Teria que ir com calma e jeito.

Com seus olhos azedos, examinou o entorno. Viu o catre de Alelí a um canto.

— Onde vou dormir?

— Pode dormir nesse catre que Alelí vem dormir comigo.

— De jeito nenhum, tia. Eu durmo com a senhora. Num vou incomodar sua hóspede. — E, olhando para Alelí, perguntou, sem conseguir disfarçar o desprezo: — Que tanto de cicatrizes são essas?

Da porta onde estava, Alelí não respondeu. Disse apenas, dirigindo-se à velha:

— Vou dormir no rancho.

A chegada da sobrinha mudou a harmonia da casa, e Alelí entendeu aquilo como um alerta. Ficara tempo demais no lugar e era melhor que partisse antes que sua maldição prejudicasse a velha curandeira, por quem de certa forma, e sem querer, se afeiçoara mais do que deveria.

Dois ou três dias depois, quando passaram os violeiros da Bandeira do Divino, na Folia dos Reis, Alelí se juntou a eles com seu charango. Seguiu com o grupo rumo às outras casas dos arredores.

Antes, abaixou a cabeça para a velha em sinal de respeito e gratidão, e Cutute entendeu que ela não voltaria.

Quatro anos
passam rápido

São Paulo 1

Pela janela do avião, a grandeza pontiaguda da megalópole abriu o coração de Maria Altamira para a cidade. Seu tamanho lhe parecia incompreensível, mas que importava? Não sentiria medo. Não. Milhões de pessoas moravam ali, seu irmão morava ali, ela também moraria. Essas pessoas, de alguma maneira, entendiam a cidade, ela também entenderia. Tinha vindo para aprender a ser mais forte. De um jeito ou de outro, aprenderia.

Avenor a esperava no aeroporto e a levou para um quartinho no prédio onde morava, ocupado por migrantes e sem-teto, perto da Estação da Luz. Ali teria lugar para a irmã. Hermínia, namorada de Avenor, ajudou-a arrumar o quartinho do sótão, no que seria o décimo primeiro andar, ao lado do poço do elevador desativado. O irmão o pintara de azul-claro e colocara um estrado e um colchão coberto com uma colcha de crochê cor de rosa que Hermínia fizera. Encostada na parede, colocara também uma pequena mesa, que pintou com a sobra da tinta azul, um suporte de cabides pregado no alto, e era tudo o que cabia. Ela teria que descer ao andar de baixo para usar o banheiro coletivo. O quarto de Avenor e Hermínia ficava no sexto andar.

Maria viu com olhos de gratidão o "muquifo" colorido e o lugar animado, onde quase todos lhe deram boas-vindas.

Foi apresentada à coordenadora dos trabalhos no prédio, dona Maninha, que lhe informou sobre como as coisas funcionavam ali, onde tudo era feito coletivamente. Que ela se ambientasse, primeiro, e depois lhe dissesse em que poderia participar. E que não se assustasse quando visse policiais por ali: "Eles gostam de ameaçar, mas não vão conseguir nos tirar daqui. Nosso movimento é forte".

Quando Avenor a levou para conhecer os arredores e se localizar, Maria passava do espanto alegre para a completa indagação. A enormidade. A pressa das pessoas nas ruas. Os prédios cheios de desenhos riscados que a faziam recordar os desenhos indígenas só que misturados, parecendo um caos, e não uma ordem. O ar contaminado por tudo quanto é cheiro. O ruído misturado e incessante. Os carros e ônibus e motoqueiros, sem espaço entre um e outro. A quantidade de tudo. A praça da República. Tantas pessoas sentadas nos bancos em pleno dia. O Parque da Luz, a graça do coreto e das esculturas, os velhos descansando. Os moradores de rua enrolados em cobertores, torso nu, sujeira, cheiro rançoso. Crianças vendendo balinhas nos faróis. Crianças pedindo esmolas. E a riqueza dos prédios e das vitrines. A luminosidade. Os bares. Os amontoados de lojas. Policiais andando de lá pra cá. Sua cabeça rodava, e ela se dizia: *Te aquieta, Maria.*

Escreveu para Chica: "Cheguei, mãe, só num sei se vou dar conta disso aqui".

Com a ajuda de Hermínia e muita sorte, conseguiu trabalho em uma loja de roupas para onde podia ir a pé; à noite, matriculou-se em um curso de contabilidade e técnico em computação. E, sem perceber direito, seu tempo adquiriu a pulsação da cidade, a enormidade, os horários, a pressa, o cheiro áspero da poluição.

Escrevia: "Já fiz amigos, mãe. Quando chega sábado, a gente acaba saindo em grupo, sempre tem o que fazer, nunca vi coisa igual. Viver na metrópole é agitado demais, o jeito é gostar".

"Aqui tem tanta coisa grátis, Mãe Chica! Até show de gente famosa às vezes é grátis!! Até Wi-Fi, até bandinha na rua! Aqui no prédio tenho um amigo que sabe tudo que essa cidade tem de bom pra gente fazer, e também, se num fosse grátis, acho que ninguém saía de casa."

"Mãe, a senhora num vai acreditar! Mergulhei no que parecia um cardume de peixe grande nadando em pé, juro por Deus! A tal avenida famosa daqui, a Paulista, uma coisa é ver na tevê, outra é estar lá no meio. Fui com Malu, colega da loja, na hora do almoço, mas ela teve que me puxar porque eu achava que ia esbarrar nas pessoas, ela disse que sou capiau demais, que preciso conhecer melhor São Paulo. Mas era como banzeiros de gente indo e vindo, diferente do centro, onde a gente mora, lá as ruas são muito cheias também, só que mais curtas, e a Paulista é uma reta enorme e larga, achei que ia ficar zonza como no primeiro dia. Os prédios altíssimos e cada um diferente do outro, umas torres mais altas ainda! Aí entramos numa mata pequena, toda arrumadinha, com trilhas de pedras pra caminhar, muito lindo. Chegamos atrasadas na volta, e a gerente vai descontar do salário, mas não importa, só penso em voltar lá de novo."

— • —

A vida era dura, Avenor tinha alertado que seria. Mas animada. A vida coletiva no prédio ajudava. Era bom viver entre tanta gente tão diferente dos altamirenses e poder fazer cursos com o dinheiro que ganhava.

"Estou gostando de entender mais de computador, mãe. O professor diz que gosta de ver como num fico amedrontada, num trato a máquina como se fosse bicho que vai morder, é que eu conheço os bichos que mordem de verdade, eu falei, e ele riu. De contabilidade é que num tô achando graça, e não é mesmo no que pretendo trabalhar, então melhor largar mão em vez de ficar gastando meu dinheiro, que é pouco. Vou procurar um curso de auxiliar de enfermagem, num seria bom se eu imitasse a senhora?"

"Ontem foi sábado e dancei até o dia amanhecer. Acordei hoje ao meio-dia! Tava friozinho e fui ficando na cama, a senhora num sabe o quanto é gostoso dormir no frio, até pra isso essa cidade é boa!"

"Mãe, minha colega da loja me levou a um lugar que eu nem sabia que existia, um *shopin* de luxo, as lojas todas juntas dentro do prédio enorme de vários andares, com elevador e tudo, não como as lojas normais que a gente conhece, são lojas tão luxuosas que num dá nem coragem de entrar. As vitrines, eu nunca vi coisas tão lindas como essas vitrines, tudo iluminado, área de alimentação cheia de mesinhas e lojinhas de comidinhas diferentes, tudo no mesmo lugar, como se fosse uma feira, só que muito chique, e a quantidade de gente junta, mãe, que é o que mais me assusta aqui. Só que a maluca da Malu me fez entrar numa loja de roupa feminina, as moças vendedoras como nós duas só que arrumadas de um jeito que pareciam donas da loja, só vendo! Depois, entramos numa loja de joias, e depois numa loja de coisas para casas, parecia que eu tava noutro mundo, e a Malu dizendo que é nosso direito entrar onde a gente quiser, e no final saímos rindo como malucas, tô rindo até agora."

Mas havia muitas coisas da cidade que Maria de fato não conseguia entender. Via muita miséria em Altamira, é verdade, mas a miséria ali era diferente. A quantidade. O contraste. Tanta coisa boa ao lado de tanta coisa ruim.

Escrevia para Chica:

"Quando vou pro trabalho, passo por uma praça cheia de sem-teto, mãe. Não é do povo que o pessoal do prédio ajuda, são drogados, craqueiros, dá um aperto no coração tão grande, a senhora num ia resistir se visse. No começo, eu dava alguma coisa pra todo mendigo no meu caminho, mas Avenor falou que, se eu continuasse assim, ia me dar mal, que eu tinha que endurecer meu coração pra poder viver aqui, mas achei tão triste, mãe! Ter que endurecer o coração."

E também:

"Vi outra vez policiais revistando rapazes de motos. Eles chegam aos montes, os policiais, em vários carros com luzinhas vermelhas num pisca-pisca que me dá enjoo, ou chegam de moto também, umas motos superenormes, e ficam parando os motoqueiros que passam, ou começam a revistar os caras que tão em algum lugar, deve ter um motivo, mas eu num sei qual é. Deixam todo mundo em volta amedrontado, como se também tivessem feito alguma coisa errada, e eu passo rápido, não gosto de olhar nem sentir essa coisa esquisita de achar que eles podem me parar também por sei lá o que viram de errado em mim. Se tem uma coisa que eu num gosto, mãe, é sentir essa fraqueza, me dá uma raiva danada, e acho que pra escapar do medo me dá vontade de chegar lá e perguntar o que eles tão fazendo com os rapazes. Mãe, por favor, não conte nada disso pro Lino, se ele não quer falar nem escrever pra mim, eu também num quero que ele fique sabendo de nada da minha vida aqui, ele ia achar tudo errado mesmo."

"Estou de luto por uma vizinha do prédio, mãe, que morava no quartinho do final do corredor, sempre sozinha, murchinha, quieta, brancura esverdeada de leite azedo, sabe?, cabelo ralo, esquisitinha demais, nunca me aproximei. Dizia oi quando passava por ela no corredor, mas não tinha vontade de conversar, acho que ninguém tinha, ela também parecia não querer se aproximar de ninguém, passava sempre caladinha, se esgueirando pelos cantos. E ontem ela se suicidou, mãe, pulou de um viaduto que tem numa avenida perto daqui, a Nove de Julho, bem no meio dos carros, e eu tô chorando, cheia de remorso. Fui a uma igreja, queria me confessar, mas não tinha padre, tô confessando pra senhora, que coração egoísta o meu, não foi assim que a senhora me ensinou a ser. Eu poderia ter sido uma amiga com quem ela pudesse falar, mas não fui, me perdoa, mãe."

"Tem dias que me sinto muito cansada de trabalhar o dia todo, estudar à noite, e a pressa de tudo aqui. Avenor e Hermínia dizem que a gente se acostuma e pega o jeito, sei, não. A senhora sabe que num aguento ficar triste muito tempo, me faz mal, então passa."

Enquanto isso

A casa é de chão de terra batida como todas dali. Nos fins de semana, a sala se enchia com pessoas que iam para dançar. Depois da estada com a velha Cutute, foi o lugar onde Alelí ficou mais tempo.

Chegou como chegava a qualquer canto onde decidia ficar quando se cansava de tanta estrada. O que a fez descer ali foi o cheiro de Manu Juruna. Vinha pegando muita carona na carroceria dos caminhões que levavam toras de madeira. Não dos maiores, em que as toras ocupavam toda a carroceria, mas dos pequenos, onde a amarração acabava dando lugar para quem quisesse se arriscar a ficar ao lado. "Se morrer imprensada pela madeira, deixo o corpo na estrada, fica avisada", o motorista alertava. Ela arriscava. Aninhava-se junto às toras recém-cortadas e sentia o cheiro de Manu. Ouvia sua voz, "Vem cá, Magrelinha. Quero brincar com tu".

No começo era como se sentisse algum tipo de conforto, voltando a sentir tão de perto o cheiro que a fazia recordar o cheiro dele. Mas não durava muito. Logo seu coração se fechava, ela pegava seu canivete e se cortava, ainda que tivesse ficado difícil achar onde se cortar.

Passava longo tempo sem entrar num caminhão desses. Depois entrava outra vez.

E lá vinha a voz do amado: "Vou fazer um aquário pra tu, cheio de acari-amarelo". Ela tossia sua tossezinha e se deixava embalar pelo cheiro das toras.

Naquele dia, não aguentou mais. Ficou naquele arraial onde o caminhão parou. Tinha um lugar de forró, e ela passou a acompanhar os dois violeiros que tocavam para o pessoal dançar nos domingos e dias de festas. Aprendeu os ritmos que o pessoal gostava. Lambada, guitarrada, forró, o que fosse.

Quando a dança ficava animada, às vezes ela deixava as filhas chegarem. Illa, com suas trancinhas e nariz encatarrado, sentava-se quietinha a seu lado, enquanto a filha sem nome, a morena mais animada do baile, dançava sem parar até que a noite desse lugar ao outro dia, em que uma Alelí exausta deitava-se a um canto e ali ia ficando, esquecida das lições de Don Rodrigo de cobrar por seu trabalho.

Trabalho?, ela se dizia. Fazer minha filha dançar?

Tempo de peixe morto

Da noite para o dia, na cidade de Altamira, as águas do Xingu se viram tomadas por "voadeiras" levando técnicos, engenheiros, geólogos e o diabo a quatro, rio acima, rio abaixo. Das praias, pedras ou barrancos das beiradas do rio, os ribeirinhos e os indígenas observavam.

No acordo que fora feito, o projeto aprovado era bem menor do que previsto originariamente. O Território Indígena não seria tocado, mas seu rio, sim. Fariam um barramento rio acima, não alagariam as terras indígenas, é verdade, mas trariam inúmeras consequências desastrosas. Haveria impactos imediatos em Volta Grande. Seria preciso firmeza e união para não deixar que esses impactos exterminassem o modo de os indígenas viverem nas margens de seu rio.

As "voadeiras" iam e vinham; muitas paravam. Funcionários do Consórcio da Norte Energia queriam conhecer as aldeias e conversar. Os indígenas também queriam conversar. Explicar. Mostrar. Contar em detalhes as desgraças que já aconteciam e as outras que viriam a acontecer. Os funcionários escutavam. Fingiam entender. Prometiam. Diziam isso e aquilo. Ofereciam isso e aquilo em troca de concordâncias. Semeavam discórdia. Confundiam.

E as explosões começaram, dia e noite abrindo espaço para a construção do barramento. A água do Xingu, tão clara na mão, tornou-se suja e escura. Cheia de resíduos venenosos dos dejetos das explosões e de cimento. Certos recantos do rio já nem davam gosto de ver.

E os peixes, ah!, como morriam.

Os indígenas outra vez se juntaram, e era reunião e mais reunião entre as aldeias, todo dia, toda hora, para fazer um levantamento das desgraças. Depois, lá iam eles e as lideranças, também dia e noite, se preciso, protestar contra os homens da Norte Energia e do governo. Fazer pressão. Mostrar que não iam deixar passar qualquer coisa. Endurecer voz e postura para dizer: "Isso não pode", "Isso também não", "Não é como está no projeto", "Estão interferindo em nosso território", "Estão destruindo nosso entorno". Cercavam os canteiros da usina ou da sede da empresa, com suas reivindicações. Ninguém tinha tempo para nada, a não ser fazer pressão e denúncias. Nem para pescar tinham tempo.

Mesmo porque já não tinha peixe, ah!, os peixes.

Os peixes iam ficando magrinhos, arrepiados, sem gosto. Pescadores chegavam contando que era tocar neles que o rabo caía de podre. Apodreciam vivos. Quem ia querer comer um peixe desses?

Faróis iluminavam os canteiros da obra e viravam a noite em dia. Com tanta luz, as aves perdiam a noção. Voavam pra lá e pra cá, sem saber de onde vinham, nem para onde iam. Morriam. Até abelhas sofreram com essa virada da noite em dia. As castanheiras ficaram sem produzir, sem polinização. As árvores das beiradas do rio, essas também já não davam as frutinhas que caíam na água e eram comidas pelos peixes, ah!, os peixes.

Um tempo doido aquele.

Tempo de uma guerra que não era bem guerra. Era o furioso vigor da raiva ancestral revivida a cada nova injustiça. Um cotidiano de enfrentamentos. Escaramuças, se os homens da usina passassem por suas terras sem autorização.

No meio de tudo aquilo, o grupo dos amigos de Maria foi se dispersando.

Biu sumia pelo rio, forçado a ir cada vez mais longe para encontrar peixes que prestassem. O pai "Deus levou em boa hora", dizia a mãe, "antes de ver seu mundo se acabar", e agora ela só tinha Biu. Ele passava dias fora, pescando onde ainda desse. Via as mudanças do seu rio e se enfurnava em si mesmo, tristeza e medo do futuro.

Lino e Nice encontraram sua saída fechando os olhos para os impactos sofridos por todos, nas aldeias e na cidade. Acreditavam que o único jeito era mesmo se juntar aos que aceitavam o inevitável e ir trabalhar na usina.

Curau, por sua vez, seguiu um caminho apenas dele e, por si só, carregado de desgostos. Apaixonou-se por Cipó, rapaz magrelo que um dia apareceu na cidade e resolveu ficar.

Saião era quem ainda ficava doido para se juntar aos seus amigos Juruna, como todos tanto prometeram quando adolescentes. Mas se detinha. A presença de um marginal reconhecido ao lado deles nada traria de bom. Se de fato viessem a acontecer batalhas, aí sim ele poderia ser útil com seu grupo (ainda que pequeno) e suas armas. Mas isso pedia a Deus que não acontecesse. Havia muito deixara para trás as ilusões daquele antigo tempo de quando eram jovens. Agora compreendia que não seria uma guerra, se houvesse. Seria um massacre. O que só fazia aumentar sua admiração pela coragem desse povo do Xingu. Houve o dia em que quiseram prender o cacique, e centenas de indígenas e ribeirinhos apareceram ao lado dele e não deixaram por menos: se levassem o cacique, correria sangue. Saião de longe viu a cena e se emocionou. A indiada pintada daquele jeito bonito deles e chegando e impedindo, na raça e no peito, a prisão de um dos seus.

E teve o dia também que indígenas e amigos ribeirinhos ocuparam a obra do barramento até que dessem a garantia de que construiriam uma ponte que o Consórcio não tinha planejado construir. Sem ela, os indígenas já não poderiam chegar por terra a Altamira, ficando mais isolados do que nunca. Nesse dia, Saião viu Biu de longe, junto com a multidão, e teve inveja. Queria muito estar lá junto com o povo que também considerava seu. Foi quando lhe passou pela cabeça a ideia de casar com uma Yudjá, ir morar na aldeia e participar como indígena daquela luta toda. Mas logo viu que era a ideia mais cretina que já tinha tido. Mais jovem, quando ainda não tinha marcado seu caminho na bandidagem, bem que poderia ter se casado com uma daquelas mulheres guerreiras e pedir permissão para morar na aldeia. Seu destino teria sido diferente. Mas agora era tarde. "Tarde piaste", lhe disse Curau, quando depois conversaram. "Agora tu é ladrão de carga, marcado pra morrer qualquer hora dessas. Quem mandou escolher essa desgraça de vida? Agora guenta." Como se ele tivesse escolhido, caramba! Curau sabia que ele tinha sido empurrado praquela vida, por que vinha agora debochar dele?

São Paulo 2

Desde que chegou a São Paulo, uma coisa que impressionou Maria Altamira foi a organização do pessoal que morava no prédio. Enfrentar os problemas conjuntos, administrar o local ocupado, dividir as tarefas, preparar a ocupação de prédios desocupados que pudessem abrigar mais gente. Havia os profissionais voluntários que vinham para ajudar no que a organização precisasse. Advogados, médicos, sociólogos. Maria observava tudo aquilo, o sofrimento comum e ao mesmo tempo tão diferente de cada um, a luta cotidiana e, como um fio entrelaçando tudo aquilo, o direito de se alegrar e se afirmar: estamos aqui. Seu povo Yudjá também lutava assim: por seus direitos de viver, de morar, de se alegrar e, da mesma maneira, se afirmar: temos o direito de estar aqui.

Discussões, brigas, ciumeiras, mesquinharias, tudo isso também acontecia. Mas dona Maninha e Riobaldo, seu marido, com o respeito que impunham, eram capazes de fazer a gritaria silenciar quando a situação parecia fugir do controle. Maria se dava muito bem com os dois, que a chamavam só pelo nome completo, Maria Altamira. "É um nome muito bonito", disseram quando ela se apresentou. "É a sua cara."

E havia também a animação do prédio. As noites de música, cantoria, mistura de sons, ritmos diferentes e vontade de viver. E lá ia ela dançando, girando, dançando, até a música parar.

Avenor era um dos mais ativos na pesquisa de prédios desocupados passíveis de serem transformados em local de moradia para os sem-teto, cujo número não parava de crescer. Muita coisa tinha que ser vista e preparada antes que uma ocupação pudesse ser feita. Foi nessa equipe que Maria começou a participar.

Tornou-se uma andarilha da cidade, tanto com os companheiros do prédio, como em qualquer momento de folga. Conheceu parques, avenidas, ruas cheias de surpresas. Via os rios feios, estreitos, cercados, poluídos, e achava bom não ter nem condições de chegar perto: seria triste demais ver um rio morto.

Escrevia para Chica:

"Parece que eu conheço mais do mundo aqui no prédio, tenho amigos da Bolívia, de Angola, da Nigéria, do Líbano, do Iraque, do Congo, mãe! É um moço tão negro que perto dele eu fico apagada. Na sala de computadores tem um mapa onde dá pra ver todos esses lugares, e nem falei dos brasileiros de vários estados, gosto muito de conversar com todos eles, são tantas coisas diferentes, às vezes nem sei o que pensar, sinto uma vontade de entender que não é bem vontade, é precisão mesmo. Converso com Avenor e com outras pessoas, no prédio tem tanta gente que sabe das coisas, me explicam, fico mais esperta."

"Por causa da suicidada, mãe, passei a me aproximar de todo mundo daqui, até de uma mulher chata, dessas que falam, falam, como se mastigasse chiclete pra grudar na gente, e acabei deixando que ela entrasse no meu muquifo, mas agora não vou deixar mais, tenho quase certeza de que ela furtou um lenço lindo que comprei pra usar jogado nos ombros, as pessoas aqui usam assim, fica bonito, a senhora precisa ver. Não falei nada porque num tenho provas, mas fiquei chateada, e agora, quando ela se aproxima, eu digo que tô com pressa, todo mundo aqui vive morrendo de pressa, então é uma desculpa boa, posso até estar sendo egoísta outra vez, mas num suporto me controlar pra num brigar de verdade."

Vários meses depois, uma notícia ruim:

"Fui demitida, mãe, e num entendi, perguntei pra dona por que estava fazendo isso, e ela me disse que era regra da casa não deixar uma vendedora ficar muito tempo, a senhora não vai acreditar, mas fiquei sem saber o que dizer, minha vontade era dar um tapa nela, sei que a senhora num vai gostar de saber disso, mas eu devia ter dado, nem sei por que me contive. Tô escrevendo tudo isso, mas não vou mandar essa carta pra senhora, nem contar pro Avenor, tenho vergonha, mãe, só sei que um dia ainda volto lá e digo umas boas verdades."

Esse tipo de carta ela rasgava.

Dona Maninha ficou sabendo que Maria Altamira estava desempregada quando ela passou a se oferecer para ajudar mais no prédio. Saía de manhã para ver se conseguia alguma coisa e voltava para ajudar seu Riobaldo no trabalho de escritório.

Nesse período, aconteceram duas coisas ao mesmo tempo.

A primeira foi a briga que quase a fez perder também o quartinho. A mulher que havia roubado seu lenço não sabia que ela começara a voltar mais cedo para o prédio. Talvez por isso, ao passar por seu andar, Maria a pegou na porta do quarto saindo despreocupada com seu lenço jogado no pescoço. "Ah, veja só! Então foi mesmo você, ladrona!", exclamou, e, sem pestanejar, o puxou. Surpresa, a mulher não só segurou firme o lenço como também começou a puxar os cabelos de Maria e, no puxa-puxa, foram as duas para o chão, onde Altamira, sentindo no corpo as lições das aulas de autodefesa, não deixou por menos. Acabou dando uma surra na mulher. Não só pelo lenço, mas pelo cabelo puxado e pelos outros objetos roubados que as vizinhas que vieram ver a briga, encontrando aberta a porta do quarto da ladra, e já com suspeitas, entraram e começaram a gritar que estavam achando: ventilador, ferro de passar, panela de pressão, cobertor, casaco, bolsa, pertences de outros moradores.

A mulher foi imediatamente expulsa do prédio, e, pelas regras da casa, Maria também deveria ter sido, não fossem as vizinhas afirmarem que ela havia apenas reagido à agressão, e seria uma injustiça se fizessem isso com quem, além de não ter culpa, ajudara a descobrir quem era a ladra que andava roubando coisas de todo mundo. Seu Riobaldo também influiu nos panos quentes, afirmando que Maria Altamira não deveria ser expulsa de jeito nenhum, "Onde já se viu? Retribuir assim o trabalho que ela vinha fazendo pelo prédio?".

Com isso, além de Avenor e Hermínia, outras pessoas ficaram sabendo do desemprego de Maria, inclusive alguns advogados do apoio à luta por moradia. E a segunda coisa aconteceu: um deles, ouvindo os elogios do seu Riobaldo ao trabalho de Maria, contratou-a para o serviço de recepcionista do seu escritório.

Já estabelecida no novo emprego, Maria escreveu contando para a mãe o que havia acontecido.

"Estou gostando demais do novo emprego, Mãe Chica, e vou contar logo uma coisa pra senhora ficar sabendo, os advogados do escritório estão me dando muito conselho sobre o que fazer quando eu descobrir quem foi o pistoleiro que matou meu pai, a senhora tá bem lembrada da minha promessa, não tá? Pois eles me explicaram muita coisa, e quando voltar praí vou atrás de resolver isso, mãe. Sei que a senhora num vai gostar, mas pode ir aprendendo, senão a gostar, a pelo menos aceitar, viu? Isso é ter tolerância com as ideias dos outros, como o pessoal diz aqui, mais ainda quando o outro é a sua filha."

Na carta seguinte, ainda mais contente, escreveu:

"Hoje descobri uma coisa que nunca imaginei, mãe, aqui também tem indígenas! Nunca soube de indígenas morando em cidade grande, Eliseu, um amigo meu, foi quem me contou, ele é mestiço que nem eu, meio Guarani, meio italiano, é motorista de uma van escolar e conhece um monte de gente, mas é só amigão mesmo, mãe, nada de namoro. Nem é daqui do prédio, é amigo de uma família que mora aqui."

Enquanto isso

A casa de danças onde Alelí tocava ficava em uma região de seringueiros, ao lado da venda, do bar e da capelinha. Aos poucos, o local começou a ser usado também para reuniões.

Os que chegavam se reuniam ali, primeiro uns três, depois mais um, e mais um, e outro, e o grupo cresceu. Muitos homens, algumas mulheres. Agachavam-se, pitavam e falavam. "Eles tão chegando. Cirino encontrou um. Diga aí, Cirino." "Pois foi. Num teve conversa. Disseram que logo vão entrar aqui. Que essa terra agora tem dono, e o dono num é nenhum da região." "Eles num sabem que a gente tem o comprovante da posse?" "Se sabem, num dão valor." "Deixa estar! Vão dar com os burros n'água, ah, se vão!"

Alelí escutava. Sentia a tensão. Em sua cabeça, revia as conversas dos Juruna. A figura de Manu se avolumava em seu peito, e ela se afastava. Ia se juntar às crianças rondando e brincando no largo. Só se aproximava outra vez quando ouvia os acordes do violão dos tocadores.

A organização do "empate" aconteceu rapidamente. Chegou o aviso que os jagunços iam entrar, e toda a vila correu para o lugar combinado. Dona Vanda, da casa do forró, puxou Alelí, e ambas se juntaram ao grupo dos seringueiros e suas famílias, que já formavam uma grande corrente de braços dados diante dos homens armados. Se quisessem entrar, teriam que matar muita gente. E, se alguém da corrente estava amedrontado, escondeu bem. Ficaram ali o dia todo.

Esquecida de tudo, Alelí, um elo entre os outros, de um lado o braço seco e manchado do velho da venda, e, do outro, o braço moreno macio de uma mocinha filha de seringueiro, pensava em Manu, "Ah, se ele me visse!", e dava seu risinho de tosse. Nada de medo. Nada de cansaço. Nem a cólera da Alelí Culebra. Pelo contrário. Uma coragem tão natural que a preenchia inteira. Seria uma morte boa, se viesse.

O que veio, depois de muita ameaça e discussão, foi um acordo, pelo menos provisório. O líder dos jagunços teria que trazer documentação de cartório para se contrapor ao título de posse que o povo dali tinha em mãos.

A festa que fizeram aquela noite foi a melhor que Alelí já tinha visto. Todos se abraçavam, sapateavam, vivendo a alegria que só uma luta vitoriosa é capaz de dar. Ela, que ficara parada em seu canto, foi puxada para vários abraços apertados e suarentos. Sentiu a leveza que só sentira com o caxiri e o fumo da velha curandeira. Deu sua tossezinha. Chamou suas filhas para a festa. Illa logo se agachou a seu lado; a filha sem nome dançou a noite inteira.

Continuou ali um bom tempo. O acordo funcionara. Ninguém veio mostrar um documento que não existia. O "empate", pelo menos por enquanto, dera certo.

Da beira da estrada, uma manhã, ela viu a multidão passar.

Velhos, homens, mulheres, jovens, crianças. Brancos, negros, pardos, índios. Carregavam pequenas malas, trouxas, sacolas, saquinhos. Carregavam bebês. Alguns empurravam carrinhos. Outros se apoiavam nas bengalas de pedaço de pau. Um grupo de velhas desdentadas com velas acesas na mão, em pleno sol. Um sujeito alto, cabelo batendo nos ombros, puxava um carrinho de madeira em que ia sentado um menino de pernas exageradamente finas. Um homem-tronco em seu carrinho de rodas, uma anã de cabelos louros soltos até os pés, um homem coberto de pano e capuz carregando um cetro, uma mulher barbada, outro grupo de anões andando rápido, um homem com a cara retorcida como um tronco de árvore puxando uma vaquinha magra pela corda. Muitos homens e muitas mulheres. Quem eram? Para onde iriam? O que procuravam?

— É gente que vive pela estrada — disse o dono da venda. — Nunca sei se são os mesmos ou se são outros. Vêm de tudo quanto é lado, procurando um lugar. Parece que nunca encontram.

Alelí pensou o que já pensara das outras vezes que os vira passar: E se seguisse com eles?

Tempo de cizânia e fogueiras

Na Volta Grande do Xingu, começaram a chegar presentes para os indígenas e indenizações pelos impactos causados na economia e na vida deles. A estratégia do Consórcio Norte Energia, além desses mimos e "apitos", seria apresentar alternativas econômicas que os fizessem depender menos do rio. Que se transformassem em agricultores, em criadores de galinha. Não seria melhor para eles e mais fácil para todos?

Deram sementes. Mas eles eram pescadores, viviam da pesca. Se a mão esquentasse, era só mergulhá-la na água do rio. Já o trabalho na enxada deixa a mão quente, cheia de caroço, sem ter onde se refrescar. Ninguém gostou.

Trouxeram galinhas. Desacostumadas ao ambiente, elas não se adaptaram. Ficaram meio doidas. Quando uma botava um ovo, as outras corriam atrás e a bicavam. As crianças é que gostaram, brincando de imitar a briga das galinhas. Rodavam e corriam uma atrás da outra, fingindo dar bicadas ao som das gargalhadas dos adultos.

Deram mais presentes: televisores, geladeiras, fogão a gás, refrigerantes. As cobiçadas "voadeiras", barcos a motor.

As aldeias passaram a receber um tanto de dinheiro por mês, uma bolsa para comprar combustível, motor de barco, semente e comida.

Sem peixe e com esse dinheiro, o jeito era comprar comida no mercado.

Madá e as outras mães da aldeia viam seus filhos comendo menos peixes e mais alimentos do comércio. De coisa provisória passou a permanente, e elas se inquietaram mais: não queriam isso, não gostavam, não era bom para a saúde dos meninos nem de ninguém.

Queriam seus peixes, ah! os peixes! Cadê os peixes?

Com o dinheiro e os presentes, veio a cizânia. As lideranças recebiam os recursos, tinham o poder de dividi-los com a comunidade. Era fazer a cama para a intriga. Inveja e cobiça encontravam espaço. Vieram brigas. Mais desestruturação. Parente que ganhava mais do que outro parente, parente que acreditava na promessa que outro não acreditava. Conflitos se espalharam, conflitos e sofrimentos, tudo se atropelando.

Aldeias se dividiram. Uma parte dos indígenas parecia se conformar, outra, não. E denúncias, pressões, protestos e organização em defesa de seu território e de seu modo de vida continuavam.

Já nos beiradões da cidade de Altamira e seu entorno, os ribeirinhos, sem uma liderança e sem a proteção da lei, não tinham a mesma força dos indígenas. Suas terras eram as que seriam necessariamente alagadas. Para eles, apenas a ordem de remoção para as vilas construídas a dois quilômetros do rio, uma indenização e a promessa de que suas novas moradias não estariam distantes do rio, seriam boas casas de alvenaria, o tamanho segundo a quantidade de membros da família. Iriam melhorar de vida. Morar na cidade. Ter novas perspectivas.

Mas nada de atender às reivindicações isoladas deles. Chegaram para remover um a um e botar fogo em suas casas e benfeitorias, e foi o que fizeram. Os moradores tinham que ser removidos. O reservatório da água da usina cobriria tudo aquilo. Não adiantava chorar, nem pedir, nem implorar. Os homens chegaram para cumprir uma tarefa e a cumpriram. Muitos foram chorando, esperneando, crianças arregalando os olhos sem entender o que estava acontecendo, barcos distanciando-se cada vez mais de suas casas, suas árvores, seus recantos que logo não existiriam mais. Iam amedrontados, sem saber direito para onde estavam indo.

Houve os que tentaram se esconder na mata, como se com isso se impedisse a destruição de sua vida. Mais um engano. Os homens tinham ordens de não sair dali sem os moradores daquela beira e ali ficavam até achar quem quer que tentasse escapar. Aconteceu com um rapazinho, o Nico, que, ao ver a família sendo empurrada para o barco, embrenhou-se pela mata, seguido por seu cachorro. Ficou dias escondido, comendo frutos das árvores, sem se aproximar do rio. Até que o cão não resistiu a uma caça e se transformou em caçado. Os homens chegaram a seu dono.

Outro beiradeiro, seu José, quando comunicado do valor de sua indenização, sua raiva foi tanta que sua voz, suas pernas, todo o seu corpo se travou. A vida inteira ali, construindo sua casa, suas benfeitorias, alimentando sua família e seus animais, pescando, cuidando daquele mato, das árvores fruteiras, ele e sua terra, a vida toda como uma coisa só, o dia, a noite, tudo uma beleza que ele sabia apreciar, ele, sua esposa e seus filhos já criados, já donos de si, uma família sossegada e trabalhadeira, uma vida do que num tinha o que reclamar, vivendo na beleza daquele lugar arrumadinho, bem-cuidado, e agora vinha os homens pra arrancá-lo dessa parte que era mais do que dele, *era* ele, tirando-o dali pra botar em uma casica em um lugar que ele nem conhecer conhecia, e além de tudo dizendo que iam pagar tanto pra ele começar nova vida, uma mixaria que só vendo, como poderia viver assim? Dali para a frente só via escuridão. Sua única vontade era se sacrificar na ilha, morrer queimado junto com sua casa e ficar para sempre coberto pelas águas de seu rio. Não fosse a energia de sua mulher, Raimunda, uma das lideranças que surgia, lá ele teria ficado para que suas cinzas fossem alagadas junto com sua terra.

Houve muita resistência — ainda que isolada nas beiradas dos rios. Sem organização coletiva, a reação individual acabava no protesto veemente, mas vão. Negociaram isolados e perderam muita coisa. Quando as lideranças começaram a surgir, já era tarde para manter as terras.

Tirados os moradores, a ordem era cortar as árvores e queimar as matas. As fogueiras incendiaram a noite das ilhas em volta de Altamira. Quando via fumaça ou o vermelhão do fogo subir lá do lado do rio, Chica se refugiava em sua casa. Seu consolo era Maria Altamira não estar ali para ver o que acontecia. Se estivesse, capaz que ia provocar uma tremenda confusão com os funcionários do Consórcio, ou se desmanchar de tanto chorar. Morrer um pouco, como todos dali estavam morrendo.

São Paulo 3

Com o amigo Eliseu, Maria Altamira percebeu como sua vida estava de fato pontuada pela luta indígena. Até mesmo ali, na grande metrópole tão distante de sua cidade. Foi ele quem lhe falou da manifestação que teria contra Belo Monte na praça da Sé. Marcaram de se encontrar na boca do metrô, onde ele lhe apresentou Tadeu, seu primo Guarani. Ela apertou os olhos: que rapaz mais cheio de músculos!

Já na saída do metrô, escutaram as vozes entoando, sincopadas, "Vem, veeem!/ Vem pra rua/ vem pela floresta!/ Veeem!", e foram em direção à praça, onde já se aglomerava um grupo grande levantando cartazes contra o Novo Código Florestal e contra a criação da hidrelétrica de Belo Monte. Mulheres, homens, alguns mais idosos, a maioria jovem, gente bonita, animada, consciente. Os três se juntaram ao coro, contentes com a solidariedade urbana aos povos da floresta, a expressão da consciência de que, sem ela, a vida acaba, que está tudo ligado, a cidade e a mata, o cinza e o verde e o azul, a terra, o céu, as águas. Mais à frente, em lugar de destaque, um pequeno grupo de índios do Xingu (que Maria não conhecia, não eram da Volta Grande), todos paramentados e pintados, cercados por rapazes e garotas brancos vestidos de índios, caras pintadas de vermelho e preto, cocar de penas coloridas na cabeça. O rapaz mais alto, magro e branco, espinhas na cara e óculos, levando um arco e embornal de flechas pendurado no braço, e uma das garotas, gordinha, de saia rodada preta, camiseta vermelha, toda cheia de colares e cocar, entoando o bordão no microfone. Tadeu, o primo de Eliseu, imediatamente fechou a cara, odiava ver índio vestido de índio na cidade, e mais ainda ver gente da cidade fantasiada de índio. Tinha vergonha, como se fosse uma caricatura de seu povo da aldeia, sentia-se ofendido. Eliseu e Maria não se importavam, ao contrário, gostavam muito de ver índios verdadeiros na cidade, mostrando-se de corpo inteiro com sua cultura, tinham orgulho dessa beleza da força que emana do corpo pintado. Fazia Maria se ver outra vez nas manifestações de Altamira, e fazia Eliseu pensar na mãe índia, ele que sempre viveu na cidade, que é mais urbano do que qualquer outra coisa, descolado das tradições do lado materno. Mas Eliseu tampouco gostava de ver branco fantasiado de índio, achava ridículo, embora já tivesse se acostumado. Maria achava graça, nunca tinha visto branco fantasiado assim, quer dizer, seus amigos brancos de Altamira, que nos dias das manifestações se pintavam com jenipapo e urucum, faziam isso tão naturalmente que ela nunca pensou que fosse outra coisa que não vontade de lutar ao lado deles, mas Tadeu, chateado, intimidado, puxou o braço do primo, "Vambora!", e Eliseu disse: "Peraí, cara, eles não tão fazendo por mal. A manifestação tá bonita, vamos acompanhar. É coisa nossa. A cidade também é nossa, temos direito de estar aqui. Eles só querem ajudar".

Tadeu era índio por parte de pai e mãe, não era misturado como Eliseu e Maria. Mal completou o ensino fundamental e teve que parar de estudar para trabalhar, ajudando a carregar caminhão para o Ceasa. Diferentemente de Eliseu, que não parecia índio, Tadeu parecia. A diferença entre os dois também vinha dos músculos de Tadeu, avantajados pelo Strongman, seu esporte obsessivo, o sonho de ser o homem mais forte do Brasil. Mas eis que uma das garotas brancas vestidas de índias detectou sua figura troncuda no meio da manifestação e o apontou para sua turma. Todos olharam na direção dele, enquanto a garota decidiu, com alvoroço, chamá-lo para se juntar aos indígenas que estavam na frente. Eliseu olhou para o lado do primo, e o primo sumiu. Escafedeu-se. Pobre Tadeu e seu mal-estar junto aos brancos. Ainda tentou ver se o encontrava pelos arredores, mas as ruas que saem da Sé oferecem diversas opções de escape, seria muita sorte acertar por onde ele havia seguido. Não fazia mal. Ele sabia o caminho de casa.

Eliseu e Maria continuaram acompanhando a marcha pela rua Direita em direção ao viaduto do Chá, ao som sincopado do "Vem, veeeem!/ Vem pra rua/ vem pela floresta!/ Veeeem!".

Foi no final que reencontraram o primo Guarani, esperando por eles na boca do metrô. Desceram na Luz e foram beber alguma coisa em um bar. Maria tomou uma limonada, Eliseu um cafezinho, Tadeu não quis nada. Maria estava impressionada com ele: sua tristeza, suas poucas palavras, sua postura estranha. Quando ele deu seu primeiro sorriso depois de alguma coisa que ela disse, ela se sentiu recompensada pela noite. Marcaram de se ver.

Um tempo depois, Maria escreveu para Mãe Chica:

"Tô namorando o Tadeu, mãe. Ele é quieto, quieto, e tem um medo estranho de branco, eu procuro entender por quê, mas acho esquisito. É o homem mais forte que já vi, muito mais forte que Saião, e o esporte que ele pratica é mais esquisito ainda, é levantar coisas pesadas, pegar na traseira do caminhão e levantar, a senhora acredita? Outro dia levantou uma motocicleta daquelas grandes, só pra eu ver, mas num entra no centro da cidade sozinho, eu digo pra ele tratar desse trauma, ele num responde, fica quieto, ou, quando responde, só diz que num é que ele tem medo, é que num gosta de branco, nem da cidade dos brancos, nem do jeito que o homem branco vive, nem das coisas que o homem branco faz, nem do que o branco sempre fez com os indígenas e continua fazendo. Nisso tô de acordo com ele, mas digo que nem todo branco é assim, tem muito branco do nosso lado, e conto como é aí na luta contra Belo Monte, e dos muitos amigos brancos daí, mas ele parece que gosta de ficar vendado, num quer nem saber, é muito fechado, não sei se nosso namoro vai longe, e também porque, pra falar a verdade, num acho bonito a quantidade de músculo que ele tem, acho uma besteira grande."

E ainda:

"Agora posso contar, mãe. Faz tempo que o pessoal tava preparando a ocupação de outro prédio, justo um dos que ajudei a pesquisar se dava pra entrar, estufei de orgulho! Duas noites atrás o povo todo entrou e ocupou, sei que a senhora vai estranhar, eu também estranhei no começo, entrar assim no prédio dos outros, mas é que esses prédios tão abandonados, os donos não pagam impostos, são ilegais e tão vazios há muito tempo, enquanto tem tanta gente sem moradia na rua, é um tipo de justiça, mãe, esse prédio agora vai ser pras pessoas que não têm onde ficar. As pessoas do meu prédio participam por solidariedade, porque são do movimento. O pessoal que chegou primeiro levou marretas pra derrubar os tijolos que estavam fechando a porta, depois começou a chegar o povo em grupos diferentes, o prédio tava imundo, às escuras, e entramos todos juntos, até mães com criancinhas, tivemos que limpar tudo, e era gente tirando o lixo, gente varrendo, gente dando as ordens, crianças chorando, e o eletricista que mora no nosso prédio foi quem fez a ligação da luz, e funcionou, era preciso ficar lá quarenta e oito horas sem sair. Aí, quando a tropa de choque da polícia apareceu, já tinha advogados e um pessoal bom pra negociar com eles, até helicópteros passavam voando, mãe, parecia guerra. Dona Maninha acha que vai dar certo, mas fica todo mundo mudo de tanta apreensão, agora é aguardar, pensei tanto no povo de Altamira, sei que a cidade não tem prédio como esse, mas tem as terras, mãe, e é o que os fazendeiros e mateiros fazem o tempo todo, só que eles ocupam terras que já tão ocupadas, não tão abandonadas, aí é que tá a grande diferença."

O que Maria não contou foi a briga em que se meteu. Na tomada do prédio, do nada um pessoal apareceu querendo se intrometer. Provocadores. Gente ligada à polícia. Armados com pau e pedra. Já eram esperados. Apareciam antes que a polícia chegasse.

Inúmeras vezes, foi dito que os moradores do prédio não deveriam aceitar nenhuma provocação desse tipo. A instrução era uma só: aguardar a chegada dos advogados. Maria, esquentada e inexperiente, não aguentou ver o bando gritando e ameaçando. Não se retirou. O que fez foi agarrar na camisa de um deles, querendo tomar a pedra que ele ameaçava jogar. Levou um tremendo soco. Os companheiros imediatamente a puxaram para longe do local. E não lhe pouparam da bronca. Inclusive Avenor e seu Riobaldo, que avisou: "De ocupação de prédio, você não participa mais". Além da dor do soco, a vergonha. A cara inchada e roxa a acompanhou durante um bom tempo. "É maquiagem", respondia constrangida para quem perguntava.

Um domingo à tarde, Tadeu a levou para conhecer a aldeia Guarani, em Parelheiros. A setenta quilômetros do centro da cidade, a Aldeia Tenondé Porã, com suas casas de tijolos e telhados de barro, construídas tentando adaptar as tradições indígenas, ao lado das árvores frutíferas e do verde, criançada brincando, cachorros. Em paz. Ainda que vista de longe. Foi recebida com alegria, e a família de Tadeu a cobriu de colares e conversas em Guarani. Nem as mulheres nem as crianças falavam bem o português. Tadeu acabou ficando para mediar a conversa. Tenso. Mal olhava para a mãe, de rosto cheio de rugas pequeninas cercando o sorriso largo, olhos alegres com a visita. As crianças se juntaram em volta, cachorros e outros bichos zanzando perto. Outras mulheres apareceram. É um povo que planta e vende artesanato, as crianças estudam na escola da aldeia, mas não é uma vida fácil. É vida de pobre. Maria queria passear pelo mato, mas Tadeu disse um "Tá ficando tarde, vambora". Ela acatou, pensando que poderia voltar ali quantas vezes quisesse, sozinha ou com Eliseu. No ônibus de volta tentaria uma conversa. Queria muito saber mais do pouco que tinha visto.

— Por que será que vida de índio tem que ser essa luta que nunca acaba? Por que tantas pessoas acham que é assim mesmo, é normal? Parece que índio só pode ter duas opções: morrer ou abandonar seu jeito de viver. Tu acha que é só por maldade, Tadeu?

— Sei lá.

— Eu acho que deve ser mais por ignorância. Falta de pensar a respeito.

Tadeu não disse nada.

— Achei tão bonita a língua Guarani! Tão perto de São Paulo, deve ser difícil preservar a língua do seu povo. Me deu até uma emoção! E pensar que nunca escutei a língua Yudjá.

Tadeu deu de ombros. Maria se irritou.

— Tu sempre foi assim, Tadeu? Nunca se interessou por nada em sua aldeia?

— Num gosto.

— Num gosta de se interessar?

— Não.

— De ajudar teu povo a melhorar de vida?

— Branco nunca vai deixar índio melhorar de vida.

— Deixar por deixar, eles não vão mesmo. Mas podem ser forçados a aceitar.

— ...

— Num sei como tu consegue ser tão indiferente. — Ela franziu os olhos.

— ...

— Tu não vai responder? Responda.

— O quê?

— Qualquer coisa.

— ...

Maria ficou exasperada com as não respostas dele.

— É por isso que tu é triste assim, não acredita em nada, não faz parte de nada. Não tem um sentido na vida.

— Vou ser o homem mais forte do Brasil, já falei.

— E pra quê? Pra ficar se exibindo? Ver tua foto publicada na revista? Sair na televisão?

Tadeu não disse nada, o rosto voltado para a frente. Ela desistiu, estava furiosa. O trajeto era longo. Maria tinha tempo de tomar sua decisão.

Quando desceram do ônibus, disse com muita calma:

— Não me procure mais, Tadeu. A gente é muito diferente. Não dá pra continuar esse namoro. Vou ficar torcendo pra que tu consiga o título que tanto quer, e que isso o ajude a ser feliz.

Sem mudar um músculo da cara, ele não disse nada. Seguiu seu caminho, e Maria Altamira, o dela.

Nos dias seguintes, embora aliviada, ela ainda se preocupou com ele. Mas estava convencida de que fizera bem em terminar. Namorar por pena era idiotice. Jamais conseguiria atravessar a barreira que Tadeu armara com seus músculos por fora e por dentro. Nem o sexo, na única vez que fizeram, prestou. Quando Maria sentiu aquela massa dura de homem por cima dela, tórax, braços, pernas tal toras grossas de madeira esmagando seu corpo e a inundando com o cheiro artificioso dos suplementos para músculos, ficou mais preocupada com a sufocação do que com outras coisas. Por sorte, ele foi rápido. Nem acreditou quando ele soltou um grunhido e se deixou cair de lado, pegando imediatamente no sono e a empurrando contra a parede. Na estreita cama de solteiro não havia lugar para ela.

Estavam no quartinho que ele alugava com outro colega, que estava viajando. Com esforço, Maria levantou-se, quis ir ao banheiro no corredor, mas a escuridão a fez voltar. Não conhecia o lugar, não conhecia aquela região, não saberia sair dali enquanto o dia não clareasse. Sentou-se na cama do colega ausente. A luz do poste da rua passava pelas frestas da janela de madeira, deixando o quarto menos escuro. Nada ali, só os estrados, lençol e cobertor. Jogada no chão, uma revista velha de homens e mulheres musculosos e fortes. A esqualidez do lugar a espantara ao chegar e, agora, examinando tudo, pensou na vida do rapaz que dormia.

Não o culpava por ter dormido. Sabia de seu trabalho desgastante e o quanto dava duro no treino para ser o mais forte. Mas não era capaz de compreender essa obsessão. Tão descabida lhe parecia. Folheando a revista que pegara do chão, vendo aquelas mulheres de músculos tão duros quanto os dele, pensou que era alguém assim que Tadeu deveria namorar, não ela. Teria que sair daquela situação o mais rápido possível. Não imediatamente, não queria que ele pensasse que tinha sido por aquela quase inexistente noite de sexo. Não se perdoaria por lhe causar algum tipo de sofrimento. Aumentar aquela tristeza que pensara ser possível abrandar e que, ao contrário, era o que parecia puxá-la para um lado da vida em que ela, absolutamente, não queria estar.

Como já havia se comprometido a ir com ele conhecer a aldeia de Parelheiros no fim de semana seguinte, esperou. Mas, quando a conversa no ônibus de volta tomou o rumo que tomou, ela entendeu que já seria burrice demais deixar aquele namoro se prolongar por mais tempo.

Escreveu para Mãe Chica:

"Terminei o namoro com Tadeu. Fiquei com medo da tristeza dele pegar em mim, a infelicidade é preguenta, mãe, é preciso ser muito forte pra não se contagiar, e eu não sou forte assim, sempre pensei que fosse, acho que a senhora também pensava, mas faz tempo descobri que não sou, e às vezes me bate uma fraqueza danada, uma impotência tão grande que meu coração chega a doer, uma saudade do meu pai e da senhora, Mãe Chica, demais, e até fico pensando, será que Alelí ainda está viva? Será que se lembra de mim? Mas não é só isso, se era duro viver aí com tanta coisa de ruim acontecendo, aqui também é, se a senhora visse os sem-teto debaixo dos viadutos, com seus colchões, suas fogueirinhas pra espantar o frio e esquentar a comida, seus moveizinhos, mãe, na cidade mais rica do país? Quando passo por uma família debaixo do viaduto — a mãe com bebês! —, a vontade que tenho é de largar tudo e ficar lá com eles, fazer alguma coisa, é quando parece até que entendo Alelí. Avenor fica repetindo que se eu continuar com essa moleza toda não vou dar conta de ficar aqui, e ele tá certo, não dou conta de ficar aqui, não, mãe, quero voltar pra nossa casa, nosso rio, nossa cidade feia, mas nossa. Será que as coisas aí estão piores do que deixei?"

Era mais uma carta que acabava no lixo, e não no correio. A tristeza é preguenta, ela havia escrito. Não queria pregá-la na mãe. Mesmo porque sua tristeza passava logo. Sempre passava. Ainda que deixasse seu lastro. Um sedimento no fundo de sua alma, partículas de um peso. Peso que não chegava a contaminar seu jeito leve de ser, mas tornava seu olhar mais grave e a fazia perceber o que não percebia antes, a amplitude dos problemas do mundo. Talvez fosse esse o peso do amadurecimento.

Enquanto isso

Era madrugadinha quando Alelí subiu no velho caminhão de toras de madeira que passou e saiu do povoado de seringueiros. Sentindo outra vez o cheiro que tanto lembrava Manu, começou a perceber que já não seguia sempre em frente, sem se importar para onde quer que fosse a estrada. Sem pensar, sem atinar, assim que sentia o ar começando a ficar muito dessemelhante, ela pegava o rumo de volta ou para um lado ou para o outro.

Quando se deu conta disso, estranhou a sensação de já não estar completamente solta. De entender que algo não a deixaria se afastar completamente. Que não poderia deixar para trás o ar que a filha viva respirava. Que não poderia abandonar de todo a terra onde a filha viva crescia. Se antes vagava sem pensar para onde estava indo, agora pensava. Começou a traçar, com sua andança, uma grande figura geométrica em cujo coração estava Altamira.

Intrigado com a mulher que estava levando atrás, o motorista, tão velho ou mais que seu caminhão, lhe perguntou "Que idade sua pessoa tem?", e Alelí foi tomada pela surpresa. Pensou um pouco, disse: "Não sei". Mas a pergunta ficou martelando em sua cabeça. Hesitando, tentou fazer seus cálculos. Dezesseis foi o número que veio ao pensar em idade, e 1970, o último ano de Yungay, o último que guardara.

Na primeira parada do caminhão, foi sua vez de se aproximar e perguntar ao motorista "Que ano é este?."

— Dois mil e quinze.

No primeiro momento, ela pareceu não entender a resposta, a extensão tamanha do tempo. Um tempo que era como se não tivesse passado, tão forte ainda era Yungay, e, depois, a brecha de vida com Manu. Como se o tempo que se paralisou com a filha morta tivesse começado a passar depois de Manu e no crescimento da filha viva cujo rosto, ela sabia, agora era o de mulher.

Aquela constatação das idades e do tempo passado agitou sua cabeça de tal modo que ela não soube como assimilar a informação. Seu significado. Sua importância. Queria não sentir. Atravessar o dia sem saber que o atravessava. Não saber. Não voltou a subir no caminhão quando ele partiu. Apertou o canivete na bainha em sua cintura. Devagar, girou em torno e parecia nada ver. Sentou-se no degrau de cimento do posto-hotel de caminhoneiros, olhando para canto nenhum.

Ao anoitecer, ainda sentada ali, a esposa do dono se aproximou. "Te dou pouso e comida, mulher, mas não de graça, tenho família pra sustentar. Se quiser, paga com a faxina."

O posto tinha um quarto grande com seis beliches e dois pequenos com catre e porta-cabides. O maior era o do casal de donos, no final do corredor. O quarto dos beliches era o único com ventilador de teto, o mais procurado. Dois banheiros serviam hóspedes, funcionários e donos.

Ao lado de Alelí trabalhava Silmara, adolescentezinha esfuziante que, depois de aceitar sua estranheza, fez dela e seu silêncio um baú particular onde depositar confidências. Silmara era dessas pessoas que precisam se comunicar, falar do que lhes acontece, como se a fala conferisse substância ao vivido e o prolongasse. Ela estava ali havia mais tempo, conhecia tudo, explicou o trabalho e avisou sobre os perigos de ficar zanzando à noite. Depois comentou: "Nunca escutei esse nome Alelí, é muito lindo. Só você que chama assim? Esse nome é só seu?".

Alelí parou o que estava fazendo:

— É da minha terra. — E, como se estivesse vendo pela primeira vez o cacho da flor branca de alelí nos campos de Yungay, abaixou a voz: — É uma flor.

— É muito linda? — veio a voz de Silmara, como se a léguas de distância.

— Sim — respondeu.

— Tem perfume?

— ...

— Tem perfume, tem?

— Tem.

— Então vou colocar na minha lista de nomes para quando tiver minha filha. A senhora se importa?

Saindo de sua visão distante, Alelí fixou os olhos na mocinha à sua frente e não entendeu a pergunta:

— Com o quê?

— Colocar seu nome de flor na minha filha?

Quase sem perceber, Alelí soltou sua tossezinha.

— Posso??

— Pode.

E Silmara imediatamente emendou contando sua vida, falando do lugar onde morava, dos irmãozinhos menores, dos pais e, sobretudo, do noivo. Como era bonito o seu noivo! Como era forte e esperto! Chegou para trabalhar no sítio do pai, que não gostou nadinha quando eles começaram a namorar, mas teve de aceitar. Teve de se curvar ao amor dos dois e o plano de casarem dali a três meses. Ela ainda era virgem — e soltou seu riso cascateante, cobrindo o rosto com as mãozinhas brancas e gorduchas, mãos de criança, para esconder a ousadia da declaração. O noivo era muito respeitador. Por isso mesmo o plano de casar logo e o motivo de estar trabalhando ali: ganhar um dinheirinho e comprar seu enxoval, enquanto o noivo erguia um rancho pros dois na mesma terra do pai. Teriam três filhos, não mais. O tanto suficiente para ajudar na lida. Dois meninos pra ajudar o pai na enxada e no facão, e uma menininha pra ajudar a cuidar da casa. Seus olhos sonhadores tornaram-se dois passarinhos negros bicando o horizonte que viam dali do degrau da escada onde as duas estavam sentadas e haviam acabado de varrer.

Silmara olhou para um lado e o outro e rapidamente deu as costas para Alelí, abaixando a blusa para mostrar a tatuagem de bom tamanho onde estava escrito Kleyton. "É o nome dele. Num tá bonito? Vai ser minha surpresa no dia do casamento. Uma moça tatuadora passou por aqui, indo pra Belém, queria praticar e fez pra mim, sem cobrar nada, olha que moça boa! Num tá bonito?" Alelí fez que sim com a cabeça, deixando-se flutuar na tagarelice da menina de pele muito branca e longos cabelos lisos de um castanho-claro, diferente. O nome estava tatuado em preto com letras rebuscadas, sombreadas por um amarelo-escuro. Era bonito? Como Alelí ia saber? Mas sentia que gostava dessa exuberância de Silmara e, sobretudo, de sua capacidade de responder por si mesma às perguntas que fazia, chamando Alelí de senhora, mas puxando-a para todo canto como se tivessem a mesma idade, falando e falando, ajudando-a não pensar em si mesma. Logo no primeiro dia, havia lhe perguntado, apontando as pequenas cicatrizes: "É doença? Apostei com a patroa que não. Que era mais como uma tristeza. A senhora que fez?". "Sim." "Então, ganhei!", e gritou batendo palmas, quase pulando, "Vou cobrar dela. Adivinhei quando vi a senhora. É que já vi muita tristeza, sabe. Num parece, porque sou jovem assim, mas vi. Tristeza de amor perdido, tristeza de filho, tristeza de terra tomada, tristeza de morte fora de hora, tristeza de gente que se suicida, essa é a pior. Vi num índio. Ele passou por nossa casa, a mãe ofereceu uma caneca d'água e um pratinho de mistura, ele tomou a água, mas nem tocou na comida, sem dizer nada, caladim chegou e caladim foi embora, capaz que nem entendia nossa fala, e no dia seguinte o pai veio contar que achou o corpo dele enforcado no galho do umbuzeiro pra banda do poço d'água. A mãe foi ver, eu não quis porque: e se desse azar? Melhor só rezar por ele", e fez o nome do pai, rezando um segundinho em silêncio.

Caindo a noite, depois do dia pesado de limpeza, que incluíam quartos, banheiros e restaurante — a limpeza da cozinha ficava por conta do cozinheiro e um ajudante. "Eles dormem juntos", sussurrou Silmara, fazendo-lhe sinal de segredo. "Sou amiga do ajudante, foi ele que me contou, mas pediu segredo, por isso é que tô pedindo também, quando a pessoa pede a gente tem de respeitar, e se o patrão fica sabendo, manda os dois embora, coitadinhos, é que o patrão, que Deus me perdoe se eu estiver errada, mas ele num tem cara de gente ruim? Morro de medo dele, ainda bem que tem a dona Selene, senão eu já tinha ido embora, ela é durona, mas tem pelo menos um tico de alma, ele, não."

Caindo a noite, as duas dormiam no quartinho com apenas uma pequena janela de vidro basculante, o armário usado para o material da limpeza. Um calor sufocante, mais ainda porque a porta tinha que estar fechada à chave, por causa dos caminhoneiros. "Tem uns que ficam cheios de cachaça, bem capaz de arrombar e levar minha virgindade. Eu num sou de ter medo, mas disso eu tenho, imagina só o que o Kleyton ia fazer! Era capaz de passar o resto da vida atrás do maldito pra se vingar, conheço bem meu noivo, num ia deixar sem resposta uma coisa dessas, e aí adeus, casamento, adeus, rancho, adeus, nossos três filhinhos!", e, fazendo o nome do pai, por um segundo rezou em silêncio.

— • —

— Que trança linda a senhora tem! — Silmara lhe disse um dia, parando um pouco o que estava fazendo na limpeza do banheiro. — Esse jeito de amarrar é diferente e fica tão firme. Nunca vi a senhora fazendo, mas queria aprender. Me ensina? Será que dá pra fazer no meu cabelo? Eu sei fazer trança, mas num fica tão bonito assim. Eu queria que ficasse. Pode ser hoje? Quando terminar o serviço, a gente senta lá no banquinho dos fundos e eu aprendo rapidinho, a senhora vai ver.

E, mesmo não tendo recebido a anuência de Alelí, lá foi Silmara puxá-la quando terminaram o trabalho do dia, já com pente, fita, grampos e um pequeno espelho nas mãos.

Os caminhoneiros — doidos ou não, com cachaça ou não — raramente iam até o fundo do posto, um descampado cheio de destroços, tambores enferrujados, ferramentas e latarias carcomidas. Por isso mesmo, por não ter caminhoneiro que zanzasse perto, era o lugar onde as duas gostavam de descansar.

Alelí, paciente, primeiro desfez suas tranças para poder refazê-las sob o olhar atento da menina. Seus cabelos grisalhos soltos fizeram Silmara exclamar, "Que boniteza! Será que o meu um dia vai ter essa cor que não é branca, é quase, parece mais casca do angico? Por que a senhora de vez em quando não deixa eles ficarem soltos assim pra variar? Com trança também fica muito bonito, mas solto como tá agora parece uma cascata!", e Alelí meio que sorriu sua tossezinha. Em um instante, fez as duas tranças e as enrolou em volta da cabeça. "Que rapidez! Faz outra vez mais devagar?", a aprendiz pediu, e a mestra, dócil, repetiu os movimentos pausadamente.

— Agora faz em mim?

Alelí se surpreendeu um pouco, mas começou a fazer as tranças nos cabelos da menina, e a pontada forte que sentiu perto do peito fez seu corpo reviver a emoção tão antiga, tantas vezes repetida, de pentear os cabelos da filhinha morta. Ela fez as tranças em Silmara como se fizesse as trancinhas em sua Illa, as trancinhas que poderia também ter feito em sua filha viva, e essa compreensão se abateu sobre ela como um apelo de grande perturbação. Suas mãos tremiam, ela toda tremia. Era preciso imediatamente fugir dali. Mas Silmara, olhando-se no espelho, tomou a mão de Alelí em seu cabelo, dizendo "Que lindo ficou!", e, em um de seus impulsos, deu-lhe mil beijinhos nas cicatrizes e, quase no mesmo movimento, mudou a posição das duas, "Agora sou eu que vou destrançar os cabelos da senhora e fazer tudo de novo pra ver se aprendi!".

Sem esperar resposta, começou a desfazer as tranças de Alelí, tão suave no toque como as mãos de Manu, e então, pela terceira vez em sua vida, as lágrimas vazaram como enxurrada da represa que ela montara em seus olhos, chicoteando todo o seu corpo. Assustada, Silmara se abraçou a ela e, sem entender o que estava acontecendo, chorou também. E ali ficaram um bom tempo, a menina abençoadamente em silêncio dessa vez.

No dia seguinte, Silmara pareceu aumentar sua tagarelice para agradar Alelí. Contou que o cozinheiro estava lhe ensinando a fazer carne de caça de um jeito bom pra amaciar a carne dura dos bichos. "Kleyton é caçador dos bons, e quero aprender os molhos que seu Guima faz, num tem coisa mais gostosa. No jantar de ontem ele fez um de dar água na boca, não foi? Ele já trabalhou em Belém, sabe?, em um restaurante muito do bom, mas teve que fugir, e pelo amor de Deus isso é um segredo que eu tô contando só pra senhora que eu sei que a senhora respeita segredo, foi o ajudante que me contou e eu jurei que num contaria, mas contar pra senhora é como contar pra mim, por isso é que posso contar. Seu Guima matou um sujeito que puxou briga só porque ele é daquele jeito que já lhe contei, e disse umas coisas que num dava pra aceitar e o pior é que puxou uma faca, e pra quê! Quem num é besta sabe que ninguém usa faca melhor que um cozinheiro, e aí já viu, o coitado teve que se defender, e foi isso e pronto. Mas tiveram que fugir porque a polícia nunca que ia ouvir a história como ela foi, ia levar e prender sem saber o motivo do acontecido, e é claro que ele tinha que fugir, num tinha? Porque assim é a vida, dona Alelí, a pessoa tem que se defender como pode. A polícia só quer prender. São pau-mandado, os da polícia. Só atrapalham. Ninguém gosta deles onde eu moro. E lá é um lugar tão bom e bonito, que só vendo. Não que seja um lugar muito diferente dos outros sítios de perto, mas é o mais bonito deles, tem o poço d'água, e meu pai e Kleyton cuidam muito bem de tudo, morro de saudade, a senhora um dia tem que ir lá, me promete? Ah, já sei! Vou convidar a senhora pra festa do meu casamento, a senhora vai, não vai?"

Alelí se deixava levar pelo som da voz de Silmara, e, de um jeito estranho, o dia ia ficando mais leve.

Aquela noite, o calor não cedeu nem um milímetro. Sufocando no abafamento do quartinho trancado, Alelí foi estender seu manto do lado de fora, bem mais para o fundo, em um ponto onde o ar era mais livre, e o cheiro de Diesel, fuligem e motor queimando não chegava. Silmara resolveu ir junto, achando romântico dormir sob as estrelas, sonhando suas coisas de amor.

Saudável e pesado o sono de Silmara, sono da criança que ainda era. Não tinha como perceber as mãos que se aproximaram para puxá-la para longe de Alelí, que, em um milésimo de segundo, já não estava onde estava antes, e sim agachada atrás do atacante, agarrando seu pulso e enfiando fundo o canivete em sua mão.

O urro de animal ferido ecoou na escuridão.

Luzes se acenderam. Agitação. Passos.

O que foi? Quem foi? O que aconteceu?

O animal fugiu.

Silmara se agarrou a Alelí, pânico nos olhos até então confiantes. A roupa grudenta com o sangue alheio solto pelo canivete. Só ela e Alelí Culebra sabiam que animal era aquele que fugiu.

Há quanto tempo ela não sentia aquela raiva transbordando? Há quanto tempo não usava seu canivete em outra carne que não a dela?

Nem bem a claridade tomou lugar, Silmara foi pedir as contas, Alelí a seu lado. Os olhos injetados do dono do posto, a mão direita enfaixada, assumem a cor do ódio puro ao ouvir as duas. Por alguns minutos pensa em não pagar o que deve a Silmara. Mas o rosto de Alelí Culebra à sua frente e o da esposa atrás o fazem aceitar a derrota. Mesmo quando Alelí diz:

— Meu trato num tinha pagamento em dinheiro, mas agora tem. Pode pagar.

Ouvindo isso, dona Selene fez menção de dizer algo, mas desistiu.

Alelí recebeu seu dinheiro. Passou para Silmara:

— É seu.

— Meu?

— Tu precisa mais que eu.

E seguiram as duas pela estrada a pé, não querendo ficar nem mais um minuto à espera de carona naquele lugar. Silmara carregando sua pequena trouxa, Alelí levando seu manto, o canivete e o charango que nem uma vez tocara ali.

Silmara ia calada e tristonha. Ainda que de alguma forma tivesse intuído a maldade do dono do posto, jamais vivera o mal assim tão próximo. Ele não conseguira o que planejara, mas manchara a sua confiança no mundo, e ela sentia-se perdida.

Alelí sabia que Silmara se recuperaria, logo voltaria a ser ela mesma. Recuperaria a confiança para se orientar pela vida à sua frente. Mas e ela, Alelí, que vira tantas vezes a cara bruta do mal, quando se recuperaria?

Depois do fogo, a água

Se tem algo no mundo que sabe se defender é a água. Quando em seu caminho aparece um paredão de cimento, ela estende sua força por cima, por baixo, pelos lados, não se detém e se espalha, engolindo praias-terras-casas-benfeitorias-bichos-árvores-gente, o que estiver na sua frente.

A água é imensa. A água tem poder.

Engoliu as prainhas douradas, engoliu as matas, engoliu quinhentos quilômetros quadrados com as terras do seu Zé, do Onofre, dos pais de Nice, do Gilmar, de dona Imaculada, do Tião, da Gildete e de tantos e tantos e tantos. Milhares. Os olhos de desconsolo, de indignação, de profundo desespero das famílias despejadas — uns dizem mais de cinco mil, outro dizem sete mil, outros quase dez mil, se contar direito — observaram aquela água e não a reconheceram. Não era a mesma. Tampouco reconheceram a si mesmos. Não eram os mesmos. A água engolira também a identidade, o mundo, a história e a vida de todos eles.

Quem serão a partir de agora?

Do outro lado do barramento, do lago reservatório engolidor de tudo, estão os indígenas. A eles, ao contrário da água forçada a romper seus limites e se espalhar até parar, coube um rio controlado por quem controla a represa. A eles coube uma água minguada, impactada, não comandada por sua natureza, mas por homens servindo a outros. Coube a eles a água que sobra da produção da hidrelétrica.

E os peixes? Ah, os peixes!

E os tracajás? Ah, os tracajás!

E os animais? Ah, os animais!

E os carapanãs? Ah, os carapanãs!

E as aves? Ah, as aves!

O Xingu, então, vai morrer?

"Jamais!", gritam as etnias indígenas que vivem há séculos às suas margens e resistem e levantam seus remos e seu brado, como o da índia Tuíra e seu facão.

São Paulo 4

Avenor e Maria Altamira sofriam com as notícias de Belo Monte que chegavam pela televisão, pelas manchetes abertas nas bancas de jornais, pelo celular que haviam dado à Mãe Chica. Avenor, indignado, repetia que não voltaria mais. Maria chorava e dizia que sim, ia voltar, e logo. Só queria economizar o suficiente para ter tempo de pensar no que fazer quando voltar.

Ela estava namorando Delio, amigo de Avenor, também garçom. Bonitão, autoconfiante, chegou uma noite como chegaria alguém perfeito para Maria Altamira.

Sua vida tinha sido bem diferente. Conseguiu entrar na faculdade assim que terminou o colegial; teve de abandoná-la depois da morte do pai para trabalhar e cuidar da mãe inválida. Filho único nasce com a obrigação. Dois anos depois, morreu a mãe. Ele arrumou emprego como ajudante em um navio de carga e foi parar na Europa. Morou na Espanha, na Itália, em Portugal, e concluiu que a vida como estrangeiro era pior do que a vida na terra onde nasceu. Voltou. Quis retomar os estudos, não deu. O emprego de garçom tomava o dia e parte da noite. Só quando juntasse um pé-de-meia e pudesse arrumar outro emprego com horário regular.

Maria e ele gostaram muito um do outro. Passeavam, dançavam nos fins de semana, andavam pela avenida Paulista no domingo, iam aos saraus na periferia, onde ele morava, se divertiam. O sexo era gostoso, apaixonado por parte dele, alegre por parte dela. Na cama com ele, nenhuma imagem do estupro que lhe acontecera aparecia. Apagado e esquecido, perdera sua força. Se aparecesse algum dia, seria como sombra esmaecida, incapaz de lhe fazer mal.

Delio levou-a para conhecer Santos. "Fui com ele conhecer o mar, mãe, e achei bonito, sim, não vou dizer que não, só que é um mundo de água salgada grande demais, exagerada, e é água brava, às vezes até enfezada, então não se preocupe que não chega aos pés da nossa água doce."

Delio também lhe dava livros para ler. Admirava sua inteligência e pensava que Maria também poderia entrar para alguma faculdade, se quisesse. "Estou ficando toda culta, mãe, a senhora nem vai me reconhecer, só que a culpa é do Delio, que fica me enchendo de livros como se fossem bombons", escrevia para Chica. "Já viu alguém assim?"

Passavam juntos todo o tempo livre, até o dia em que ele, sem rodeios, perguntou: "Maria Altamira", ele gostava de chamá-la pelo nome completo, "vamos casar? Construímos uma casa naquele lote que eu tenho na Vila Clemente e ficamos juntos para sempre".

Em um milésimo de segundo, a vida para sempre em São Paulo passou pela cabeça de Maria. Não mais voltar à sua terra a não ser a passeio, não se banhar quando quisesse nas águas tépidas do seu rio, acordar todo dia e passar o dia inteiro, o mês inteiro, o ano inteiro, a vida inteira ali, mesmo se ao lado dele. Impossível imaginar seu futuro assim. Não queria.

Separaram-se.

Dessa vez, Maria sofreu. Não sabia se era amor, mas Delio certamente fora algo mais do que um simples namoro. Passara mais de um ano com ele. Sentia sua falta. Os abraços, os beijos, os corpos juntos. Sentia a solidão que nunca sentira antes. Aquela vida provisória de estudos, trabalho, agora solitária, começava a pesar. Sentia ainda, mais premente do que antes, saudades de Mãe Chica. Dos amigos antigos. Do seu lugar no mundo. Uma entre as tantas coisas que aprendera ali foi que era mais Juruna do que pensara. Estaria sempre agradecida às possibilidades todas que a grande cidade lhe oferecera, mas não precisava de tanta coisa para viver. O ritmo que não parava, a voracidade de consumir um monte de coisas simplesmente porque elas estão ali para serem consumidas, o barulho, a multidão, o par inseparável da riqueza e miséria, os rios mortos, não, não era a terra dela.

Em nenhum momento de seus quatro anos ali Maria quis ficar para sempre em São Paulo, como Avenor, que jurava de pé junto jamais sair dali. Com Hermínia grávida, ele conseguira se mudar para uma casinha na periferia. Estava contente, ganhava boas gorjetas, até comprara um carro. Sempre que dava, vinha ao prédio rever o pessoal e ajudar, se preciso.

No prédio, amigos se mudavam. Outras pessoas chegavam. Maria começou a contar os dias para voltar a Altamira. Deixar seu quartinho para outra pessoa que precisasse dele. Continuava participando ativamente do movimento no prédio, se apegara muito à dona Maninha e a seu Riobaldo, ao viver coletivo, e aprendera a não se deixar afetar pelo clima de insegurança que, vira e mexe, perturbava o cotidiano de todos com ameaças iminentes de despejo. Quando fiscais da prefeitura ou policiais passavam querendo exercitar autoridade, exigir documentos, soltar ameaças veladas ou explícitas, ela pressentia que qualquer hora dessas a vida poderia dar uma virada, e talvez não fosse uma virada boa.

Em seus últimos meses ali, foi o filho de Avenor que ocupou o coração de Maria. Aos domingos bem cedo, ia buscá-lo e levá-lo a passeio. Entrava na casa, na penumbra das janelas ainda fechadas, o irmão roncando e Hermínia sonolenta acabando de amamentar o filho, doida para deixá-lo nas mãos da tia e retomar o sono interrompido. Maria sentia seu cheirinho de pele nova, lisinha e pura, mistura de leite com sono e lembranças do útero, trocava-o, colocava-o no carrinho e saíam.

Quando o sol vinha roçar suas bochechinhas gordas, ele abria os olhos de pestanas pretas que nem penugem de pássaro brincalhão e sorria seus primeiros sorrisos para o mundo. Ela sentia algo tão cálido e enternecido que custou a perceber que deveria vir de algum instinto materno que jamais imaginara possuir. Tomava-o nos braços, cobria-o de beijos e se perguntava, *Terei um assim?* Parecia difícil. Aquela ideia que tivera desde adolescente de não se apaixonar por ninguém muito cedo parecia ter se impregnado nela de tal forma que, até agora, chegando aos trinta e quatro, não encontrara o homem com quem pudesse imaginar viver e ter um filho. Nenhum. Seria pelo abandono que sofreu? "Como Alelí tinha sido capaz de abandonar um bebê assim?", perguntava ao nenê ali tão pertinho, tão junto, e completava, rindo, "Tá vendo as besteiras que tu me faz pensar, serzinho lindo?". E o enchia de beijos outra vez, desfrutando de seus frescores de recém-vindo ao mundo.

Terminados os cursos, ela já havia juntado o dinheiro para a passagem e para ter um suporte para recomeçar a vida em Altamira, por pior que a cidade estivesse. Sentia-se mais madura, mais serena.

Telefonou: "Estou voltando, Mãe Chica".

Enquanto isso

Manhã, tarde e noite, Alelí tocou seu charango no casamento de Silmara. Uma festa com todos os vizinhos do entorno que não eram muitos, mas vieram em peso. Mataram o porco que vinham criando para esse dia, fizeram muito beiju com castanha, muito açaí, cachaça da boa comprada aos poucos e guardada. Doce de amendoim, bolo de tapioca, bala de cacau e o bolo de noiva que a madrinha trouxe. O padre chegou desde cedo para casá-los, e a música já começou aí, com um violeiro e o charango de Alelí, a novidade da festa.

A felicidade de Silmara era tanta que Alelí pensou poder reconhecer algo que uma vez, um mundo de tempo atrás, talvez tenha estado também dentro dela. Ainda que não soubesse, não conseguia sequer recordar, como seria sentir esse algo que parecia extravasar agora de Silmara e seu Kleyton. O rapaz magrelo e tímido que escutava embevecido a tagarelice da noiva e era puxado por ela para todo canto, sobretudo para a mesa de comida e para a dança. E como dançava bem o rapaz! Esse era o momento em que ele guiava Silmara, e requebravam os dois, e giravam, e batiam os pés, e era um casal tão bonito dançando que todos paravam para ver e acompanhar a música com palmas. Silmara com seu vestido branco curto, saia rodada de babados, e ele de camisa branca e calça preta. Gotas de suor despontavam nos rostos afogueados de paixão e alegria. Nos pés, sapatos novos, os dois.

Depois daquela manhã em que abandonaram o posto, e sem querer deixá-la sozinha na estrada e sendo puxada por ela, Alelí acabou seguindo com Silmara até sua casa. Com sua exuberância alegre já recuperada depois do incidente com o ex-patrão, a jovem apresentou-a aos pais, explicando: "Não tem nada de doença nessas cicatrizes que dona Alelí tem no corpo, mãe, é só sua tristeza mesmo. Ela cuidou muito de mim e é tão boa que eu pedi que viesse morar com a gente até meu casamento, e ela prometeu que mora, não prometeu?", e sorriu para Alelí, sabendo que ela não havia lhe prometido nada. Até poderia ter prometido porque o fato é que estava gostando muito de ficar perto da menina. Tinha dito que precisava seguir caminho, mas ficou. Esperaria o casamento, que já estava perto. Não daria tempo para causar nenhum mal à mocinha.

Na estrada até sua casa, quando, por fim, conseguiram tomar um ônibus, Silmara lhe pediu para não contar a seus pais nada do que havia acontecido. "Se eles souberem, nunca mais me deixam pôr o pé fora da casa. E vão contar pro Kleyton, que aí vai querer se vingar, então tem que ser segredo nosso, jura?", e beijou os dedinhos brancos em cruz sobre a própria boca, tomando em seguida a mão de Alelí, cruzando seus dedos e fazendo com que ela os beijasse também. Alelí deu seu sorrisinho de tosse. Achava muita graça naquela menina.

Desceram na venda à beira da estrada que marcava o caminho para o sítio da família de Silmara. Era mesmo bonito o lugar. A mata aberta para o roçado, as trilhas cuidadas, o poço limpo.

Nos dias em que passou na roça com a família, aos poucos voltou a tocar charango e a cantar. Silmara olhou-a com novo encantamento: "Dona Alelí, eu não sabia que a senhora tocava tão lindo nesse bichinho! Ah, tive uma boa ideia! É a senhora que vai tocar na minha festa! E nem me diga que num sabe as músicas que eu quero, pois já vou lhe ensinar direitinho o que escolhi para o dia mais feliz da minha vida. Nem vou contar pro Kleyton, porque sei o que ele gosta e vai ser surpresa pra ele, então vai ser nosso segredo, jura?". Fez o ritual dos beijinhos nos dedos cruzados, que Alelí seguiu com boa vontade enquanto se deixava puxar para um canto afastado para que ninguém as escutasse. Sentadas as duas num tronco caído fazendo as vezes de banco, foi aprendendo as músicas dali e as que tocavam na rádio. Músicas que Alelí nunca ouvira, mas que tocava assim que Silmara começava a cantar. E não é que tinha uma voz bonita, a menina! Alelí deixou sair sua tossezinha.

No amanhecer do dia depois da festa, aproveitando a ausência da noiva, que, por fim, fora para seu rancho com Kleyton — os dois já com os planos feitos para comprar tijolos e começar a construir uma casa em mutirão —, Alelí retomou seu rumo na carroceria da caminhonete de um dos vizinhos.

Em certo momento havia lhe ocorrido talvez esperar um pouco mais, para ajudar no mutirão da nova casa, continuar um pouco mais à sombra da felicidade de Silmara. Mas não. Não poderia correr o risco de ficar mais tempo e atrair má sorte para a menina.

O regresso

Maria Altamira chegou à sua cidade no dia em que foi descoberto um esquema de tráfico de mulheres menores de idade. Eram mantidas em cárcere privado em uma boate próxima a um dos canteiros de obras da usina. No grupo que esperava o avião no aeroporto de Belém, comentavam que outras doze menores haviam sido resgatadas de cinco prostíbulos. Todas aliciadas no sul, com promessas de ganhos altos para trabalhar perto da usina.

É certo que, nos quatro anos que vivera em São Paulo, Maria recebia notícias dos males e da deterioração da sua cidade com a construção de Belo Monte, mas uma coisa era saber de longe, e outra era ver de perto. Seu coração não estava preparado para o que lhe parecera impossível: ver uma Altamira ainda mais feia do que antes, mais degradada, mais perversa.

Mãe Chica já não morava na casa de sua infância. Com o crescimento instantâneo de tudo, o sistema de saúde também teve seu colapso. Gente de fora chegava dizendo-se mais qualificada. O jovem diretor recém-contratado, de empatia nula e articulação fria de frases feitas, passou pelo corredor e parou em frente à porta do ambulatório onde Chica, substituindo a falta da enfermeira, trocava o curativo de uma mocinha indígena. "Quem é?", perguntou a seu assistente, indicando Chica com a cabeça. "Uma funcionária das antigas" foi a resposta. E o diretor completou com o mesmo tom monocórdio, como se Chica não estivesse ali, "O hospital não pode comportar funcionários com essa idade, essa já está passando da hora de se aposentar". Seguiu em frente, a voz escutada pelo corredor, "Atendendo uma mocinha que deve ter pai com celular, caminhonete e roupa de branco, e que só se diz índia para usufruir da proteção que a legislação lhes dá. Isso tem que mudar".

Com seus muitos anos de trabalho, Chica ainda era das mais ativas, experientes e cheias de forças, mas se viu jogada fora qual comida estragada, forçada a se aposentar. Sentiu um baque, uma coisa estranha. Uma derrota. Sua renda baixou drasticamente.

Pensou que, com Avenor e Maria estando longe, e Avelino morando no canteiro de obras da usina, sua situação financeira poderia melhorar se alugasse a casa antiga, no centro, região requisitada, e fosse para outra menor, em bairro menos procurado. Foi o que fez. Só contou a Lino o fato consumado. E só mais recentemente é que ele acabara sabendo de tudo o mais que aconteceu depois.

Lino foi buscar a irmã no aeroporto. No abraço que deram, Maria pensou reencontrar o irmão de antes, antes da briga e do silêncio. Agora ele tinha um Fiat azul de segunda mão que encostou na primeira guia que encontrou para contar com calma a Maria o que ela e Avenor jamais poderiam imaginar, e que a mãe, com vergonha e medo de criar problemas para os filhos, não contara. Nem mesmo para ele, ali tão perto, ela contara. Só contou depois que foi obrigada a se aposentar e alugar a casa deles, pensando que deveria aproveitar o aumento dos aluguéis da cidade para complementar sua renda. Alugou para uma senhora que veio de fora, simpática, falante, chacoalhando ouro nos braços, colares e brincos, que lhe ofereceu pagar até acima do que estava sendo praticado, e pagava todo mês, certinho. Chica achou que tinha feito um excelente negócio. Até ficar sabendo que a mulher era traficante, dona da banca de drogas daqueles lados. Tentou pedir a casa de volta e tudo degringolou. A senhora simpática com seus ouros pôs a bílis para fora. Chica foi escorraçada. Ameaçada. A traficante parou de pagar o aluguel com um sonoro "Vai tomar no cu, veia desaforada". Poucos meses depois, acabou forçando Chica a vender a casa por uma mixaria e a passou adiante junto com seu negócio. Ameaçou Chica com atos e xingamentos tão brutais que ela, humilhada, não conseguiu resistir. O que de certa forma a salvou de coisa pior, porque a mulher mandou executar concorrentes e quem mais prejudicasse a venda da sua banca, inclusive um vizinho, compadre de Chica, morto com três facadas em uma tocaia à luz do dia.

Passando por tudo isso, a mãe nada contou a Lino, temendo que ele pudesse querer enfrentar a traficante. E ele nada notara quando ia visitá-la. Devia estar cego e surdo, mas é que a visitava pouco na época, fazia muito extra na obra da usina, a merda da vontade de ganhar mais grana para poder escapar dali — e um Lino de rosto crispado batia o punho no volante como se quisesse quebrá-los, volante e punho. Foi atrás de um advogado que lhe explicou a impossibilidade de recuperar a casa. O novo traficante desistira do ponto e a vendeu para uma família que não tinha nada a ver com a história. "A cidade tá cheia de crack, Maria. Cocaína, bordéis e golpes parecidos. O que aconteceu com a mãe não aconteceu só com ela. E, agora que estão quase terminando a obra, tá tudo ainda pior; muitos dos que ficaram desempregados tão acabando no tráfico e na ladroagem. A Altamira que tu conheceu acabou. Por que tu voltou? Não aguentou a barra, foi? Pois aqui vai ser pior. Tu devia era ir de novo pra São Paulo, levando a mãe".

No sorrisinho que acompanhou aquele "Não aguentou a barra, foi?", Maria reconheceu a crítica do irmão. Ele não a perdoara, e estava certo, porque não adiantava mesmo, tem coisas na vida que se agarram à gente, grudam e ficam lá espreitando, porque não merecem perdão. Como sua covardia na malfadada noite de anos atrás.

Quando por fim chegaram à casa alugada, Chica os esperava como se nada tivesse acontecido. Ainda que envelhecida, a mulher baixinha e gorducha transbordava alegria com a chegada da filha, só queria saber de suas novidades e da promessa de Avenor vir logo lhe apresentar a esposa e o neto.

A casa tinha uma sala e dois quartos pequenos, a cozinha minúscula com o fogão da outra casa e o brilho familiar das panelas de alumínio esfregadas diariamente. A mesma moringa de barro, a desgastada toalha xadrez que cobrira a mesa para tantas refeições dos quatro, e, no quarto da mãe, onde mal cabia a cama de casal coberta com a mesma colcha azul de crochê e as imagens de Nossa Senhora que os filhos chamavam de sua coleção: Nossa Senhora d'Abadia, Nossa Senhora Aparecida, Nossa Senhora d'Ajuda, Nossa Senhora das Dores, Nossa Senhora Auxiliadora, Nossa Senhora do

Perpétuo Socorro. À frente delas, uma vela acesa para proteger sua viagem, Maria sabia, e que agora a mãe apagou, sem esconder a alegria, "Obrigada, Mães Santíssimas, por trazerem minha filha sã e salva pra casa!".

Por que Mãe Chica não lhe contara nada? Nos telefonemas, sempre alegre, só querendo saber das suas novidades, pouco contava das delas, "Tu sabe, filha, que as notícias daqui são só da usina. Dizem que logo vão inaugurar as turbinas. Ah, Ditinha teve outro filho, num sei que desespero é esse de botar tanta criança no mundo, mas ainda bem que essa tem pai. E Nice tá trabalhando na usina, fez um curso de mexer com uma máquina enorme, arranjou um bom emprego lá, ela te contou?".

Maria escutava a voz da mãe nas ligações que lhe fazia depois que Avenor e ela lhe deram um celular de presente. Não podia culpá-la por esconder seu sofrimento. Maria tampouco contava os seus. Quando deixou de escrever cartas porque passaram a se falar pelo telefone, a voz das duas estava sempre alegre, atentas para esconder uma da outra o que lhes acontecia de ruim. A diferença é que as tristezas de Maria na megalópole foram nada comparadas às da mãe, que perdera tudo, exceto a capacidade de não aumentar por conta própria as tragédias do seu mundo. Não se lamuriava. Padecera no inferno, mas se reconfortava com o que lhe restou e era o mais importante: seus filhos estavam bem, ela recebia a mixaria da aposentadoria, mas não passava fome, e tinha um teto sobre a cabeça. Como tantas outras mães da pobreza, Chica criara seus meninos da melhor maneira que lhe foi possível. Que importava Alelí; Maria sentia-se abençoada por ter Chica como mãe.

No entardecer daquele primeiro dia de seu regresso, Maria Altamira caminhou até a orla, agora bem mais distante. No lugar do rio, estava o lago-reservatório com uma praia artificial, construída para compensar as praias cobertas pelas águas. Seu rio transformado era uma dor, e ela se entregou ao pranto, certa de que jamais pararia de chorar: por Mãe Chica, pelos parentes indígenas, pela cidade que fora a sua, pelo grande rio que ali virara um lago.

Força-ímã

Dos amigos antigos, a primeira a procurá-la foi Dionice. Trabalhava agora no principal canteiro de obras da usina, com uma retroescavadeira, e era toda orgulho por ser capaz de dominar uma máquina daquele tamanho. Ainda morava com a mãe, bem longe do rio, muito mais do que os dois quilômetros prometidos pelo Consórcio Norte Energia. O pai havia morrido na minúscula casa nova com paredes de cimento fraco: uma parede caiu com a rede onde ele estava, e o velho, que depois da mudança passara a ter pressão alta, enfartou. O emprego prometido não tinha saído, diz-se que por causa da idade, e já não tinha como pescar; sentia sua vida se esvair mesmo antes de a parede cair sobre ele. Já Nice não conseguiu se formar como era seu sonho. Trabalhou na vendinha do seu Cirilo, "lembra dele?", até que deu um jeito de fazer o curso de retroescavadeira, "em dezessete dias, olha só, oferecido pela própria Norte Energia. Não me discriminaram por ser mulher, viu? Trabalho qualificado, bem pago, tou bem agora. Mãe acha perigoso, e todo dia tenho que explicar que é menos perigoso do que dirigir pelas ruas de Altamira, o trânsito aqui tá matando. Mas o que eu quero dizer, Maria, é que Belo Monte mudou minha vida, como eu sabia que ia mudar. Pra melhor. Vou e volto da usina com o ônibus da obra. Tou namorando um colega de lá. E tu? Se amarrou com algum ricão lá do sul?".

— Eu?! Continuo livre do mesmo jeito. Nada de me amarrar a alguém pra me arrepender depois.

— Tu vai ficar é solteirona.

— E daí? Se sou solteirona, tu também é.

— Sou mais nova dois meses, esqueceu?

— Égua! Que diferença!

— Também num é que eu faça tanta questão de casar. O bom é que tou apaixonada, do jeito que vale a pena.

— Ah, paixão é bom mesmo. Mas num deixei nenhum penduricalho, não. Aí era capaz de não voltar, gostei tanto daquela cidade, Nice!

— Vou te arrumar alguém na obra, pode deixar.

— E desde quando preciso de tu pra me arrumar homem?

Conversas e risadas dissiparam qualquer distância entre as duas. Os anos passados longe não existiam. Só de uma coisa Maria não gostou em Nice, mas teve que aceitar: a cegueira da amiga em relação a Belo Monte. Arrumar pra ela alguém na obra, onde já se viu dizer uma barbaridade dessas?! Nice já se esquecera de quem era Maria Altamira?

Outro que logo apareceu foi Biu. Um varapau magro como sempre, o pé direito torto, pequeno defeito de nascença agora mais pronunciado. Continuava pescando no lugar do pai, mas a pesca tinha ficado uma porcaria. "Pra trazer algum peixe, é preciso ir longe, Maria, por aqui só tem peixe doente. A vegetação apodrece debaixo da água e produz um tal gás metano. Num dá mais pra fonte de renda, às vezes nem pro sustento. Tenho que passar dia e noite fora pra pescar alguma coisa que valha a pena. Ainda bem que a casa de palafita, graças a Deus, não foi afetada pela água. Morar no pior lugar do rio tem sua vantagem", ele riu, do jeito tristonho que sempre teve.

Quis saber como era São Paulo, deu notícias dos outros amigos. "Curau foi embora pra Belém. Morar aqui ficou ruim pra ele. Esse povo é nojento demais. Lembra do Cipó, num lembra? O povo deu pra falar dos dois. Uma noite Cipó saiu vestido de mulher, disse que ninguém tinha nada com a vida dele, soltou o cabelo que tinha deixado crescer, pôs sapato de salto alto e saia, queria provocar mesmo, mostrar que pra ser bicha aqui tem que ser macho, e o que aconteceu é que uns fidaputa desses que a cidade tá cheia encheram ele de porrada, foi obrigado a sumir. Foi pra Belém, e dizem que por isso é que Curau foi também. Encontrei o pai dele, outro dia. Contou que ele se formou como contador e tava trabalhando. Tu precisa ver como tava feliz, o velho. Me mostrou uma foto, anda com ela na carteira. Curau tá bonitão, cara de bem cuidado. O pai diz que ele sempre pergunta pela gente. Gostou de saber que tu tava em São Paulo, fazendo curso."

Mas a grande novidade que Biu tinha para contar é que agora era evangélico, como os pais.

— Lembra que eles me carregavam pra igreja desde pequeno, e eu ficava puto porque queria era tá com vocês? Só quando rapaz é que consegui me rebelar e num ia mais em igreja nenhuma. Quase fui pro lado das droga, não fosse Saião me dar uma baita surra quando me viu andando com uma gente aí — riu. — Saião num admite droga entre os amigo. Hoje agradeço a ele. E tu sabe, Maria, uma coisa que descobri? Sou adotado. Quem me deu pra mãe foi um pastor que levava criança pra Belém, pra São Paulo, pro sul. Quando viu meu pé torto, achou que ninguém ia me querer. A mãe quis. Ela me contou tudo isso depois que o pai morreu. Agradeci muito a ela. Imagine ir prum lugar qualquer nesse mundão e cair na mão de num sei quem? A mãe me quis. Foi a melhor coisa que me aconteceu saber que a mãe me quis. Voltei a ir com ela pra igreja, fui ficando. Dessa vez com mais vontade. E, depois, agora tem até Juruna evangélico também. Tua amiga Madá, por exemplo. Ela é da liderança indígena, tu precisa ver quando ela enfrenta os homem nas reunião. Diz que continuará na igreja enquanto for respeitada: que acredita em Deus, mas a religião que ela segue num vai tirar ela do povo que tem. Também penso assim. Enquanto respeitarem minhas ideia, tou lá.

— Tu casou?

— Casei nada. Quase que me amarrei com uma Juruna do Paquiçamba, mas acabou que num deu. Nasci pra ficar sozinho.

Maria estreitou os olhos:

— Tu aprendeu a ler o futuro, foi? Se aprendeu, leia o meu.

— Tu é complicada, Maria. Teu futuro é ruim de ler.

E os dois riram, felizes com o reencontro.

Na manhã seguinte, Biu, que agora tinha uma "voadeira", levou Maria ao Paquiçamba. Saíram de madrugadinha, céu ainda encoberto, pra não pegar o banzeiro na parte mais próxima da praia.

— Tu sabe que o povo de lá se dividiu, num sabe? — ele perguntou. — Teus parente construíram outra aldeia em mutirão, a Muratu. Outros continuaram no Paquiçamba e no Furo Seco e sei lá mais onde. Eles vão te contar melhor. — E avisou: — Daqui até o barramento, tu vai estranhar muito.

MARIA ALTAMIRA | 199

No vermelhão do sol amarelando as sombras que restavam da madrugada, Maria via o estrago que o lago-reservatório havia causado à paisagem de sua infância e juventude. As prainhas alagadas, os topos das árvores apodrecendo, restos de uma cor cinza-esbranquiçada da mata morta.

— Pelo acordo, tinham que ter desmatado as árvore antes de alagar, mas não fizeram isso. Desmataram um pouco, não tudo, e agora as árvore e a vegetação das ilha tão tudo apodrecendo, continuando a envenenar a água, matando os peixe. — A voz de Biu vinha cheia de desgosto, contando uma história que Maria não queria ouvir.

Por entre as prainhas e as ilhas alagadas, a água era densa, turva, galhos esbranquiçados erguendo-se sem vida e sem socorro, matas antes floridas agora mortas e cobertas até o topo. Era por cima delas que eles passavam. Maria colheu a água na mão e não a reconheceu. "Fizeram de ti uma água assassina! Ainda que sem querer, assassina, ainda que obrigada por forças que não controla, assassina." E o barco varava por entre os galhos mortos que erguiam um grito mudo e condenado no meio do imenso lago parado. Era como se passassem por um cemitério líquido.

Ela apontou para os topos desolados de dois coqueiros já sem vida e perguntou:

— Não era ali que ficava a ilha do Sabino, aquele seu amigo tocador de viola?

— Era. Os dois coqueiro ficavam na frente da casa dele, lembra? Foi tudo alagado, não existe mais. Ele também não existe mais.

— Morreu?!

— Por assim dizer. Eu considero um tipo de morte. Quando o pessoal do Consórcio passou pra registrar pescador e ribeirinho, ele tava pescando. Quando eles voltaram pra desmatar, Sabino tava lá, mas já num tava no registro, num constava como morador, num teve direito a indenização nenhuma. Não só ele, isso aconteceu com muita gente. Não entraram no registro do povo da usina. Perderam tudo. Nunca mais vi Sabino. Ouvi dizer que tá morando na carcaça de um caminhão abandonado lá pros lado da estrada e vivendo de esmola, mas ver mesmo eu num vi. O que sei é que ele num existe mais como ribeirinho nem como pescador.

Maria escutava, mas era quase como se não entendesse.

E então ele apareceu, o culpado de tudo, o barramento gigante, o monstro de cimento. Ela sentiu um fogo no peito. Raiva. Eles tinham que parar e descer do barco. O deslocamento para o outro lado era feito de um jeito que aviltava o homem do rio, o barco içado por máquinas e rebocado para a outra margem através de um comprido leito também de concreto.

— Daqui pra frente fica melhor, é mais do jeito antigo só que mais seco — disse Biu. — A briga agora é essa. De um lado, a boca da usina querendo mais água pro reservatório e diminuindo a vazão; do outro, os indígena precisando de mais água. O pessoal do consórcio fica testando pra ver qual a menor quantidade de água suficiente pra não matar por completo o rio e os peixe. A seca agora não vem da falta de chuva, vem é deles. Querem ver até onde podem chegar.

Maria estava tão tensa que levou um tempo para perceber que, apesar de mais seco, o rio ali ainda era o rio que ela tanto amava: as grandes rochas cinzentas ou negras na beira das margens, erguendo-se como vigias solenes das matas verdes e prainhas douradas; a água escura que em suas mãos agora ficava leve e transparente como antes; as aves esvoaçando ao redor. Desde que chegara, era a primeira vez que seu coração, nem que fosse só um pouco, se alegrava.

Desceram na prainha da nova aldeia, e ela pisou no gorgulho e na areia alaranjada. Subiu a barranca até as casas. Um bando de crianças risonhas veio a seu encontro e a levou até Madá e as amigas antigas. Risadas, conversas, comeram castanhas, beiju, chuparam caju e laranja. Foram se banhar no rio, e o reencontro de Maria com suas águas foi doce; seus gritos de alegria acompanharam o acari-zebrinha, o miúdo peixe ornamental que se debatia na mão estendida de um dos meninos.

Subiram outra vez o barranco até a aldeia. Ela queria visitar todo mundo.

As casas agora de tijolos no meio das árvores estavam pintadas com desenhos indígenas. A escola tinha computadores, a casa de farinha era do jeito que a tradição mandava. Tudo tinha a tranquilidade do que, no momento, estava como devia ser. Nas casas, agora havia televisão, geladeira, eletrodomésticos. Sem que tivesse que esperar muito, no entanto, a inquietação e as tristezas vieram contar outra história. Não que essa maneira tranquila da vida se apresentar em seus dias bons não fosse verdadeira: ela era, fazia parte do que eles conquistaram, era expressão da vida que tinham agora. Os Yudjá eram um povo cheio de conquistas. Embora — e apesar, e ainda que — tenham seu dia a dia constantemente transformado pelos impactos da usina.

Sentados nos bancos no centro da aldeia, contaram como foram os anos de construção da obra. Todos queriam falar.

— Você viu a quantidade de carapanã? Hoje até que tá bom. A infestação vem das pedra descoberta e da água empoçada. Tem dia que num dá pra ir pra roça, nem pra ficar lá fora. Até a meninada se mete debaixo do mosquiteiro.

— Nosso jeito de pescar teve que mudar por causa deles. Legião de carapanã assomando à noite, a pesca de caniço virou um inferno. Mudamo pra pesca de malhadeira e tarrafa. Nem te conto tudo.

— Pode contar que eu quero saber. Passei tempo demais fora — disse Maria.

Ela já tinha visto pacotes de biscoito e de Miojo na casa de Madá. Mal conseguia imaginar as alegres crianças da aldeia dentro de casa, deitadas no tapete de juta. Não brincando no rio, não comendo peixe com farinha. Comendo miojo e assistindo a desenhos na tevê.

— Agora tem dia que nosso rio dá medo. A qualquer hora o barramento pode estourar e a gente morrer tragado por uma onda gigante. É nosso pesadelo desde que a usina começou a operar. A gente pensa no que aconteceu em Mariana. E aqui mesmo já quase aconteceu.

— Quase. Logo no começo da operação, teve uma noite que, sem avisar nada, eles liberaram um volume enorme de água que levou embarcação, equipamento, tudo que estava na beira do rio. Quase que me levou junto.

— Tu escapou porque trepou no primeiro galho que viu e gostou tanto que por pouco num ficava morando lá que nem macaco.

A roda riu.

— Vira e mexe chega boato que a barragem tá rompendo, e aí é um pesadelo, todo mundo correndo pra pegar bolsa, documento, e se juntar na escola que tu viu que fica na região mais alta e mais longe do rio. Tu já pensou o que é viver com esse medo permanente?

Yudjá com medo do rio!?, Maria se espantou, embora nada tenha dito. Madá compreendeu seu olhar. O vice-cacique também:

— Coisa impossível de acontecer antes agora tá acontecendo, Maria. A aldeia ficou de luto há pouco tempo e tá de luto ainda. Tristeza enorme. Nosso irmão morreu afogado. Não sei se tu lembra dele. Era mais novo, bonito que só. Conhecia o rio como todo Yudjá, mas é que o rio mudou. Agora o mergulhador tem que ir lá na profundeza pra pescar os peixe ornamentais. Ele foi pescar o acari-marrom. E de lá, no fundo do Xingu que não é mais o mesmo Xingu, ele não conseguiu voltar. Tinha vinte anos. Agora, me diga, quando já se viu Yudjá morrer afogado?

Sem querer, Maria Altamira como que viu a figura do pai jogado na areia da prainha.

— Pescar acari ficou perigoso. O rio ficou tão perturbado que os acari se escondem nas pedra lá do fundo. Só que a renda que a gente tinha com os outro peixe diminuiu, então é preciso pescar mais acari, tá vendo? E assim vão fazendo do nosso Xingu um rio de morte. Pra gente desistir. Fazendo a gente viver nosso etnocídio todo dia. Todo dia um pouco.

Maria não tinha o que dizer. Até as novas palavras que seu povo aprendeu são de coisas ruins. Etnocídio. Impacto ambiental. Indenização. Pergunta por Nuria, uma das mulheres Juruna que a tratava com carinho e quem mais lhe contava do pai.

— Ficou no Paquiçamba. Nós mudamo pra cá. Mesmo pra dentro do nosso povo, uma força má vem da usina e entra no espírito de muita gente, trazendo desentendimento.

— Dividindo pra governar, não é isso que eles gostam de fazer?

— BASTA! — foi a voz do cacique. — Vamos falar das coisas boas. Maria Altamira tem de saber das nossas conquista. Ninguém aqui tá vencido, Maria. Ninguém tá resignado. O foco da nossa luta é que teve de mudar. Se a usina acabou vencendo a primeira briga e o barramento foi feito, agora é preciso brigar para que o impacto seja o menor possível.

— A gente era canoeiro, pescador, caçador e guerreiro, agora viramo também pesquisador — riram. — Aprendemo a fazer monitoramento da qualidade da água, da navegação, dos peixe, das condições da pesca do acari, da vegetação, da floresta, dos bicho, da nutrição e saúde da aldeia.

— Muita gente boa nos ajudou, continua ajudando. Aprendemo a coletar os dado para contrapor aos da usina. Ela faz um monitoramento do jeito dela, deixando muita coisa de fora, ou falsificando mesmo. E nós vamo lá e mostramo os dado que coletamo. É assim que a gente tá fazendo agora.

Maria entendeu perfeitamente. Contou do prédio onde havia morado em São Paulo. Como muitos profissionais também ajudavam com o que sabiam.

O professor Natanel foi buscar vários dos folhetos que tinham feito. Até um livro com os resultados desse monitoramento e muitas fotos coloridas. Maria era só espanto.

— Agora, a luta é também pela vazão do rio. Não tem água suficiente para movimentar as turbina de Belo Monte e ao mesmo tempo manter a vida do rio, da floresta e a nossa.

— Os peixe tão agonizando preso nas pedra. Quando tá mais cheio, eles procuram alimentos na várzea e acabam presos no seco quando a água escasseia outra vez.

— Tamo aqui resistindo. Todo dia. Toda hora, a bem dizer. E é assim que vamo continuar.

Ao contar de suas vitórias e das lutas, a satisfação deles era imensa. Maria sentia a força, o entusiasmo. Sofreram demasiado, mas estavam inteiros. Enfrentaram o que tiveram de enfrentar, e ainda enfrentarão, mas no meio da desgraça o que ela entendia com tudo o que escutara e via agora, um tanto maravilhada, era que seu povo estava de pé. Havia um orgulho extraordinário naquela aldeia que resistia, conseguia vitórias, e cuja autoestima reluzia em cada um.

Maria sentiu uma alegria que já não achava possível. Como seus parentes são bonitos! Como gostaria de ser de fato uma entre eles!

Ao mesmo tempo se deu conta dos poucos anos decorridos para tanta mudança. Quantos mais teriam que passar para que os indígenas da Volta Grande pudessem viver sem ameaças?

No barco, na volta, ela foi repetindo o gesto que havia séculos era repetido ali, recolhendo na mão a água transparente do Xingu sagrado que servia aos povos da floresta. Lavou o rosto e matou a sede. À luz vermelha do sol que começava a se pôr, ela como que viu, acompanhando o rio, o vulto do pai e da mãe — sim, da mãe. Alelí também viveu ali, e Maria por fim se sentiu em paz com a mãe. Seu coração doeu de amor. Como explicar a força-ímã com que a terra onde fomos criados nos atrai? Como explicar seu amor profundo por aquele lugar espoliado, ultrajado, em guerra e ainda assim com essa beleza que a assombra?

Beiradeiros

Maria Altamira queria rever dona Imaculada, mãe de Nice, que agora morava em um dos novos bairros de reassentamento dos ribeirinhos, distante do rio. Já tinham lhe contado que as casas pequenas estavam pintadas de várias cores, mas o que ela mais estranhou foi ver que nas ruas e nos minúsculos quintais não havia nenhum verde. O solzão a pegou com força assim que desceu do ônibus.

Encontrou dona Imaculada sozinha em casa, amassada e murcha como se um caminhão de cimento tivesse passado por cima dela. Nada da vivacidade de antes, só a tristeza dos que não se reconhecem mais. Contou-lhe da morte do marido. Da preocupação com a máquina retroescavadeira que a filha manejava. Das saudades do rio, agora tão distante de sua capacidade de chegar até ele.

Maria não reconheceu o que sentia. Tristeza, raiva, impotência? Seus olhos se estreitaram, seu nariz se franziu, e ela teve que se erguer do banco onde estava sentada e chegar até a porta para esconder a emoção que não sabia como extravasar.

Viu chegar Raimunda com seu José, o marido. Raimunda, espigada e falante, como sempre foi. Seu José, não. Parecia mais velho. Junto, uma mulher grisalha que ela não sabia quem era, um nenê no colo. Viram Maria Altamira chegar e queriam participar da conversa. Todos se acomodaram na salinha de dona Imaculada. Nisso, chegou também Gilmar, que ficou parado na porta e não foi de meias palavras para lhe contar o que acontecera, quando Maria perguntou como eles foram parar ali tão longe do rio.

— Trataram os ribeirinhos como se a gente fosse cachorro. Jogaram qualquer coisa como se joga prum cão. Tinham prometido que as casas seriam de alvenaria e de tamanhos de acordo com as família, mas todas são iguais e feita de um cimento tão ruim que não aguenta nem a rede em que a gente dorme. As paredes tão rachando tudo.

— Os homens ficaram que nem morto-andante, fia — disse a senhora que Maria não conhecia. — Num sabiam pra onde ir. Antes iam pro rio e traziam peixe pros filho. Hoje saem pra num ver filho pedindo comida.

— A água engoliu a roça, a mangueira, o cajueiro, as lembrança que a gente criou — disse Raimunda. — Tiraram a gente do rio, da mata, dos vizinho antigo, e nos puseram neste amontoado de casinha, onde foi preciso colocar grade nas porta e janela, de puro medo.

A senhora, de nome Neuseli, perguntou:

— Tu sabe como é o medo, fia? Toma seu corpo e te paralisa. Difícil de lidar. Eu que tomava banho no igarapé, andava pela mata, agora num saio de casa com medo do que num conheço. Tiraram a gente de nosso chão e nos penduraram de cabeça pra baixo. Foi o que fizeram.

Ter alguém para escutar destravou a fala daquelas pessoas, Maria se deu conta. Alguém para escutar. E ela escutou, o sangue pulsando, o coração adquirindo status próprio, os olhos se dilatando de indignação.

— E o dinheiro? — continuou dona Neuseli. — Antes a gente pegava e pescava, plantava, catava. Agora tem de comprar. Cadê o rio? Cadê a mata? Cadê os bicho? Acabaram as referência que a gente tinha. Teve um psicólogo que veio aqui, um doutor que escutou a gente, e falou bem claro, ele que sabe das coisas, disse que fizeram conosco um crime psicossocial. Tá vendo? O crime tem até nome. É nome complicado, mas eu guardei.

— E não precisava ter sido assim — esbravejou Gilmar.

— Foi completa ausência de consideração.

Raimunda, cuja liderança havia despontado com a situação em que a construção da usina os colocou, arrematou:

— Saí numa reportagem na televisão denunciando o que tava acontecendo, e eles vieram me dizer que iam me pagar uma indenização boa, mas só pra mim, não pra todo ribeirinho. Eu disse que num aceitava. Num sei mexer com dinheiro, eu disse, só sei mexer com dignidade. Daí eles sumiram. Até agora num apareceram mais.

Maria estreitou os olhos, sorriu para Raimunda, que sempre foi assim, sempre com uma boa resposta na ponta da língua. Agora tão sofrida, mas ainda a mesma.

O nenê quieto no colo da mulher choramingou e acordou. Ela o apresentou:

— É meu bisneto, Raimundo Wilson, Wilsim. Filho da barragem, a gente diz, como muito menino por aí. O pai, assim como veio, se foi, e ele a bem dizer nasceu órfão, a mãe novinha demais pra dar conta de criar. Minha neta tem treze anos, por pouco não morreu no parto. Agora, tenho que cuidar do filho e ficar de olho na mãe dele pra que num arranje outro.

Maria pegou Wilsim no colo. Leve, magro, olhão fundo. Mãozinhas bem-feitas agarrando com determinação seu dedo. O que Maria podia fazer exceto tentar deter a angústia, nem que fosse pelo curto momento em que sorria para ele? Já tão despossuído, ela não lhe negaria pelo menos um sorriso, uma minúscula aceitação de sua vida nem que fosse apenas enquanto se levantava com ele no colo e o levava para tomar um pouco de ar fresco, tirando-o do calor da sala sufocante.

Ao voltar para casa, ela não pegou o ônibus que passava pelo bairro dos reassentados. Eram poucos, demoravam a passar. Preferiu caminhar, sentindo a distância sob o sol incendiado da tarde. Passou por uma parte da periferia ainda mais miserável. Crianças com barriga d'água na beira de poças de água podre exalando fedor. E foi quando viu de longe algo que a paralisou: o largo um pouco mais à frente tomado por homens. Nunca viu tanto homem junto. Nem nas ruas de São Paulo. Um espaço grande coalhado de homens. Todos parados ali como se esperassem algo. Maria mal se deu conta de que suas pernas tremeram, o estupro esquecido se assenhorando de sua cabeça.

A mulher que vinha atrás a acalmou, "É dia de pagamento, fia. Os homem vieram receber. Antes era muito mais, isso aqui virou uma cidade de homens. Agora muitos já foram embora. Vem junto comigo que sei de um atalho pra não ter que passar no meio deles".

Quando se despediu de Maria, ela alertou: "Não saia de casa esta noite. Os bares e boates, as casas de luz vermelha, tudo vai ferver, as puta e os puto vão faturar, salve-se quem puder".

Maria não foi direto para casa. Não queria que Mãe Chica percebesse a inquietação que agitava sua cabeça. Seguiu até a orla. Ficou olhando o Xingu ali transformado em lago, o rio que viu acontecer tudo isso que lhe contaram. O rio que passava em seu longo leito, ostentando a grandeza de seu manto líquido de senhor poderoso, mas que poder tinha ele agora? "Viu o que os homens e suas malfeitorias fizeram com seu povo, meu rio?! Será que tu vai mesmo conseguir resistir?"

Ao chegar em casa, disse que não queria jantar, estava com dor de cabeça. Mãe Chica não se deixou engabelar:

— Que novidade é essa que tu nunca teve isso?

— Nada, não, mãe.

— Senta aí e conta. Num vá me deixar ficar aqui matutando à toa.

— Ah, a senhora sabe!

— Sei, sei sim. Tu num consegue ficar longe dos problemas.

Maria deixou escapar um suspiro.

— Tão diferente de Alelí. Ela queria fugir da dor que tinha; tu quer fuçar e continuar fuçando até dar um jeito na tua.

— • —

Faltava ainda uma última visita que Maria não queria fazer, mas Nice insistia. Queria levá-la para visitar a Vila Residencial de Belo Monte e conhecer seu namorado.

— Tu quer me levar nas entranhas do monstro? — perguntou Maria.

— Pra tu ver que ele não morde. Vou te levar pra conhecer meus amigos.

Maria não queria conhecer ninguém que tinha vindo de outras terras participar da destruição da sua; tampouco queria fazer desfeita à amiga, ainda mais agora que Nice havia confessado que estava planejando seguir com seu barrageiro para a próxima obra que fariam em outro lugar. Insistia para Maria conhecê-lo.

Sem conseguir evitar, lá foi ela. Seu bem-querer por Nice a levava a fazer coisas inexplicáveis.

O Centro era um salão grande, com sofás coloridos, jogos, televisão, mesa de bilhar. Maria sentou-se em uma poltrona logo na entrada, enquanto Nice foi chamar o namorado. *Então era também com esse tipo de recreação modernosa que o pessoal da construtora conquistava aqueles marmanjões idiotas? Pobre Nice, maravilhando-se com tudo aquilo! Pobre também de Lino, que, nessa noite, felizmente não estava ali. Desde que foi recebê-la no aeroporto, ela não o viu mais; seria constrangedor se o encontrasse ali.*

Chegaram os amigos, sentaram-se no sofá à sua frente, e um deles lhe perguntou:

— Tá contente com o que construímos em sua terra?

— Claro que não. — Ela apertou os olhos.

— Por que não?

— Tu gostaria se morasse aqui? Se visse seu rio destruído, fosse desalojado de sua casa e jogado no mundo?

— Égua! A moça tá braba!

— Que amiga é essa que tu arranjou, Nice? — outro barrageiro entrou na conversa.

— Liga, não, pessoal! — Nice riu, sentada no colo do namorado. — Ela é contra Belo Monte, mas sabe que não tem volta.

— Tu já viu o lago do reservatório? — perguntou outro.

— O lago morto daquela água assassina? — respondeu Maria.

— Eita que a moça tá querendo é morder! Tu sabe que era pra ser muito maior, num sabe? Era pra inundar uma área quase três vezes maior. Vocês que são contra deviam estar era contente, conseguiram diminuir o tamanho pra não alagar as terra dos índio e as mata. Só que no futuro as pessoas vão culpar os engenheiro de Belo Monte exatamente por isso. Por não aproveitar toda a área necessária pra usina funcionar com todo o potencial. Como ficou, na seca vai ter que reduzir a produção de energia. Vocês conseguiram estragar a obra.

Maria já ia responder, mas viu a cara preocupada de Nice. Tá certo. Precisava se controlar. Concordara em vir, esse pessoal era amigo de sua amiga, e, se não se importavam com o que causavam e estavam orgulhosos do que tinham feito, seria inútil abrir a boca. Não brigaria.

Jogando videogame em uma mesa próxima, um deles ergueu a voz:

— Sem Belo Monte ia faltar luz no país. Tem que ter orgulho disso e deixar de ser atrasada.

— E quem te perguntou alguma coisa, ô intrujão! — Nice gritou de volta. Ela parecia à vontade, dona do pedaço. — Vamos mudar o rumo dessa prosa, gente? — E, olhando para o lado da porta, se alegrou: — Olha lá quem tá chegando! Vem pra cá, Jurandir! Maria, esse é o piloto Jurandir.

E o imprevisto a atingiu bem na boca do estômago. Ali estava o homem de sua vida. Alto, bem moreno, um olhar que foi como se lhe desse um eixo. Vinha com um sorrisinho que se curvava um pouco nos cantos, dando-lhe um traço que podia ser de perversidade, ironia ou simples indagação. Apenas um movimento de lábios em arremedo de sorriso, como se em dúvida sobre o que fazer, continuar a tradição do conhecido ou aceitar a faísca de algo novo, a certeza de antes daquele momento ou a atração do desconhecido, como se calculando as consequências que poderia haver se puxasse aquela morena para sair dali e a levasse direto para a cama.

No pulso, um bracelete largo de contas verdes e pretas do artesanato Yudjá.

Começou assim o amor entre Maria Altamira e Jurandir, e uma alegria nova se instalou nos dois, reivindicando corpo e alma de cada um deles. Aconteceu ali o que acontece a todos os que se apaixonam, e que, mesmo sendo a coisa mais comum da terra, é intransferível e particular quando acontece. O amor, o sexo e a alegria passaram a fazer parte da vida do casal.

O mundo fechara um ciclo.

O piloto Jurandir

Desde que chegou, contratado para trabalhar em Belo Monte, se teve alguma coisa que surpreendeu Jurandir foi a garra dos indígenas. Ainda que fosse do Tocantins, também terra de índio, nunca havia tido contato com eles, fora um ou outro que mal lembrava. O que imaginava antes de ver a região — e sabia que muitos imaginavam assim — era que no Brasil praticamente já não havia índios. Que, de um jeito ou de outro, haviam morrido. Ou desaparecido. Ou viviam como um branco qualquer, miseráveis, bêbados, doentes. Estavam extintos — ou à beira da extinção — como as inúmeras espécies de animais e plantas e natureza que não resistiram à chegada disso que chamavam de civilização. Era imperdoável a injustiça que fora cometida contra eles, os primeiros nativos dessas terras invadidas pelos brancos, mas era coisa errada do passado, estava convicto de que jamais veria uma multidão deles até que chegou ali. E a surpresa de vê-los fortes. Corajosos. Admirou-os. Ouvia com atenção quando denunciavam que aí vinham os brancos outra vez tentando destruir o rio deles. Suas casas. Seu modo de vida. A economia da qual viviam. Não era uma injustiça do passado. Era de hoje. Era real. Estava ali.

Ele tentava se aproximar e conversar, queria conhecê-los melhor, mas ia pouco à cidade. Em uma dessas vezes, encontrou uma Juruna vendendo artesanato e comprou a pulseira larga, de pequenas contas verdes com desenhos geométricos de contas pretas.

Começou a pensar sobre o que eles denunciavam. Que peso teriam nisso suas idas e vindas pelo céu sobre o rio?

Jurandir vinha de família pobre, como todos de sua pequena cidade. A diferença é que seus pais fizeram questão que os filhos estudassem, nem que fosse na ponta de uma vara. O que não foi preciso com ele, esperto que nem filho do tinhoso, como dizia um vizinho quando o via. Enquanto os irmãos estudaram só o tanto que a vara do pai deu, ele e a irmã mais velha se aventuraram na capital para trabalhar e dar um jeito de continuar estudando.

Seu pai, descendente de escravos, como falava para quem quisesse ouvir, era um tipo reservado, cara fechada para os malfeitos dos meninos, mas bom dançador de catira e contador de histórias. A mãe, branca encardida como dizia, rindo, "não adianta esfregar", era de cantar, rir muito, apreciar o que a vida era capaz de lhe oferecer. Na memória de Jurandir havia um chão firme com muitas lembranças da infância alegre, entre elas a dança do pai levantando a poeira do quintal bem varrido, a cantoria da mãe no rio lavando a roupa, as irmãs torrando café no fogão, os irmãos e ele levando as duas vacas para o curral e no frio da madrugadinha ajudando o pai a tirar o leite que saía quente e espumoso das tetas cheias e era tomado por todos em canecas onde a mãe já havia colocado canela e açúcar, a espuma formando um bigode sobre os lábios saciados.

Ainda meninote, ao ver pela primeira vez um avião sobrevoando a estrada, viu-se tomado pelo desejo insano de voar também. Já tinha visto fotos de aviões — não era tão ignorante assim —, mas nunca um voando por cima dele e fazendo aquele barulho poderoso que o hipnotizou. Saiu correndo atrás do bicho alado e tropeçou em um toco, para gargalhada dos irmãos. Os mesmos irmãos que o chamaram de maluco quando ele declarou que seria piloto. Até pai e mãe caçoaram quando ele disse isso. Mas ninguém caçoou quando, aos vinte e três anos, foi visitar a família com a carteira de piloto privado e civil e a autorização para voar aeronaves pequenas.

— Deixa desse choro besta, mãe. Eu não disse que ia voar? Voei.

E sorria aquele sorrisinho com seu traço de ironia brincalhona ou, como agora, de claro regozijo, enquanto Maria o escutava com apenas um pensamento na cabeça: *Eu amo este homem, este.*

— • —

No comando de sua aeronave, Jurandir escutava muita coisa. Esse é quase um efeito colateral de profissões como a dele. Motorista, piloto de pequenas aeronaves, atendente de balcão de bar, todos acabam escutando confidências não solicitadas. Há um tipo de pessoa que, sem ter a mínima ideia de quem são eles, ou os vê como gente de confiança, ou não repara que eles também têm ouvidos, ou então despreza tanto os subalternos que não se importa com o que eles escutem, impotentes como são para lhe fazer algum mal.

Quando duas ou três autoridades entravam em seu avião, ele já sabia que escutaria o que talvez preferisse não escutar. A maior parte ele esquecia. Comentários superficiais ou de baixo calão, arrogâncias, bazófias, conversas de macho se gabando das caçadas. Mas algumas ficavam gravadas.

Teve uma manhã, ali em Altamira, em que um dos figurões quis mostrar o lago do reservatório para uma jornalista.

— Não é uma verdadeira obra de arte o que estamos vendo? — disse a ela.

— Daqui de cima parece até obra de arte no sentido da beleza, e não só da engenharia. Vocês vão ficar só com essa barragem? — ela perguntou. — Ou depois vão construir as outras três ou quatro previstas no projeto original?

— Veja — ele respondeu com o didatismo de senhor do assunto —, só com uma barragem, Belo Monte vai funcionar com plena carga no máximo quatro meses. O regime hidrológico do Xingu é simples: quando chove e desce a água dos tributários, o rio tem um volume enorme, mas isso acontece só quatro meses por ano. Na época de estiagem, a água é pouca. Tecnicamente falando, é certeza virem as outras barragens previstas para armazenar água. Seria uma aberração tecnológica deixar assim.

— Então não estão sendo verdadeiros quando afirmam que será apenas uma barragem?

— Estamos em *off*, certo? Uma pessoa inteligente como você entende o quanto seria ilógico construir uma usina dessas para funcionar só quatro meses. Será obrigatório construir mais barragens rio acima. Pode apostar nisso. Em lugar do Xingu como está agora, vamos ter lagos imensos como esta beleza que vemos daqui.

— E que também significará a remoção dos povos indígenas e beiradeiros e o alagamento de áreas de conservação.

— O futuro é esse, filha. Nem sempre é possível acomodar todos os lados. A exploração mineral dessas terras espera por nós. Taí a mineradora canadense Belo Sun que não me deixa mentir.

— Mas isso não constituiria crime? — perguntou a jornalista, como se surpresa com a conclusão a que acabara de chegar.

— Ah, ingenuidade! E eu pensando que você fosse mais esperta. — Seu tom de voz, que já vinha mudando, assumiu a rispidez. — Comandante — ordenou a Jurandir —, já podemos descer.

Cidade de homens

Ao redor do mercadinho, Maria Altamira encontrou Joesleide, que tinha montado uma banquinha de venda de tapioca,
dois filhos ao lado, ajudando. Estava bonita, parecia contente, interessada em saber como era a vida em São Paulo.
"E esses meninos bonitos, Leide? Como tu chama?", Maria
perguntou, virando-se para o maior, que estava mais perto,
recebendo o dinheiro e dando o troco:

— Gênesis Vanderlei da Silva — respondeu o menino.

De imediato, Maria lembrou a conversa besta que haviam tido tempos atrás, sobre o nome que Leide escolheria
para o primeiro filho.

— O pai virou evangélico e foi ele que escolheu o nome
— disse Leide, percebendo a surpresa da amiga e como que
murchando. — O menor é o Júnior. Eu queria escolher pelo
menos o nome deste, mas também não deu. Vanderlei não
deixou.

Seu humor mudou bruscamente.

— E tu? Por que voltou, Maria?

— Por saudade, Leide.

— Que saudade, mulher! A cidade acabô, num tá
vendo?

Quando a obra começou a demitir, o marido de Leide foi um dos primeiros da lista, e agora é ela quem põe comida na mesa com suas tapiocas.

— O cretino, em vez de ficar contente, fica é doido. Diz que não vendo só tapioca, vendo é outra coisa.

— • —

O reencontro com Leide não havia sido premeditado, mas com Saião, sim. O amigo de infância e juventude estava mais magro e mais forte do que era. Só músculos. Chefiava uma gangue de ladrões de carga. Desde o ensino fundamental, que não terminou, Maria Altamira era seu xodó, sua grande admiração. Saião jamais deixou de ser leal a ela, naquele tipo de amizade sem outro interesse que dar seu coração gratuitamente à pessoa amiga.

— Ei que tu tá diferente, Altamirita! Parece até que cresceu!

— Deu-lhe um abraço apertado e, rindo, a levou para uma vendinha nos fundos de uma casa conhecida apenas pelos iniciados. Gargalharam recordando as façanhas dos velhos tempos.

Com seu tipo de vida, Saião não frequentava os amigos antigos e se deleitou em saber que a amiga queria sua ajuda. "Coisa à toa, Saião", ela disse. "Pergunta por aí, a seus amigos de mais idade, e como quem não quer nada, quem eram os pistoleiros da região nos anos 1980. Quero saber o nome de quem matou meu pai. Tudo se sabe nesta cidade, e alguém deve ter essa informação. É só disso que preciso, o nome. Eu ficaria muito agradecida se você puder ir fazendo uma pergunta daqui, outra dali, com calma."

Saião levou um tempo para responder. Em sua vida, não dava para se comprometer sem ter certeza de poder cumprir a palavra dada. Ainda mais em se tratando de Maria Altamira. Falou:

— Tá certo. Mas quero que tu me prometa uma coisa. Que eu vô tá do teu lado quando tu for enfrentar o sujeito.

— Não sou eu quem vai enfrentar o homem, que num sou maluca. Aprendi muito bem aprendido a não querer fazer justiça com as próprias mãos, tu sabe. Custei a me recuperar daquela história, acho que nem me recuperei. E ainda me fez perder a amizade do meu irmão.

— Tu e Lino ainda tão brigados por causa daquele tarado?

— Brigados, não. Só que nunca mais foi a mesma coisa. Desde que cheguei, só tive com ele uma vez, acredita?

— Eu também num vejo mais seu irmão. No meu caso, num tiro a razão dele. Eu tenho esta vida que nem todo mundo aceita, paciência. Mas, pelo que sei, nem com Biu e Curau ele encontra mais.

— Biu me disse que ele vive enfurnado com o pessoal da usina. Contou da briga que ele teve com Curau.

— Briga feia, Curau num merecia.

— Mas comigo num se preocupe, não, viu? Só quero saber o nome do pistoleiro pra mandar pra São Paulo. Tem um grupo de advogados que vai me ajudar. Eles sabem o que fazer pra enfiar o assassino na cadeia, onde ele devia estar faz é tempo.

— • —

Não havia surpresa no caminho que Saião seguiu. Desde o útero da mãe drogada (pai desconhecido), o destino o marcara em uma cidade como aquela. Moleque, fazia seus bicos e roubava o que era preciso. Maria e Lino muitas vezes ficaram de tocaia para que ele furtasse frutas, farinha e pedaços de carne seca na feira. Com frequência, ele era um prato a mais na mesa de Mãe Chica, que nunca se conformou com a sina daquele menino. Dava-lhe todo tipo de conselho, arrumava pequenos bicos, fazia o que podia. Saião tinha enorme gratidão por ela. Quando passou a roubos maiores e a não poder ser visto em público, todo fim de ano aparecia em alguma madrugada com presentes para Mãe Chica e Maria Altamira.

Ao voltar de São Paulo, Maria havia pensado que talvez tivesse de visitá-lo na cadeia. Pensou errado. Saião estava em plena atividade e aparentemente satisfeito. Tinha conseguido o que queria. "O que posso fazer a não ser me tornar bom na única profissão que posso ter?", lhe dizia nas conversas que tinham quando jovens, e disse agora:

— Consegui ser bom no que faço, Altamirinha — contou, com seu riso fácil. — Sei como fazer, e o que não sei, aprendo. E tenho minha ética, tu sabe. Roubo só dos grandes. Matar também num mato. Quando tu tem cabeça pra organizar as coisa, num precisa. Às vezes, a fera sai dos trilhos e fica feia. Faz parte do jogo. A gente erra. Já roubei quem não devia. Já atirei em policial. Na perna, braço, essas parte. Minha pontaria é boa. Mesmo assim, é certo que vou acabar preso. Ou morto, o que seria melhor. Morrer de tiro, ali na hora, estrebuchar rapidinho no chão, num é ruim. É morte boa pra marginal. Melhor que ser enfiado na cadeia superlotada, ficar mofando ali espremido no meio do fedor de suor, mijo, porra e tudo mais. Perna e braço de homem suado no cangote, porque, se tu tá perto da grade pra pegar um pouco de ar, rapidinho alguém monta em cima. Mil vezes morrer beijando a poeira que entrar naquela escrotidão.

Enquanto isso, levo minha vida como quero, sou respeitado entre minha gente, num tô mal. Num mexo e nem deixo meus homem mexer com droga, já bastou minha mãe. Cachaça é bom o suficiente, e quem num aceitar que procure outro canto. Tenho meus rabos de saia por aí. Minha vida é boa. E dê cá outro abraço que nunca esqueço de ti nem de Mãe Chica. Deixa estar que logo tu vai receber o nome desse fidamãe que matou seu pai. Vai com Deus.

— E tu te cuida, viu? Visitar amigo na cadeia deve ser triste demais.

Nas águas de Manu e Alelí

Não tardou muito para Jurandir ir com Maria conhecer as aldeias Muratu, Paquiçamba e Furo Seco. Em Muratu, ficaram mais tempo.

Na roda de conversa, ele contou como passara boa parte de sua vida na ignorância, acreditando que os indígenas haviam sido exterminados ou que eram quase indigentes.

O cacique disse:

— Tem quem vê a gente com celular, caminhonete, barco a motor, casa de tijolo, e aí diz que a gente não é mais índio. Então eu digo: e tu aí comendo beiju, farinha, banhando no rio, pescando e caçando igual a gente, então tu é que virou índio!

Riram.

— O pior é que ficam ainda com mais ódio da gente.

— Mas tem uma coisa que é verdade. Perdemo nossa língua, e isso é ruim. Perdemo muito da nossa cultura, e isso também é ruim. Então, começamo a fazer um intercâmbio com nossos parente do Parque do Xingu no Mato Grosso, onde vive o maior grupo do povo Juruna, e eles falam a língua e praticam nossa cultura. Nossos jovem passam um tempo lá aprendendo, depois voltam e ensinam os daqui. E os jovem de lá vêm pra cá aprender a navegar e mergulhar, que nisso nós é que somo professor. As criança na nossa escola também vão aprendendo nos livro que nossa gente tá fazendo. Vocês ainda vão ver a beleza que isto aqui vai ficar.

— Já é uma beleza — Maria disse. — Tá me dando uma vontade grande de vir morar aqui. E também aprender a língua do meu pai.

— Venha.

— Venha mesmo.

— Você é nossa irmã.

— E pode trazer seu Jurandir.

Maria olhou para ele e viu seu sorrisinho indecifrável. Quem sabe poderia mesmo dar certo se viessem morar ali? Com seus parentes, o povo de seu pai, o povo que conheceu Alelí.

Jurandir perguntou o que significava o nome da aldeia. Natanel, diretor da escola, contou:

— Vem de muito tempo atrás. Quando os Yudjá ainda não conheciam os outros povos da região. Eles tinham um líder, de nome Muratu. Mas havia outros chefes também, e Muratu resolveu fazer uma festa em sua aldeia pra convidar todos eles. Tinha muito caxiri, e eles beberam e beberam. E acabaram matando o filho do Muratu numa briga. Muratu ficou furioso. Aí disse que ia fazer um remédio da folha da mandioca, que era bom pra tudo, e deu pros convidados levar. Só que o remédio era um feitiço, e os assassinos do seu filho morreram vomitando folha de mandioca. Foi daí que Muratu virou metade gente e metade onça pra proteger sua família. Até hoje é assim. Quando a floresta faz barulho, joga pedra, é Muratu protegendo o povo dele. Nós somos o povo dele.

O professor parou um pouco. Na verdade, quase ninguém mais contava essas histórias. Ele mesmo quase não contava. Vendo a roda animada, contou outra:

— Lá no tempo do começo, à noite, Senã'ã pegava uma pedra e a pedra ficava maleável na mão dele como se fosse barro. Com ela, fazia canivete, faca, facão, ancinho, cavadeira, muitas outras coisas, depois assoprava e transformava tudo em aço. Dessa maneira ele produzia até motor de popa e avião. Com ele também morava uma aranha gigante que operava uma máquina têxtil. No fim da tarde, os brancos da região deixavam pra ela sacos com algodão e na manhã seguinte retornavam para recolher os tecidos.

Jurandir comentou, entre as risadas:

— Essa, não!

E Maria lhe disse:

— Tá vendo como foi feito seu avião?

Pernoitaram e, no dia seguinte, foram ver o local onde outra ameaça mortal estava fermentando: Belo Sun, a maior mina de ouro a céu aberto do mundo, que uma mineradora canadense pretendia abrir bem na Volta Grande, bem do outro lado do Território Indígena.

Fazia muito tempo que eles viam os homens mandados por essa empresa se deslocando por ali. Desde antes da usina. Agrimensores, geólogos, os profissionais que uma mineradora precisa. Os indígenas viam, perguntavam. Os profissionais respondiam que tinham sido contratados para medir e estudar a área e era o que estavam fazendo. Só a empresa empregadora estava a par da finalidade, diziam. Mas quem disse que a gente é bobo? Dava para ver que eles estavam medindo o ouro daquela terra, que é muito. Daí, esses profissionais desapareciam por um tempão, até que outra vez voltavam. Não era exatamente dentro do Território Indígena, mas na frente. Que é uma região de pequenos mineradores que foram chegando muito antes e ergueram suas casas e virou uma vila pequena, a Vila da Ressaca. Pouca gente. Cuidando de sua vida. Amigos dos indígenas. Tampouco sabiam para quem aqueles homens estavam pesquisando a região. Ninguém sabia. Até que primeiro ficaram sabendo o nome da mineradora. E depois souberam o que ela pretendia fazer ali. Outro projeto gigantesco e criminoso na Amazônia. Mais outro. Mais um.

— Tem tudo a ver com Belo Monte trazendo a energia que eles vão precisar. Mais uma vez é a cobiça do branco. Querem tirar o ouro, deixar o rejeito tóxico dos produtos químico em nossa água e depois largar pra gente o maior buraco a céu aberto do mundo.

Jurandir sabia desse projeto. Sabia que era um dos interesses por trás da construção da usina e que existia até uma licença prévia expedida pelo governo do Pará. Sabia da batalha judicial que já começara e prometia ser ruidosa. Só não havia atinado com o fato de os indígenas e ribeirinhos estarem ali tão perto. E não imaginara que o rio que via de cima e agora ali a seus pés, em cujas águas se banhara e fizera amor com Maria, poderia morrer com mais esse impacto.

Tomou uma decisão:

— Se mais essa aberração for feita com este rio e seu povo, Maria, juro que arrumo outro canto pra voar. O céu tem muito lugar.

— • —

Conhecer o Xingu de perto, ao lado de Maria Altamira, provocou em Jurandir uma sensação tão boa que o fez lembrar seus primeiros voos solo. A emoção da decolagem, de levantar sozinho o Cessna 172 do treinamento, sentir as rodas se descolando do chão sem esforço, estar solto no ar, subindo, bem no meio do que visto de baixo é o céu; a euforia daquilo por muito tempo foi como uma droga. Sentia-se realizado, leve. Ele e seu pequeno avião, pássaro entre outros pássaros, abrindo passagem na imensidão por entre nuvens brancas. Sensação parecida com a que sentia agora, já de volta à cidade, com a decisão de começar vida nova.

Não, ele não era romântico nem idealista. Sabia das dificuldades que ia enfrentar. Como as que enfrentou depois que obteve sua autorização de voo e teve que pousar na vida real. As opções de trabalho para um piloto sem horas de voo eram restritas. Penou até conseguir seu primeiro emprego como piloto agrícola. Voar a baixa altura, com pistas estreitas e curtas, aplicando produtos defensivos. Não era o voo melhor do mundo, mas ele até gostava de ver o verde da plantação luzindo lá embaixo. Depois, conseguiu trabalho com um fazendeiro de Belém, transportando-o da fazenda para a cidade, da cidade para a fazenda. Ele e a família. Um sujeito divertido, mas sigiloso, que não abria coisa alguma. De vez em quando outros pilotos apareciam na fazenda, vindo da Colômbia e da Bolívia. Começou a desconfiar de alguma coisa não muito clara, mas ver, nunca tinha visto nada. Seu trabalho era para o patrão e a família. Tranquilo até demais. Ficava a maior parte do tempo à toa. Não aguentou muito. Passou a trabalhar para uma empresa de desmate e reflorestamento. Gostou de voltar a voar no Cessna 172, seu favorito.

Uma aeronavezinha robusta, fácil de pilotar, que opera bem em pistas curtas e mal preparadas, o que mais se encontrava por aí. Gostou também da camaradagem. Era uma das coisas que o faziam apreciar o trabalho em empresas maiores: a camaradagem. Fez bons amigos pelos lugares por onde passou. Dali foi para uma fazenda ganadeira, no Mato Grosso. Uma beleza ver o riozão branco do gado embaixo. E assim foi descobrindo que a vida de piloto do seu tipo é esta: voar de nuvem em nuvem, hoje aqui, amanhã ali.

Só que agora se cansou. Queria saber melhor para que estava servindo seu trabalho.

Enquanto isso

Alelí acomodou-se entre as sapopemas de uma sumaumeira centenária. A mata em volta tinha a exata beleza que aprendera a ver com Manu, e ela deixou seu pensamento ficar nele e no rosto imaginado de sua filha viva, parecido com o rosto do pai. Ali estavam eles, ao lado de Illa, que já não tinha os braços estendidos, mas sorria. De uns tempos para cá, sua Illita vinha aparecendo sorrindo nos braços da irmã.

Manu a ensinara a entender a língua da floresta, a vida em cada folha como aquela marrom-alaranjada em sua mão; em cada inseto, como o bichinho esperto que subia pela folha ressecada, virava-se todo para outro lado, como se nada fosse, passava para seu dedo, continuava pela palma de sua mão e seguiria pelo braço vencendo os obstáculos de suas pequenas cicatrizes se ela não o fizesse subir outra vez pela folha e o depositasse no monte espalhado de outras folhas e galhos secos a seu lado, onde outros bichinhos e formigas se preparavam para se refestelar em sua carne. Ela não se importava quando eles a picavam e mordiam um pouquinho, transformando-a em banquete. Deixava-se envolver por aquele mundo, contaminar-se por tanta vida. Sentia a mudança que vinha se agitando dentro dela, acumulando forças para voltar a ver a filha viva. De longe. Apenas para ver seu rosto, sua figura. Depois, abrigá-la em sua memória.

Já havia algum tempo ela se juntara à multidão que caminhava pela estrada à procura de um lugar. Sentia aquela força de resistir e procurar. *Nos momentos de descanso, cantava para eles. As canções de que eles gostavam. Canções de esperança, canções que fortalecem. Canções, ela se deu conta, que foi aprendendo por onde passou. Eram muitas. Demorou para realmente entendê-las, mas aprendeu. Com Don Rodrigo, com Atahualpa, com Zimbo e Nego, com os Juruna, com Chica, dona Cutute, com Silmara. E com Manu. Pessoas que conseguiam entender o mundo e se deixavam abraçar pela vida. Como ela gostaria de poder ter sido assim!*

Com um gesto de muita suavidade, ela então deitou a cabecinha de Illa e suas tranças em uma de suas pernas e, na outra, a cabeça de abundantes cabelos negros da filha viva. Cantou para as duas.

Rei do Mogno

Maria Altamira ainda não havia conversado com Jurandir, mas a ideia de morar na Muratu a atiçava como fogo em lenha boa. Fazia seus planos. Tinha visto que eles realmente precisavam de alguém da área de computação. E Bel Juruna precisava de ajuda para suas pesquisas de nutrição e dos atendimentos básicos de saúde na aldeia distante de médicos e hospitais.

Antes, no entanto, sua ideia era cumprir a promessa que fizera a si mesma e que matutava em sua cabeça desde aquela primeira visita que fez aos parentes e ouviu como os madeireiros haviam montado a emboscada para matar Manu Juruna. O buraco da bala. A mentira do afogamento. A vontade nascera ali como uma promessa: haveria de levar o homem que matou seu pai para a cadeia.

Já havia passado pela delegacia, a mesma em que um dia foi denunciar o estupro.

Sabendo que não seria reconhecida, pôs sua melhor roupa e foi até lá. Aproveitou sua experiência de trabalho na firma de advocacia para se apresentar como advogada de São Paulo, doutora Nádia Pereira. Na bolsa, uma carteira falsa da OAB conseguida nos esquemas da megalópole. Declarou para o assistente do delegado o motivo de sua visita: fazia parte de um grupo de advogados de São Paulo que estava investigando o assassinato do indígena Manuel Juruna, ocorrido em 1980, em algum ponto do rio Xingu, supostamente mais abaixo da Volta Grande. Requisitou os documentos sobre esse crime. Por obséquio.

— Sinto muito, doutora, o delegado num tá presente neste momento.

— Mas o senhor com certeza tem autorização para ver o arquivo, não tem?

— Sim, doutora. Posso ver isso pra senhora. Mas num deve ter nada. A doutora sabe como papelada antiga desaparece. Parece que criam perna, a senhora num concorda? He-he-he.

Maria tinha sentido uma antipatia instantânea pelo homem alto, de cabelo claro, nariz adunco, pele quase albina superlotada de pequenas manchas de sol. Em frente a ela, naquele momento, ele estava se achando o rei da delegacia enquanto arrumava o pinto na calça e soltava seu "he-he-he" a cada "A senhora num concorda?".

Houve batidas de gavetas, farfalhar de papéis e variadas imprecações nos muitos minutos que durou a busca fingida nos fichários da sala ao lado, até voltar com a resposta de que não tinha nada arquivado, o pessoal daqueles anos tinha sido transferido, e a equipe atual estava na região havia pouco tempo:

— Quanto tempo, Donaldy? — gritou para alguém na outra sala.

— Pouco — veio a resposta, e ele aproveitou para caprichar na cara de Pôncio Pilatos. — Encontramos tudo em petição de miséria, a senhora entende, doutora. Por esse interior todo é sempre a mesma coisa. Ninguém sabe o valor de um arquivo. Acham que é só papel velho, he-he-he. A senhora num concorda?

Imbecil. A doutora *ad hoc* mudou a pergunta:

— Havia alguma investigação sobre o Rei do Mogno? Vocês certamente sabem quem era.

— Ei, Donaldy, tu já ouviu falar do Rei do Mogno? Traficante, doutora?

— Não. Madeireiro.

A voz de Donaldy respondeu da outra sala:

— Proprietário de fazendas, mas nunca morou por estas bandas. Um dos grandões do Paraná. Falecido faz tempo.

— Então, doutora. Falecido. E, se é falecido, pode-se dizer que também tá enterrado. Que é onde tudo acaba, a senhora num concorda? Morto e enterrado, porque Deus escreve torto por linhas certas. Ou o contrário, perdoe meu latim, he-he-he.

Maria apertou os olhos. Querendo se exibir, é? Ótimo. Ela entraria no jogo.

— Sendo informado como o senhor é, deve saber muita coisa. É crime antigo, nossa investigação é só *pro forma*. Só para constar, o senhor com certeza sabe perfeitamente como funcionam essas coisas.

— Se me permite meu conselho humilde, doutora, se é crime antigo, a senhora pode esquecer. Crimes desses antigos não têm mais solução. E crimes novos se empilham aqui em nossa mesa todo santo dia. — Apontou para a papelada desorganizada a seu lado. — O caos se instalou na cidade. E, se posso enfatizar melhor meu conselho, mexer em crime antigo é fuçar em casa de marimbondo grande.

— Eu agradeço o conselho — continuou Maria. — Mas, repito, é só para colocar um ponto-final na investigação. Obsessão de advogado paulista, sabe como é? — E foi sua vez de tentar soltar uma risadinha que, apesar do esforço, saiu chocha.

— Estou vendo que a senhora é uma pessoa que entende das coisas. Sabe que essa gente é assassina. Perigosa, doutora. Contratam pistoleiro pau-mandado e se acabou. Sabe-se lá a importância de quem mandou. Pode ser madeireiro. Pode ser traficante. Pode ser dono de terra ou autoridade. Pode ser tudo isso ao mesmo tempo. Aqui tem muita gente importante, a senhora num concorda?

— Concordo. Com a experiência que o senhor tem e o conhecimento sobre a região, com certeza está coberto de razão.

— E não era só esse Rei do Mogno, não, que já tá enterrado e, se faz é tempo, pode-se dizer também comido pelos vermes e fazendo parte da podridão da terra, desculpe o meu latim, he-he-he! Melhor voltar pra São Paulo que esta banda daqui não é das mais adequadas pra advogada jovem. — E outra vez, com os olhos cobiçosos, mediu-a de alto a baixo, como fizera desde que ela entrou na delegacia.

Maria olhou bem para ele. Não ia sair informação que prestasse dali, a não ser bazófia. Era melhor ir logo embora. Mas, antes de dar um grande suspiro demonstrando o desgosto de ter perdido seu tempo, constatou o que nunca vira: as pestanas brancas do sujeito. Teve vontade de focar melhor aquele detalhe extravagante, mas o esforço que estava lhe custando tal conversa chegara ao limite. Aquele policial poderia estar mentindo ou até falando a verdade, o fato é que não a ajudaria. Despediu-se formalmente e saiu.

Que o Rei do Mogno havia morrido, ela já sabia; a internet lhe dera essa informação. Como sabia também que alguém estaria ocupando seu lugar e que haveria outros como ele, outros mandantes dos crimes não solucionados que abundavam na região. O jeito era ir até São Félix do Xingu, na Terra do Meio, já que era mais por aquela região que o homem reinara. E que ele apodrecesse mesmo e fosse comido pelos vermes mais repugnantes dos cemitérios, pelo menos isso o imprestável do policial tinha dito certo com seu latim. Quem ela havia prometido a si mesma encontrar era o pistoleiro, o homem que atraíra seu pai para a emboscada e lhe acertara a bala em sua canoa amarela, justo no meio do rio dele, onde Manu com certeza se julgara a salvo.

Na aldeia do Paquiçamba, Maria já havia perguntado aos Juruna de mais idade o que se lembravam sobre o assassinato. Lembravam pouco. O mandante, sim, sempre foi dito que era o Rei do Mogno, mas do pistoleiro mesmo quase nada se sabia. "Gente da Terra do Meio", Nuria havia dito. "Manu passou um tempo naquela terra de pistoleiro, foi de lá que trouxe aquela Alelí com sua casca de tatu, aquela sua mãe. Tenho pra mim que, a essa altura, é capaz de ele já ter morrido ou fugido. Ou, então, era só empregado de uma daquelas fazenda desgraçada. Se tu um dia descobrir, Altamira, me avisa. Tou velha, mas ainda capaz de vingar a morte de um homem bom como seu pai."

— E quem foi com ele no barco, Nuria? Ele estava sozinho?

— Na hora tava. Nico era o companheiro que foi com ele até a aldeia ameaçada. Lá Manu recebeu o recado dos homem da emboscada. Queriam ter um particular com ele. Que fosse sozinho em sua canoa pra tal e tal lugar. O cacique falou pra ele não ir. Nico também. Os parente falaram pra ele não ir. Só que Manu não tinha maldade. Era bom demais. Bom até pra cair em emboscada. Disse que precisava ir pra saber o que eles queriam. Se não fosse, ninguém ali teria paz.

— E Nico?

— Morreu faz tempo. Esse penou muito com a doença que teve.

— E o povo dessa outra aldeia que ele foi ajudar não sabe mais nada?

— Sabe, não. O lugar nem era aldeia. Era pouca gente que tava lá. Os da época morreram ou foram pro Parque do Xingu. Tu vai no lugar agora, num tem mais árvore nem gente. Só descampado. Cabô tudo.

Um domingo

Maria e Jurandir estavam na orla, perto da mureta que cerca a praia artificial. Um rapazinho indígena, acompanhado de outros dois, juntava gente, cantando um rap:

Vou lhes contar essa história

Que tá longe de acabar.

Do gigante Belo Monte contra o rio Xingu

Tão grande que o monstro é,

Não chegou inteiro

Foi cortado pelo pé

Pelos povos nativos

Erguendo borduna, lança, facão

Pronto pra resistir

Mas outra gigante quer vir

Belo Sun, mineradora

Canadense, fingidora

Ela vai ter que escutar,

Tamo cansado de ouvir

A ladainha que não vão cumprir

Querem enriquecer os outro

Outra vez nas nossas costa.

Desde 1500 é assim
Salvam os outros às nossas custa.
Agora acabou.
Nosso rio não vai morrer,
Xingu Vivo pra Sempre!

Mãe Chica também parou para escutar os rapazes, junto com Maria e Jurandir. Iam almoçar em um restaurante da orla a convite dele para comemorar seus setenta anos. Vestido de ir para igreja, colar e brincos de prata que no dia anterior esfregara com limão e sal para fazê-los brilhar outra vez, esmalte nas unhas curtas, batom claro nos lábios, o máximo de maquiagem que usava, Chica era pura expectativa. Coisa boa no mundo é ter essa capacidade de ficar feliz com as pequenas coisas. Mas nem era só por isso. Avenor telefonara para lhe dar os parabéns e a notícia de que viria com a família no fim do ano. Conheceria o neto antes de morrer porque, isso, sim, de uns tempos para cá, desde que suas dores na coluna ficaram mais fortes e seu cabelo de grisalho passara à completa brancura qual imitação de lua cheia em volta de seu rosto redondo, vira e mexe pensamentos de morte vinham incomodar Chica. Sua morte. E a dos conhecidos. Ontem mesmo teve o velório de uma vizinha da rua antiga. Nem é que fosse lá muito amiga dessa vizinha, que vivia implicando com seus filhos, mas pelos anos de vizinhança se vira obrigada a rezar no seu velório. Foi quando ficou surpresa com o pouquinho de gente e quase nenhum conhecido. Os anos todos que morou naquela rua, cadê o povo dali, já tinha morrido? Ou nem isso mais existia naquela cidade invadida, o apoio da vizinhança nas horas de precisão? Nem entendeu direito o tamanho da tristeza que sentiu, sentada a um canto. Quando viu, teve que tirar o lenço da bolsinha de mão para limpar os olhos e assoar o nariz. Consternada com o quê, Chica, o quê? Que desatino é esse agora? Quantas vezes viu a morte de perto no hospital? Não ficou vacinada? Ou é que agora tinha começado a entender que era seu tempo de morrer que estava chegando?

— Se isso for música, eu tô mesmo é passando da hora de me retirar porque já num sei o que é música — comentou azeda, para espanto de Maria, que raras vezes via Mãe Chica com aquela cara.

Na caminhada até o restaurante, passaram por duas ou três casas de muros altos. Chica apontou para uma delas, dizendo que antes não eram muradas assim.

— Já entrei naquela ali. — Mostrando o murão cinza onde só havia o portão da garagem e uma porta pequena ao lado.

Acomodaram-se em uma mesa da ponta da varandona rústica que dava para o rio, cerveja gelada servida e, para Chica, o suco de laranja que ela pedira. Jurandir perguntou de quem era a casa onde ela entrara.

— De madeireiro dono de fazenda, de quem mais ia ser! Amigo do prefeito da época. Fui lá porque precisava trocar o curativo da mulher, ela não queria ir ao hospital, a enfermeira não podia, então me mandaram. Fui lá um tanto de vezes.

— Por que ela não queria ir ao hospital?

— Porque o hospital ia até ela, por que mais havia de ser? Era um corte danado de esquisito, me lembro do estrago. Perto da axila. Disseram que tinha sido acidente. Que ela estava com uma faca amolada e caiu de um jeito que a faca entrou enviesada assim — Chica mostrou o lugar no próprio braço. — Ninguém disse nada, mas duvido que alguma alma desse meu Deus tenha acreditado. Pra mim foi bom porque só assim pra conhecer casa de rico.

Maria, aliviada, viu que o humor da mãe estava voltando ao que sempre foi.

— É bonita por dentro? — perguntou.

— Se é! Cada móvel enorme daquele mogno mais escuro e envidraçado, sofá de couro, quadro pendurado, enfeite de vidro colorido por todo canto. A dona ficava no quarto cheio de armário, cama de cabeceira alta, tudo de madeira pesada, reluzindo, só vi igual nas novela. E também enfeite por todo lado pra onde se olhasse, coisa de rico mesmo. Do corredor vi outra sala que a empregada disse que era o lugar da casa onde o patrão ficava, também tinha uns móveis grandes de madeira escura e um quadro com a cara do presidente Médici. Foi no tempo da Transamazônica, e o presidente tinha até vindo aqui, por isso que eu...

— Mãe! — Maria a interrompeu, rindo. — Avenor me contou a história desse quadro! Lá em São Paulo, conversando sobre as coisas daqui, ele contou que um dia a senhora falou que tinha visto um quadro com a foto desse presidente Médici todo de faixa e medalhas numa casa de gente rica. E que ele disse: "Presidente, não, mãe, ditador". Falou que a senhora olhou pra ele e perguntou: "Tem diferença?!". E ele ficou calado. Não sabia responder. Até hoje, fica envergonhado só de pensar que não sabia a diferença.

Chica riu alto.

— De menino, Avenor era muito metido. Um tiquim de gente que tinha escutado alguém soltar essa sabe-se lá onde e repetiu, sem saber o que significava. Eu também era boba que só. Muito tempo depois é que fiquei sabendo o que é um e o que é outro.

— E alguém chegou a descobrir como a mulher se cortou? — Maria quis saber.

— Briga com o marido, o que mais havia de ser? Não comentei com ninguém, porque da minha conta é que num era, só que, quando eu tava lá fazendo o curativo, chegou uma amiga dela que nem olhou pra mim e falou do fulano sem dizer o nome, achando que eu num ia entender. "E agora, cadê ele?" "Se escafedeu pra fazenda", a dona respondeu. E falando mais baixo a amiga perguntou, achando que eu era surda: "Tu vai denunciar?". E a dona: "Tu quer me ver morta?". O corte era bem aqui, ó, como se ela tivesse levantado o braço para se defender. — E ergueu o seu para mostrar o lugar.

Logo tomou um gole do suco de laranja.

— Maria, olha! — Chica apontou. Eram duas crianças correndo atrás de um sagui no comprido piso de tábuas largas do restaurante. — Parecem vocês quando tinham essa idade correndo atrás dos bichim que aparecia! — Riu.

Enquanto escolhiam os pratos no cardápio, a conversa da mesa do lado chegava aos ouvidos de Jurandir e Maria. Um deles falava meio alto devido às crianças que passavam correndo entre as mesas:

— É meu limite, tá decidido. Amanhã mesmo peço demissão.

— Deixa disso, cara. Te acalma. Nosso papel é só fazer relatórios; a decisão é deles. Você só vai ser mais um antropólogo desempregado.

As crianças passaram correndo, fazendo Chica se sacudir de rir. Por entre o barulho, a conversa da mesa ao lado continuou.

— Os Arara estão se acabando, rapaz. Foi minha última viagem, te juro. Eles não têm mais roça, não pescam. O lixo na aldeia é de cabeça de boneca de plástico, carrinho de plástico quebrado, pacote de bolacha, garrafa PET. Ficam lá, parados, comendo bolacha, tomando refrigerantes.

— Te acalma.

O sagui passou correndo por baixo da cadeira de Mãe Chica, que não se aguentou, se levantou e seguiu as crianças. O gerente do restaurante veio ver o que estava provocando aquela agitação.

Na mesa ao lado, a conversa não se interrompeu, alheia à criançada.

— A gente fala e fala, faz os relatórios para nada. Tem etnias que estão conseguindo se defender, mas as de contato mais recente me dão vontade de rasgar meu diploma!

— E eu num sei!

— Você não tava aqui quando o Plano Emergencial chegou e eles falavam pras aldeias mandarem a lista do que queriam. Um cacique me contou que eles falavam: "Pode pedir tudo o que vocês quiserem". Ele perguntou: "Tudo que me der na telha?". "Sim, tudo." Ele não acreditava que iriam receber, mas receberam. Chegou um monte de quinquilharia. Tonéis de refrigerante, açúcar em quantidade, TV de plasma à bateria. Fico cada vez mais envergonhado de ter visto tudo isso acontecer.

— Sua mulher já sabe que você vai pedir demissão?

Mãe Chica voltou se abanando com o guardanapo. Ela e as crianças haviam acompanhado o gerente até o cercado de árvores a um lado da varanda onde havia outros bichos, e Chica veio contando:

— Uma família de saguis e araras, tartarugas, e deve ter mais bicho que num vi. As crianças ficaram lá. Tão se divertindo.

Maria sorriu para a mãe. Felizmente ela nada escutara da conversa da mesa ao lado. Agora estava lendo e relendo o cardápio, confusa sobre o que pedir. Jurandir sugeriu o tucunaré assado, o prato famoso dali. Chica aceitou, aliviada de se desvencilhar daquela abundância de alternativas que um restaurante de peixes perto de uma orla podia oferecer.

— • —

Na mesma noite, as duas já se preparando para dormir, batidas fortes ecoaram na porta da casa de Chica, Nice gritando os nomes delas.

— O que aconteceu? — Maria a fez entrar.

— Ele matou a Leide. — Nice engasgou. — O maldito do Vanderlei. Na frente dos dois meninos! Tá foragido. Vim te buscar pra ajudar.

Mãe Chica foi junto. Gostava muito da mocinha miúda, amiga da filha desde menina. Ajudaram a vestir o corpo frio que os policiais liberaram depois da autópsia. O assassinato aconteceu de manhã, antes que ela saísse para vender as tapiocas quentinhas dentro da cesta com o pequeno fogareiro, farinha, queijo e coco ralado. A poça de sangue na porta da casa, já esfregada com sabão e água sanitária, deixou um grande pedaço de mancha úmida impregnando o cimento e o cheiro ruim. A mãe de Leide se agarrava ao corpo da filha, querendo partir com ela, os dois meninos na casa de uma tia.

No dia seguinte, no enterro, Maria viu Saião, que ficou de longe. Cabelo oxigenado, bigode e roupa boa. Chica sussurrou no ouvido da filha: "Fala pra esse minino tomar cuidado que com esse disfarce ele num engana nem morto". Saião tinha namorado Leide quando adolescente. Assim que o caixão baixou, ele sumiu.

— Bem que Saião podia matar o canalha. Num dá mais pra ver marido matando mulher, parece uma praga! — A raiva saía no cuspe da boca de Nice.

— Quem casa errado nem dentro de casa tá a salvo — era a voz de Mãe Chica falando consigo mesma. Dois velórios tão perto um do outro tinham sido demais para ela. Apressando os passos para se afastar da roda, voltou direto para casa, tentando retomar a serenidade de suas coisas. A pequena sala arrumada, as panelas areadas, o fogão coberto com o forro que ela mesma bordara, os panos de prato de saco de aniagem alvejados e bordados com os nomes dos dias da semana, e no quarto sem enfeites, perto da cama coberta com a colcha azul de crochê que Maria lhe dera muito tempo atrás, a mesinha com as imagens de Nossa Senhora, agora com o acréscimo da imagem de Nossa Senhora da Boa Morte, aquisição recente.

Ajoelhou-se e rezou. Por Leide, pelos dois meninos órfãos de mãe e por todas as mulheres assassinadas na cidade e as crianças que deixavam. Pelas dores de todas elas. Pelas vidas perdidas. E pelos próprios filhos, Avelino e Avenor: "Que jamais levantem a mão para uma mulher, minhas Santinhas! E por Maria e seu Jurandir, que ele continue um bom homem e trate minha filha com amor, é só o que lhe peço, Senhora Poderosa, que também foi mãe, adorada pelo esposo e pelo filho, e por todos os santos e anjos do céu louvando sua glória, e que jamais sofreu nunca nenhuma violência apenas por ser mulher. Amém".

O trabalho

Avelino, o menino espigado, tinha virado um rapaz gorducho, mais parecido com a mãe do que com o pai da foto do casamento eternamente pendurada na parede da sala. Chica também pouco sabia dele, embrenhado lá com a turma da usina. Raramente visitava a mãe e, quando o fazia, era breve. "Seu irmão passou aqui feito um traque pra conferir se eu tou viva", ela ria. Nunca foi de se queixar e não seria agora que aprenderia. Mãe cria filho pra soltar no mundo, Chica sempre rezou por essa cartilha.

Maria já desconfiava que o irmão passava por lá quando sabia que ela não estaria em casa. O abraço com que ele a recebera no aeroporto, existira mesmo o abraço apertado que ela sentira, ou fora apenas uma ilusão de quem queria muito um abraço assim? E o sorrisinho junto com o "Tu não aguentou a barra, foi?" queria mesmo dizer o que ela pensara, fazê-la sentir outra vez sua moleza e covardia?

— • —

No começo de uma tarde à toa do fim de semana, Chica e Maria em casa, Lino chegou para apresentar a moça com quem decidira se casar. Edimilsa, nascida na cidade, trabalhava na recepção da Consórcio Norte. Jovenzinha toda enfeitada de brincos, colares, esmalte vermelho, cabelo arrumado em salão, toda segura de si, boca difícil de fechar, contou como se fosse tão natural quanto o ar que Avelino, agora sem emprego em Belo Monte, estava só esperando começar o trabalho na Belo Sun para marcar a data do casamento.

Maria se espantou. Sem querer, reagiu:

— Procurar emprego na Belo Sun, Lino? Tu tá maluco?

Até então calado em um canto e já chateado com a tagarelice da noiva, Lino revidou no mesmo tom:

— Maluca é tu querendo virar índia. A mãe já me contou que tu quer morar na Muratu. É assim que tu paga o trabalho que ela teve contigo?

Em poucos minutos, a discussão esquentou, a falante noiva de repente muda, Chica interveio.

— Parem com isso! Ninguém controla a vida do outro. Se querem brigar vão lá pra fora, que irmã brigando com irmão num admito em minha casa.

— É por essas coisas que num dá gosto vir aqui, mãe. — Lino se levantou de um tranco, puxando a noiva. — Maria Altamira é peixe hipnotizado pelo anzol. Pra ela tudo é tragédia. Mas é só da boca pra fora. Na hora que é preciso, ela arregaça.

— • —

Maria sentiu-se tão triste que foi quase como se tivesse perdido o irmão. Não queria aceitar o fato de Lino ter mudado tanto.

— O trabalho muda mesmo a pessoa — disse Jurandir, quando ela lhe contou a discussão. — Você começa a trabalhar fazendo uma coisa, e o fato de fazer aquilo todo dia, compartilhar daquilo, e tudo mais que lhe dizem o tempo todo no local de trabalho, aquilo sendo martelado a cada momento, mesmo inconscientemente vai mudando sua cabeça. Na usina é toda hora essa história de progresso, da necessidade de mudanças para melhorar a vida, quem tá contra é porque é a favor do atraso. Mesmo sem saber que tá mudando, a pessoa vai mudando. Como se fosse enquadrando a cabeça milímetro a milímetro. Os colegas de quem você gosta vão acreditando naquilo, e, quando você se dá conta, tá acreditando também. É o que aconteceu com seu irmão e também com Nice.

— O Lino era crítico, Nice nunca foi. Ela não precisou mudar pra achar que encontrou seu destino na retroescavadeira.

— É que também há uma beleza na construção de uma coisa. Na força que o homem tem pra fazer uma obra dessas. Você vai me desculpar, Altamira, mas tem uma beleza em uma obra, um valor, uma coisa que merece admiração. Não dá pra negar. E, de tanto trabalhar naquilo, a pessoa começa a ver só o lado dessa beleza, desse feito grandioso. Começa a acreditar nesse lado.

Os dois estavam sentados à beira da orla, e Maria estreitou os olhos intrigados para Jurandir:

— Não vá me dizer que tu acha bonito aquele monstro de cimento e o que eles fizeram aqui.

— O que tô tentando dizer é outra coisa. É que a gente precisa achar alguma coisa de bom no que tá fazendo — ele continuou. — Não é só pelo dinheiro, para ter um emprego. É dar um sentido praquilo. Eu vou te confessar que acho mesmo bonito ver lá de cima aquela aguaiada toda junta no lago.

É imenso, é como se o homem tivesse um poder que dá gosto de ter. E, sim, até o barramento eu também acho bonito, todo aquele cimento erguido e a água passando, a capacidade de criar energia para tanta gente.

— Não fala assim, Jurandir. Não tô te entendendo.

— Só quando a pessoa consegue sair daquilo, daquele centro, daquele jeito de pensar, Maria, é que ela se dá conta dos estragos que essa força faz. Conhece as pessoas de perto, como você me levou pra conhecer os Juruna, e passa a entender o impacto na vida deles. Nem vou falar dos ribeirinhos, desalojados do rio e colocados naquelas casinhas tristes que pintaram de cores alegres pra iludir que alguém pode ser feliz morando ali. A pessoa vê de perto a destruição que está ajudando a espalhar e... não, francamente, eu, por exemplo, não quero mais participar disso. Eu já andava cismado, e aí você apareceu. Tudo que você me mostrou, o amor que você tem por esse rio, essas coisas mexeram comigo. Me fizeram ter certeza de não querer participar dessa destruição.

Agora, sim, Maria reconhecia Jurandir.

— Essa é uma declaração do meu amor por você, Maria Altamira. Mudo de profissão, não tem problema. Já voei bastante, já vi muita coisa lá de cima, não tem problema. Aprendo a fazer algo que não interfira na vida de ninguém. Tenho quarenta anos, posso ganhar a vida de outro jeito: pescar, ir pra roça como quando era menino, o que for. E aprendo a ver a beleza da outra profissão que arrumar. Só não quero mais é trabalhar com empresas que, para construir alguma coisa, precisam destruir o que está em volta. Pra fazendeiro, também não. Muito menos pra madeireiro. Vou com você pra Muratu, Maria. Aprender a ser índio. Será que eu aprendo?

Era a primeira vez que Jurandir falava sobre isso, e Maria, que agora só queria pular nos braços dele, repetindo mil vezes "Amor, amor, amor", entendeu que a conversa era séria.

— Vamos aprender nós dois. Eu também nunca vivi como índia. E é uma escolha nossa neste momento. Se a gente não gostar, voltamos. Ninguém vai prender ninguém.

A Terra do Meio

Não muito depois do enterro de Leide, um moleque bateu na porta da casa de Maria para lhe dizer que Saião queria falar com ela. Poderia ser agora mesmo, se ela pudesse. Ela podia. Acompanhou o menino até a mesma vendinha que conhecera da outra vez.

A conversa com ele foi longa. Saião lhe trouxe vários nomes de pistoleiros da época, todos mortos ou sumidos. Ela entendeu que, por mais amigo que fosse — ou justamente por isso —, ele nunca lhe traria nomes de pistoleiros vivos. Seria envolvê-la em história de final imprevisível. "Pistoleiro é profissional da morte, Maria. Depois que mata um, pega gosto, quer estar com ela, vira amante. Matar é o revés de encontro de amor em uma terra que nem sabe o que significa essa palavra. Tanta gente já morreu por conta das grilagens, do desmatamento, da usina, que um até perde as contas. Mas, só pra te dizer, assim de um fôlego. Teve o Dema, o Ademir Federicci, não sei se tu conheceu? Era só ele começar a falar que todo mundo parava pra escutar. Assassinado aqui mesmo na cidade de uma forma que depois inventaram e ninguém acredita. A polícia disse que foram ladrões que entraram na casa pra roubar uma televisão e ele fez a besteira de tentar impedir. Logo ele, que nem televisão tinha. Depois teve o Brasília, Bartolomeu Moraes da Silva. A Irmã Dorothy. O Zé Cláudio e a Maria, sua xará. O Zé Cláudio tava fazendo uns sabonetes e um creme de castanha-do-pará. Dizia pros caras que vendiam castanheira pros madeireiros: 'Por quanto cês venderam suas árvore?'. Os caras respondiam: 'Tanto'. 'Pois esse é o tanto do lucro que tenho com meus produtos', explicava. 'Daqui um ano vou ter outra vez esse lucro, e cês num vão ter é mais nada.' Veja o perigo dessa ideia, Maria! E teve o João Chupel Primo, o João da Gaita, que denunciou uma rota de desmatamento ilegal. E teve muitos mais que morreram, como teu pai. Muitos mais. Tu fica cavoucando essas coisas, e as pessoas começam a falar. Mexa com isso, não, Altamirita. Vá cuidar da tua vida, que é muito melhor que a deles."

— • —

Maria saiu de lá abalada. Respeitava o amigo. Suas palavras tinham um peso que a conversa mole de um policial jamais teria. No entanto, estava encasquetada com a promessa feita a si mesma, o tipo mais renitente de promessa.

Como desistir?

Ainda não havia contado a Jurandir sua procura pelo assassino do pai. Contou à noite. Ele achou descabido, "Mexer com um problema desses, Maria!". Era muito maior do que a capacidade deles.

— Além disso, seu amigo Saião deve estar certo e o policial também: provavelmente o sujeito já morreu. Se ainda não fosse defunto, que vagasse sozinho com seus crimes!

Maria propôs uma última cartada:

— Ainda quero ir a São Félix do Xingu. É minha última tentativa, prometo. Se não der em nada, prometo que dou a promessa por cumprida.

Ele riu com a quantidade de promessas em uma mesma frase, mas disse:

— Então, vou junto. — Amadores como eles descobrirem o autor de um crime tão antigo lhe parecia impossível. Mas tentar não foi sempre seu mote na vida?

— • —

Foram muitas horas de viagem no Fiat vinho de Jurandir pela estrada cortada por poucos carros, várias caminhonetes e muitos caminhões carregados de madeira. Passaram por entre matas verdes, matas decepadas, troncos queimados, paisagem desolada, pastagens de gado, poeira, arremedos de asfalto.

Paravam nos postos de gasolinas e nas vendas da beira da estrada. Não tinham ideia do que iam encontrar, e o que encontravam eram conversas banais ou casos espirituosos contados por homens e mulheres às vezes gentis, às vezes rudes. Eles se apoiavam nos balcões, puxavam prosa. Conforme a conversa ia tomando corpo, lançavam uma ou outra pergunta, coisas vagas. Perda de tempo. Bobagem pura. Maria estava começando a se chatear consigo mesma, e Jurandir a olhava com seu sorrisinho de perversidade fingida e amor verdadeiro.

Quando sentiam mais confiança, puxavam conversas sobre pistoleiros, faziam uma ou outra pergunta mais franca. Era assunto delicado, mas ia longe. Apesar do temor de todos, existia um gosto generalizado em fabular sobre esses homens meio míticos na paisagem bruta daquela terra. O povo que os dois iam encontrando pela estrada tinha excelentes contadores de histórias de pistoleiros, era uma aprendizagem escutá--los, mas nomes e dados concretos só sabiam dos mortos.

Em uma dessas paradas, seu Hamílcar, homem cordial e atento, desses que inspiram confiança sem precisar abrir a boca, fez Jurandir tentar uma conversa de homem para homem. Puxou-o para um particular. Perguntou diretamente se ele sabia quem eram os pistoleiros do Rei do Mogno nos anos 1970 e 1980.

— Tudo enterrado, pode acreditar. Essa gente tem vida curta. Os que trabalham hoje, e num vou dizer que são poucos nem que são menos, são tudo gente nova, rapazote. Nos ano 70, terra virgem no cemitério era o que não havia, o coveiro tinha que enterrar um caixão em cima do outro. Agora parece que serenou um pouco, mas é que às vezes pode até ter calmaria, só que daí logo vem aquele alvoroço tudo de novo, os fuxicos. Continua a ter muita gente marcada de morte, isso tem mesmo. Mas os que matavam nos anos 70, anos 80, esses tão tudo morto.

— • —

Na estrada, ao ouvir o relato dessa conversa, Maria por fim reconheceu a inutilidade de continuar a busca. Não queria, não queria mesmo, mas se viu obrigada a admitir a impotência, a indignação pela impunidade, a raiva por ser tão fraca. A raiva. Bateu os punhos no painel do carro.

— Como meu pai vai me perdoar? Como vai entender a moleza de não ser capaz de cumprir minha promessa?

— Sua promessa não foi feita a seu pai, Maria, mas a você mesma criança. E não é moleza, é sensatez. Tá mais que na hora de desistir.

— Para o carro, para! — ela quase gritou.

Jurandir parou na beira da estrada. Maria saiu e foi se sentar em um tronco caído. Lá ficou um bom tempo. Jurandir via apenas sua cabeça e os ombros se mexendo, intuía os soluços.

Quando ela abriu outra vez a porta e sentou-se no banco, não disse nada.

Jurandir perguntou:

— Podemos ir?

— Faça como quiser.

Sem pensar muito, ele seguiu em frente.

O silêncio os acompanhou durante outros longos minutos, até que Maria disse:

— Me perdoa por ter te embarcado nessa maluquice?

— Com você embarco em qualquer maluquice, amor.

Outro silêncio, dessa vez mais curto.

— Tu quer mesmo morar comigo na Muratu e aprender a ser índio?

— Tá me pedindo em casamento?

— Tô.

Os dois riram, ele parou outra vez o carro na beira da estrada e respondeu, sério.

— Então, aceito. É claro que vou contigo pra Muratu. Tava só esperando que tu me pedisse. — Olhou para ela com seu sorrisinho. Depois ficou sério: — Tenho pensado muito nisso. Minha ideia é ver se precisam de piloto na prefeitura. Se não, mudo de profissão.

Continuou:

— Não vejo mais sentido em dizer que, se eu não fizer determinado trabalho, outro fará em meu lugar. Pois que faça! Eu, não. E se quiserem me chamar de ingênuo, iludido, que vida de índio deve ser dureza, eu respondo, que vida não é? Vou estar do seu lado e da filharada que vai vir.

— Tu quer ter filho?

— Como num querer?

— Então eu também quero.

A felicidade dos dois voltou a se instalar como companheira de viagem. Jurandir ia dar meia-volta para pegar o rumo de Altamira, mas percebeu que estavam mais perto de São Félix. Propôs:

— Já que chegamos até aqui, e acabamos de ficar noivos, vamos até São Félix comemorar?

A noite baixou quando ainda estavam longe do destino. Decidiram pernoitar no primeiro local que encontraram, um posto-dormitório. No pátio, sem contar o carro deles, só havia caminhões estacionados. Muitos. Quase todos com madeiras, cada tamanho de tora que dava dó. No salão do restaurante, só homens, e muitos: testosterona e rudeza preenchendo o ambiente.

— Devem ser uns cem — disse Maria, que só decidiu entrar porque estava ao lado de Jurandir.

— Cem o quê? — ele perguntou.

— Homens.

— Exagero, no máximo uns cinquenta.

— Entre eles deve haver pistoleiros.

— Pode ser.

— Desculpa. Esqueci que não quero mais saber disso.

Jurandir deu seu sorrisinho, dessa vez só de ironia.

Os dois estavam cansados, só queriam comer e se espichar em uma cama.

Serviram-se no balcão *self-service* de comida rústica, feita para os estômagos da estrada. Pediram uma cerveja, "A mais gelada que tiver", acrescentou Maria ao moço que os atendeu. Famintos, comeram o que conseguiram, mas na cerveja morna o único que tocou foi Jurandir, dois ou três pequenos goles.

Iam pedir a conta, quando entrou por uma porta nos fundos uma mulher de vestido vermelho e colarzinho de prata. Ela subiu com discreta elegância em uma espécie de palco armado que só agora os dois percebiam. Ligeiramente arredondada, cabelo castanho curto e ondeado, microfone na mão ligado ao aparelho de som, que começou a tocar o acompanhamento de uma dessas melodias que falam de tapas, beijos e dor de corno. Mais homens, saídos não se sabe de onde, apareceram e se aproximaram, de copo na mão, do pequeno palco. "Aí estão as cervejas geladas", Maria comentou com Jurandir.

E eis que a voz da mulher se ergueu como um vento incongruente varrendo aquele fim de mundo. Era extraordinariamente bonita. Os homens calaram-se, e, além da música, não se ouvia sequer o barulho dos talheres, ao redor apenas silêncio diante da voz surpreendente.

Maria sentiu um baque.

— Poderia ser minha mãe.

— Não, meu amor, não é. Essa mulher tem uns quarenta anos, no máximo. — Jurandir apertou sua mão.

No final da música, ele perguntou ao atendente que se posara como hipnotizado ali ao lado:

— Quem é ela?

— Dona Lisa Clélia, esposa de seu Aristides, aquele ali. — O rapazinho apontou um caminhoneiro troncudo que olhava para a cantora com adoração. — Ela viaja sempre com ele, e, quando passam por aqui, pernoitam. É por causa do palco... nem todo lugar tem palco — disse, com orgulho. — O palco foi feito pra ela. Foi seu Amâncio que fez, o dono daqui. — E apontou, sentado sozinho lá no fundo, um senhor esquelético, que, mesmo de longe, lançava ao palco um olhar embevecido.

Só bem mais tarde, a magnífica dona Lisa Clélia, em seu vestido vermelho muito decente, despediu-se, depois de ter atendido a vários pedidos de bis daqueles homens embrutecidos e ainda assim capazes de ouvir com reverência o dom precioso de uma voz que canta dentro da noite na estrada.

— • —

Naquela noite Maria não sonhou com pistoleiros, e sim com Alelí. Não exatamente com a pessoa de Alelí, mas com sua voz. O mesmo sonho que, embora raro, lhe acontecia sonhar desde pequena. O sonho sem figura, só a voz que chega de muito longe, e ela agora sabia que era da mãe. Seus pensamentos e sonhos, em geral, envolviam mais a figura forte e amorosa do pai, cuja história lhe era mais palpável, mais compreensível. Mais fácil lidar com pai morto do que com abandono de mãe. Ou talvez porque o lugar da mãe em sua vida fora ocupado por Chica; não era um lugar vazio. Já no lugar do pai havia apenas sua imaginação. Quem sabe por isso ela manteve, por tantos anos, esse vazio ocupado pela obsessão de encontrar o assassino. O lugar de Alelí, preenchido, deixara apenas o sonho sonoro. A voz da mãe que escutara no útero. O som, o movimento, o ritmo. O sonho do qual sempre acordava melhor.

Contou-o a Jurandir.

— Estou vendo que foi um sonho bom, Maria Altamira. Parece até que você tá mais linda.

— Seu bobo!

— Sabe que acho curioso você ter se preocupado tanto em encontrar o assassino do seu pai morto, e não sua mãe viva — comentou. — Deve ser mais fácil encontrar mãe viva do que pistoleiro sem nome.

Maria se calou por um momento.

— Pode ser estranho, mas nunca pensei em procurar Alelí. Durante muito tempo, tive muita decepção, raiva, confusão. Não entendia por que ela havia me abandonado. Não queria pensar nela. Aí, de repente, fui, sei lá, a perdoando ou entendendo, mas deixando um lugar para ela. Comecei a procurar sua voz. No meu iPod só tem músicas de cantoras, tu sabe. Tenho certeza de que reconheceria de imediato a voz que me chegou quando eu estava mergulhada na barriga dela. Todo meu corpo escutava. Deve ser por isso que sonho. Acho bom.

E voltou a ficar calada.

— • —

Na estrada, Jurandir retomou a conversa:

— Nem o sobrenome de Alelí você sabe?

— Não. Nem se eu quisesse ir atrás dela, seria possível. Pode ter voltado pro Peru, pode estar em qualquer lugar do mundo. Mãe Chica disse que ela acreditava que sua sina era não parar em um lugar.

— Certo, não vamos mais falar de nenhum dos dois. E pelo menos agora sabemos que o assassino do seu pai com certeza está morto.

— Se tiver, bem. Se não tiver, amém — respondeu Maria, mostrando que realmente não queria mais pensar naquele maldito pistoleiro.

Jurandir riu. Os dois estavam de muito bom humor.

— • —

Chegando a São Félix, no entanto, como quem não queria nada, Maria propôs:

— Que tal uma brincadeira? Já que estamos aqui, por que não damos uma passadinha na delegacia? Queria que tu visse como sou ótima como advogada, ainda mais agora que tu pode ser meu assistente.

Jurandir achou graça da ideia; era gostoso vê-la agora com esse descompromisso, essa leveza.

— Sim. Vamos brincar um pouco, que a vida é séria demais.

Na pensão, Maria vestiu a roupa que trouxe com o intuito de visitar a delegacia.

Os policiais foram atenciosos, ainda que a falta de interesse em investigar um crime antigo fosse evidente. Não tinham nenhum arquivo sobre esse assassinato. Seria mesmo impossível ter, já que a ocorrência se dera fora da jurisdição deles. Quanto ao antigo Rei do Mogno, sim, sabiam quem era, mas nada constava em relação a ele.

— No Paraná ou mesmo em Brasília pode ter algum processo, aqui, não.

— Além do mais, rei morto, rei posto — disse outro, como se também brincasse. — Tudo grandão sulista de ficha muito limpa.

Maria e Jurandir saíram de lá rindo da brincadeira, ainda que ela estivesse um tanto ofendida:

— Tu viu como eles acharam que tu é que era o advogado? Quando será que esse povo vai entender que mulher também pensa?!

Mas estavam felizes consigo mesmos, distraídos, e não olharam em volta. Se olhassem, teriam visto que, desde a delegacia, estavam sendo seguidos.

O nome

Quem os seguia era um rapazinho ainda imberbe, o rosto derrotado pelas espinhas, jeito de timidez envolvendo a ousadia. Filho de policial, sempre que dava ele passava pela delegacia com o pretexto de falar com o pai, mas, na verdade, era para olhar, escutar e depois contar as novidades para o avô.

O nome do avô era seu Lenzenil, velho pistoleiro da região, retirado depois de levar um tiro no quadril. Vivia na casa do filho em um sítio não muito longe da estrada. Tinha um vozeirão que gostava de usar e que o levara inclusive a ser convidado para falar na igrejinha evangélica perto. Mas, quando estava a sós com o neto, para quem era o maior dos heróis, o que ele contava era sua vida pregressa a mando dos fazendeiros da região. Mostrava seu colar feito com dentes dos que matara: oito dentes enfileirados em um cordão de couro já escurecido e manchado pelo suor da pele gasta e que, para não irritar o filho, levava escondido debaixo da camisa e só mostrava ao neto.

Contava e repetia as histórias dos oito dentes, sempre dizendo que ali faltava um, o dente do índio que matara na canoa no meio do rio e não conseguira recuperar o corpo. Um tal de Manuel Juruna, que andava infernizando a vida do patrão, seu Cecílio, "macho pra daná, que chegava de avião, fazendo um barulhão que era uma beleza. Num é pra me gabar, mas seu Cecílio tinha xodó por mim, por causa da minha pontaria. Gostava de ver meu colar. Ria a mais não podê com as história dos dente, e eu prometi que ali poria mais um pra ele, o dente do tal do índio que ele queria ver morto. Dizem que dente de índio é bom, dá sorte, ia ficar bonito. Me deu uma pena danada não ter tido tempo de ficar pra pegar o diabo do dente que era meu e ficou afundado no rio. É que o fidaputa ainda foi se levantar na canoa, ficou lá em pé paradinho, que nem as lata que a gente põe na cerca pra treinar tiro. Foi só gritar seu nome que ele levantou pra olhar quem era que tava chamando, sem ver na beira da mata a ponta da minha espingarda, essa mesma aí que tu conhece, veia, sim, mas que dá no couro mais que as nova, e nem teve graça, foi facim demais, só que, em vez de cair na canoa, o famigerado caiu foi no rio e afundou, as corredeira levando o corpo dele sabe Deus pra donde. Fiquei tiririca. Depois matei o oitavo, este dentão aqui, de ouro, tá vendo? Um ricaço, com uma escolta desgramada. Foi quando me acertaram no quadril".

Mas o que o neto vinha lhe contar, apavorado, era que uma advogada de São Paulo e um assistente estavam na pista dele. "Por causa do fidaputa do índio que afundou com o dente."

— Depois de todo esse tempo — queixou-se o velho. — Que diabo de gente que num deixa ninguém viver sossegado!

— Mas, vô, eu sei onde eles tão. Escutei o moço dizer que vão de madrugadinha pra Altamira. Eu pego a caminhonete do pai e levo o senhor. E aí o senhor mata os dois e acaba logo com isso.

— Não, fio, num é assim. Num mexo com isso mais, não. Tô veio.

— Tá nada, vô. O senhor é o Tiradentes, o maior pistoleiro dessas banda! Num é porque num pode andar que vai ser pego. Num levo o senhor pra igreja? Então, levo pra matar esses dois e colocar mais dois dente no seu colar.

— Fio, num é assim que as coisa são feita. É preciso patrão, costa quente e paciência. Tino. Montar a emboscada de jeito. Já num te contei a emboscada que fiz pr...

— Já, vô, já contou. Já aprendi. Vamo ficar na estrada esperando eles passar. Vamo antes deles. Tem um lugar ali no brejo seco que eu sei que é bom pra emboscar.

O rapazinho estava meio que gaguejando de tão excitado. O avô nunca o vira tão animado assim, tão falador. Tão feliz em ajudar. "A única pessoa que ainda me dá valor. Meu filho só faz abrir a boca pra me dizer pra parar com as maluquice. Até proibiu o menino de ficar de prosa comigo. Virou policial e só pensa em proibir tudo. Achar tudo errado. Tem vergonha do próprio pai. Num traz os colega pra casa, num me apresenta pra ninguém, num me deixa ir pra canto nenhum, só pra igreja, e mesmo lá deu de me proibir de ir. Depois que os santarrões deram pra dizer que eu falo muita besteira e agora só posso ler a Bíblia, mas sem interpretar nada, que é o que eu mais gosto. Interpretar. Como gosto! Interpretar aquelas passagem toda que caem como luva pra vida de pistoleiro.

"Ler com meu vozeirão 1 Samuel 15-3: 'Vai, pois, agora e fere Amaleque; e destrói totalmente tudo o que ele tiver, e não lhe perdoes; porém matarás desde o homem até à mulher, desde os meninos até aos de peito, desde os bois até às ovelhas, e desde os camelos até aos jumentos'. E depois interpretar: Assim terá de ser, irmãos! Do pecador é preciso tirar tudo, matar tudo que o cerca. Porque Deus é HOMEM! Ele sabe o que é preciso fazer com os fraco e os infiel, os que se acomodam desobedecendo sua lei, a lei do mais forte, a lei do MACHO!

"Ou ler Oseias 13:16: 'Samaria ficará deserta, porque se rebelou contra o seu Deus; cairão à espada, seus filhos serão despedaçados, e as suas grávidas serão fendidas pelo meio'. E interpretar: Samaria é aqui, irmãos! Os filhos são seus filhos, se vocês rebelarem contra Ele. As grávidas são suas grávidas e serão fendidas pelo meio porque seus filhos não merecerão nascer. Os que abandonaram a ordem do Mais Poderoso vão morrer. E tem mais, escutem: Levítico 26:27-29, Deus castigará todos aqueles que não o obedecerem, e se continuarem a desobedecer, farão com que comam a carne de seus próprios filhos, filhas, pais e amigos. E eu depois perguntar: 'Gostaram? Pois comerão. Cru e sem tempero! Porque será olho por olho, dente por dente', e aí era quando eu pensava em tirar o colar para mostrar (mas não tirava), esclarecendo a importância de fazer o que tem de ser feito e ter como provar e mostrar depois.

"Pois foi justamente esse meu jeito de interpretar que começou a assustar o pastor baitola e seu bando de frouxo. Falaram com meu filho, que não deixou mais meu neto me levar até lá. Mas o minino me levou assim mesmo, e eu bradei: 'Zacarias 11:17, o pastor que abandona seu rebanho terá a espada da justiça furando seu braço e seu olho direito. E eis que seu braço secará por inteiro, e o seu olho direito ficará completamente em trevas!'. Daí que me proibiram mesmo de botar o pé lá.

"Mas o que foi que eu fiz de errado, quem for inocente que o diga. Só matei quem precisava ser morto. Quem num deixava os outro ganhar a vida sossegado. Quem tava prejudicando os homem que sabem o que é melhor pro mundo. Já matei alguém que tava lá quieto no seu canto? Não, num matei. Já matei pra roubar? Não, num matei. Só matei gente que tava atrapalhando. Como esse pessoal que aparece agora atrás desse maldito índio, depois de tanto tempo, que é que eles querem? Eu fui lá atrás deles, fui? Não, tô cá no meu canto, posto em sossego, e lá vêm eles infernizar minha vida. É o que todo mundo resolveu agora: encher meus pacovaco? O minino é que tá certo. É só ele que eu tenho nessa vida que é essa bosta grudenta. Bosta fedida. Ninguém respeita o veio Tiradentes, a não ser meu neto. É o único que sabe quem é que tem a pontaria mais certeira da região, e sempre haverá de ter. Eu, exatamente. Eu mesmo, Lenzenil Machado, vulgo Tiradentes, à sua disposição, muito prazer. O minino é corajoso. Sabe dar valor a quem tem valor. Tem boas ideias. Com mais dois dente no colar, minha vida ia mudar, lá isso ia. Ia mostrar quem ainda é o melhor pistoleiro de tudo isso aqui! E se é dente de advogada e mulher, meu colar tem um dente de advogado, mas num tem dente de mulher, vai dar muita sorte, ah se vai! E tando na caminhonete, ninguém vai poder dizer que é coisa minha, todo mundo sabe que num posso andar nem dirigir, rá-rá-rá! Num posso, hein? Nem preciso de costa quente. Eles vão é ver que Tiradentes tá veio, mas tá é vivo e passando muito bem, muito obrigado. É isso aí, minha gente. Fechem as porta, as janela e os zóio, que aí vou eu pra limpar a terra outra vez!"

— É pra já, meu neto! S'imbora preparar as munição!

Enquanto isso

Com que medida seria possível avaliar o cansaço de Aleli? Quando, por fim, poderá descansar de sua jornada? Quando lhe chegará a morte, essa morte que sempre leva os seus, nunca ela?

Acabaram de enterrar o nenê febril que ela ajudara a levar nos braços e que não resistiu à friagem da noite. Cavaram sua pequena cova no meio da mata e o colocaram ali para sempre em leito de folhas caídas, serrapilheira, flores e a sombra dos galhos protetores das grandes árvores. Um bom lugar para ficar.

Mas a inquietação que ela sentia não vinha do bebê. Vinha de Silmara.

Ter se deixado conviver tanto tempo com uma jovem tão adorável não lhe fez bem. Frente à lembrança radiosa da adolescente, o rosto imaginado de sua filha viva foi se tornando opaco. Foi perdendo vivacidade. Foi tornando quase insuportável a vontade de ver — realmente ver — o rosto dessa filha nem que fosse de longe, nem que fosse por apenas um tempinho, um relance, um passar do vento.

Olhou a sua volta. Seus companheiros estavam se preparando para seguir. Alguns decidiram ficar e se despediram. Foram contratados como mateiros.

Por um momento, Aleli ficou indecisa. E se esperasse um ônibus passar e cumprisse a vontade terrível que encharcava seu peito? Voltar a Altamira, bater na porta da casinha de Mãe Chica, ver o rosto adorado de sua filha viva e, então, morrer? Poderia fazer isso?

Em breve, talvez. Ainda não.

Ergueu-se e seguiu com a multidão, que recomeçava sua marcha.

Mãe e filha

Maria Altamira e Jurandir saíram do hotel bem cedo, Maria dormitando no banco do passageiro, pensando em como essa viagem fora maravilhosa. A primeira viagem deles. A inteireza do amor que sentiam. Os braços de Jurandir. O corpo dele. Seu cheiro. Seu jeito. Todo ele ali a seu lado, tão intensamente.

A estrada a essa hora era um risco afiado de luz aberto na mata verde, e Jurandir, olhando o rosto da amada recostada no banco, sentiu uma leveza qual maciez de nuvem expandindo-o por dentro, como se ele, querendo, pudesse voar sem avião como estava voando agora ali com ela, e era exatamente o que faria pela vida afora, iriam juntos aonde tivessem de ir, nessa alegria para sempre qual essa manhã tão plena, e foi então que ele viu, vindo lá da frente, como uma visagem, a luz do sol que se abria para mais um dia trazendo com ela a multidão de caminhantes.

Assombrado, encostou o carro a um lado da estrada. Acordou Maria. Os dois desceram. Olharam.

O sol ergueu-se um pouco mais, os raios perderam sua luz recém-nascida, e a manhã adquiriu nova consistência, como se a multidão os empurrasse para uma nova porta, um novo patamar de crueza. Quem eram eles? O que buscavam? Como podiam viver assim caminhando por uma estrada? Velhos, homens, mulheres, jovens, crianças. Brancos, negros, pardos, índios. Carregavam pequenas malas, trouxas, sacolas, saquinhos. Carregavam bebês. Alguns empurravam carrinhos. Outros se apoiavam nas bengalas. Um grupo de idosas desdentadas com velas acesas na mão. Um sujeito alto, cabelo batendo nos ombros, puxando um carrinho de madeira em que ia sentado um menino de pernas muito finas. Um homem-tronco em seu carrinho de rodas, uma anã de cabelos louros soltos até os pés, uma gorda com elefantíase, um homem coberto de pano e capuz carregando um cetro, uma, duas, três mulheres barbadas, outro grupo de anões andando rápido, uma senhora cheia de trouxas equilibrando uma galinha na cabeça, um senhor de cara retorcida como um tronco de árvore puxando uma vaquinha magra pela corda, um homem alto envolvido em uma capa roxa e outro ao lado em uma capa preta, um grupo de meninas e meninos com estilingues na mão observando as árvores à procura de passarinhos, uma senhora com uma cesta de filhotes de algum bicho, uma mulher com uma lamparina, dois porquinhos na frente de um casal de camponeses com um bando de filhos atrás, uma senhora levando uma cesta com a foto colorida da Santa Maria Goretti rodeada de flores silvestres, um homem com avental de açougueiro, manchas amarronzadas de sangue lavado, um casal de mendigos, roupas molambentas. Eram tantos. Homens e mulheres, a grande maioria na flor da idade, embora curvados, como se vencidos.

— Para onde vocês vão? — Maria perguntou.

— Pra onde tiver lugar pra nós — um respondeu.

A estrada fazia uma curva no ponto por onde eles vinham, um matagal que cobria as duas beiras, galhos formando uma treliça. Havia floradas de ipê-roxo que o sol ressaltava por entre as sombras. As pessoas continuavam passando, e os olhos de Maria foram atraídos por uma senhora muito magra, cabelos brancos, manto vermelho com barra de outras cores e remendado às costas, algo ainda meio indiscernível pendendo da faixa em seu peito. Quase sem entender, Maria deixou escapar um som baixinho, um suspiro:

— Jurandir, a mulher... a carapaça do tatu... as cicatrizes... minha mãe!?

— Aqui, neste fim do mundo?

— As cicatrizes... está vendo?

— Pode ser tatuagem...

— É ela, Jurandir. É ela.

E nada mais existia a não ser a mulher que vinha se aproximando devagar, e, quando chegou quase à sua frente, Maria avançou e disse:

— Mãe?

A mulher parou.

Maria gaguejou:

— Mã-ãe?

A mulher olhou.

— Alelí?

Alelí olhou.

— Sou sua filha.

Alelí olhou.

— A nenê que você deixou com Mãe Chica. Maria Altamira. Eu.

Alelí olhou.

— Você canta e toca esse tatu. Tem cicatrizes miudinhas. É você. Mãe Chica me disse.

Alelí olhou.

— Sou eu, mãe. Dizem que pareço com meu pai, mas repare, tenho a sua testa. O formato do seu rosto.

Alelí olhou.

— Repare, mãe. Os olhos, veja o formato dos meus como os seus. O nariz, meio parecido. A boca, não. A minha é mais cheia, mas pode ser porque a senhora está tão magra. Mãe, repare, sou sua filha. — E, a cada palavra que saía de sua boca, ela ia tendo mais certeza, e agora falava rápido, excitada, como se tivesse que provar, olha, veja, reconheça, sou eu.

Alelí olhou.

— Sou eu, mãe. — E Maria colheu a mão de Alelí na sua. — Esse é Jurandir, meu noivo. Mãe Chica vai adorar ver a senhora.

A marcha continuava avançando, lenta. Todos de olhos pregados nas duas mulheres à beira da estrada onde a única coisa que Alelí fazia era olhar para a jovem à sua frente. Ninguém seria capaz de dizer que olhar era esse.

— Sou sua filha, mãe.

E Alelí, por fim, quase sem forças, ergueu a mão trêmula e a passou com delicadeza e vagar pelo rosto de Maria, como se precisasse de todos os sentidos para ver o que estava à sua frente.

— Que bonita eres! — Sua voz era um sussurro vindo de um sonho tão antigo que nem era mais sonho, era parte do seu corpo.

— Mãe.

— *Hija.*

E as duas se abraçaram, um abraço tão perfeito que tudo em volta parou.

Durou um infinito aquele abraço.

Durou o tempo da imensidão do amor das duas.

O tempo de algo tão intenso e extraordinário que só podia existir uma vez, e era ali que existia agora, naquele único momento.

Mas eis que então a mulher mais velha, bem devagarinho, desfaz o abraço como se em carne viva. Seu olhar era despedida.

Maria queria carregar nos braços aquela mãe magrinha, tão encolhida. Queria fazê-la entrar no carro, mas Alelí a deteve.

— *Tengo que ir, hija mia.*

— Não, mãe, não vá.

— *Es por mi maldición.*

— Não tem maldição, mãe. Fica!

— *No puedo.*

— Ah, mãe!

— *Hija.*

— Mãe.

— *No puedo me quedar*, Maria Altamira... — E sua voz pareceu lhe faltar ao pronunciar o nome da filha. Repetiu: — Maria Altamira. *Qué lindo nombre tienes.*

— Era o nome que você queria, mãe?

— *Sí. Todo es lindo en ti, hija mia.*

— Fica, mãe, fica comigo.

— *Toda la voluntad de mi vida es me quedar contigo. Pero no puedo, hija.*

— Por que você não pode ficar comigo, mãe, me diga?

— *Es por demasiado amor. Yo traigo la muerte, hija. Es para que tu não mueras.*

Olhos escuros e úmidos, reservatório de lágrimas que jamais secarão, rosto vincado, tranças grisalhas e roupas surradas, manto remendado às costas e charango pendurado, Alelí deu seus passos. Um, lentamente, dois, devagar, devagar três, sem olhar para trás.

A filha não sabia como reagir. Jurandir afastou-se. O que se passava ali era tão impensável que ele achou por bem deixar que Maria, por si mesma, pudesse se recompor, assimilar o que estava acontecendo, encontrar sua maneira de reagir.

Alelí voltou-se uma última vez para olhar a filha e foi quando viu a caminhonete surgindo atrás. Foi a primeira a ver. A primeira a entender a ponta da espingarda na janela do passageiro. Seu corpo de mãe entendeu, sua alma de culebra. E em milésimos de segundos correu para Maria e postou-se à sua frente, para receber no peito a bala dirigida à filha.

Dois estampidos.

A caminhonete acelerou, quase atropelando a multidão que se abria à sua frente, a placa, que no nervosismo ao sair escondido do pai o rapazinho se esquecera de cobrir, anotada nas retinas de piloto de Jurandir, ferido na coxa.

A mãe caiu nos braços da filha.

E Alelí que, desde seus longínquos dezesseis anos e a avalanche que soterrou Yungay e sua Illa, esquecera o que era felicidade, olhou para a filha que acabara de salvar e sussurrou:

— *Estás viva, mi hija! Te salvé.* — Insuportavelmente feliz, pensou: *Ahora todo está bien.*

E sorriu para Maria Altamira.

Agradecimentos

Ao Instituto Socioambiental (ISA) — cujo trabalho junto aos indígenas não canso de louvar —, a Marcelo Salazar e toda a equipe da Canoada de 1917, graças à qual conheci as águas do rio Xingu, sobretudo seus "donos", os Yudjá, e também os ribeirinhos, moradores de suas aldeias e margens. Agradecimentos especiais a Bruno Weiss, Biviany Rojas Garzon, Mari Chamma e Isabel Arari. A meu filho, o fotógrafo Zé Gabriel, que me indicou o caminho do Xingu, e a minha filha, Galiana, que, com sua companhia, iluminou esse caminho.

Os blogs do ISA <socioambiental.org/pt-br/blogs>, as reportagens e entrevistas realizadas por Eliane Brum, publicadas em diversas mídias e em seu blog <desacontecimentos.com>, e os vídeos da Clínica de Cuidados, Projetos Refugiados de Belo Monte, foram todos fundamentais para minha compreensão sobre o que aconteceu, acontece e pode continuar acontecendo nas margens do rio Xingu. A todos, os meus agradecimentos.

Os mitos Yudjá que cito no transcorrer do romance encontrei no livro *Um peixe olhou para mim*, de Tania Stolze Lima. Exceto dois: o mito de Muratu e o da invenção das flautas, que me foram contados pelo professor Juruna Natanel Pereira, diretor da escola da Aldeia Muratu. Aos dois, também agradeço.

Agradeço a minha agente literária, Luciana Villas-Boas, à Anna Luiza Cardoso e à equipe da Villas-Boas & Moss pela maneira como abraçaram este livro.

Aos queridos Alípio Freire, Betty Mindlin, Regina Dalcastagnè, Angela Pappiani, João Cezar de Castro Rocha e Rodrigo Montoya, que encontraram tempo entre seus inúmeros afazeres e projetos para ler e comentar o original deste romance. A eles, agradeço de coração pela generosidade.

Às queridas Ivana Arruda Leite, Índigo e Andrea del Fuego, que acompanharam o nascer e o desenrolar deste romance, agradeço de maneira efusiva e especial. A elas, deliciosamente, devo muitíssimo.

E, como em todos os meus livros, meu infinito agradecimento ao Felipe, meu primeiro e incansável leitor, com quem converso sobre todas as versões do que escrevo.

Sobre a autora

Maria José Silveira é escritora, editora e tradutora. Formada em Comunicação (Universidade de Brasília, UnB) e Antropologia (Universidad Mayor de San Marcos, Lima/Peru), é também mestre em Ciências Políticas pela USP. É goiana e mora há vários anos em São Paulo.

Seu primeiro romance, A mãe da mãe de sua mãe e suas filhas, *publicado originalmente em 2002 e relançado em edição ampliada em 2019, recebeu o Prêmio Revelação da APCA. A história acompanha a saga de uma linhagem de mulheres que tem início com a chegada dos portugueses à costa brasileira. Foi publicado nos Estados Unidos, na França e na Itália.*

Eleanor Marx, filha de Karl (2002) é a história do amor infeliz que levou ao suicídio a filha de Karl Marx, aos 43 anos. O romance busca entender como uma intelectual, atriz, feminista e militante, além de preferida do pai, chegou a esse extremo. Foi publicado também no Chile e na Espanha.

O fantasma de Luís Buñuel (2004) recebeu Menção Honrosa do Prêmio Nestlé e foi adotado em vários vestibulares. Conta a história de cinco amigos que se conheceram em 1968, na universidade, e a cada dez anos se reencontram. Nesse romance de formação de jovens que viveram os vinte e um anos de ditadura civil-militar, cada capítulo é contado por um dos personagens.

Guerra no coração do cerrado *(2006) é a história roman-ceada de Damiana da Cunha, da etnia Kayapó-Panará, que em 1780 foi batizada e adotada pelo então governador da Província de Goiás. Ao crescer, tornou-se líder de seu povo, e seu destino foi servir de ponte entre a cultura indígena e a do colonizador.*

Com esse ódio e esse amor *(2010) é, de acordo com Igná-cio de Loyola Brandão, "a literatura brasileira penetrando nos meandros do continente americano". Uma engenheira brasileira vai participar da construção de uma ponte na Colômbia e lá é sequestrada pelas FARC. O romance volta no tempo para contar sobre Tupac Amaru, o primeiro líder revolucionário da América do Sul, e mostra como o passado está fortemente ligado ao presente.*

Pauliceia de mil dentes *(2012), seu sexto romance, tem como protagonista a cidade de São Paulo nos dias de hoje. Considerado um "romance de multidão", graças aos muitos personagens que se entrelaçam, foi indicado ao Prêmio Por-tugal Telecom.*

Felizes poucos: onze contos e um curinga *(2016) é seu primeiro livro totalmente dedicado aos anos de ditadura ci-vil-militar, e cada conto se refere a uma circunstância distin-ta vivida durante o período.*

Maria José Silveira é também autora de cerca de vinte li-vros infantojuvenis — muitos deles premiados e adotados —, participou de coletâneas e antologias e escreve para teatro. Maria Altamira *é seu sétimo romance.*